Am Fahrradständer fand ich keine Lücke. Ich schob weiter zur Hauswand und entdeckte den Seiteneingang zum Anglistik-Institut, eine Abkürzung, die den Umweg über den Haupteingang erspart. Vielleicht wäre mir sonst das Blaulicht aufgefallen.

Auf den Sitzbänken im Foyer hockten heute nur vereinzelt Studenten. Die anderen waren wohl alle in der Vorlesung, bis auf die Kindsköpfe, die im Garten um die Tischtennisplatte rannten und alles daransetzten, mit einem Hechtsprung den Ball zu erwischen und dem Gegner vor den Latz zu schmettern. Als ob es nichts Wichtigeres gäbe. Ich überlegte, ob ich zuerst das Buch zu Sebastian in die Bibliothek tragen oder kurz bei Franz im Anglisten-Café vorbeischauen sollte.

Nein, ich wollte zuerst gucken, wie es Rosemarie ging, nach der Aufregung um die eingeworfene Scheibe gestern. Da sah ich die Polizisten.

Mir kam es vor, als folgte ich den Männern in Uniform, dabei gingen sie mir nur voraus. Wir hatten dasselbe Ziel. Es war derselbe Gang, wo ich in der vergangenen Woche mit Steffi Zahn über ihre Promotion geplaudert hatte, vor dem Büro der Professorin Mara Markowski, in dem seit einiger Zeit eine Reihe merkwürdiger Ereignisse die Ruhe der Geisteswissenschaft störte. Was wie ein alberner Streich begann, hatte sich zu gemeinen Anschlägen gesteigert.

Die Polizisten bogen ab ins Sekretariat. Irgendwo wurde leise gemurmelt, ein Schluchzen, Geräusche hinter geschlossenen Türen. Hinter mir kam jemand den Gang entlang gelaufen, sehr schnell, es war Rosemarie, die da einen Sprint hinlegte, an mir vorbei, bis an die Tür. Der Durchgang war mit einem Band versperrt. Rosemarie stand still, öffnete Augen und Mund so weit, dass ich dachte, sie lacht gleich los. Doch nichts dergleichen geschah. Jemand nahm sie beiseite und führte sie weg.

Ich trat näher. Von hier konnte ich quer durchs Sekretariat ins Büro sehen. Hinter dem Schreibtisch lag ein sperriges Hindernis, über das sorgfältig ein Tuch gebreitet war. Aus der stillen, weißen Landschaft aus Hügeln und Tälern ragte eine kleine Erhebung empor, eine Spitze, die Nase eines Toten. Mir wurde übel. Wieder hatte der Unbekannte zugeschlagen, und dieses Mal hatte er getroffen.

Ich war unfähig, einen der Uniformierten zu fragen: Ist es die Professorin Mara Markowski, die da tot am Boden liegt?

»Aus dem Weg!«

Zwei Männer stellten dem Toten als letzte Dienstleistung den Sarg bereit.

»Was machen Sie denn hier, Herr Prinz?«

Ich kannte die Stimme. Wie ertappt drehte ich mich zur Kriminalkommissarin um. Wie sollte ich ihr in wenigen Worten erklären, was ich, der Münchner Frisör, am Anglistik-Institut der Ludwig-Maximilians-Universität im Büro bei einer Leiche verloren hatte? Dass ich Vorlesungen besuchte, Fahrrad fuhr statt Taxi, für einen lockigen Studenten schwärmte und in der Bibliothek englische Literatur auslieh. Ich sagte: »Frau Glaser, das ist eine gute Frage.«

Alles hatte mit Rosemarie angefangen, vor etwas mehr als einem Monat in London, genauer gesagt, in der Royal Albert Hall. Rosemarie war damals noch keine Studentin und mir völlig unbekannt. Und ich hatte ganz andere Sorgen.

1

Ich sah auf die Uhr. Noch vier Stunden bis zum Auftritt. Meine Tänzer reihten sich zur Musterung. Alles so weit sehr schön. Den Cowboyhut lässig im Nacken, damit man über Stirn und Ohren das Konzept der Schnittkonturen erkennt, das Dennis, mein Top-Stylist, dringend noch besser herausarbeiten musste. Dazu die enganliegenden Leggins als violett schimmernder Kontrast zu den silbernen Cowboystiefeln – genau so hatte ich es mir vorgestellt. Aber bitte nicht mit diesem Gekräusel: »Ich hatte gesagt: Keine Brusthaare!«

»Rasierschaum für Henry und Jimmy.« Kitty notierte.

Ich sagte: »Und für Archie etwas zum Ausstopfen. Ich will nicht, dass ihm die Stiefel ins Publikum fliegen.«

»No problem«, meinte Kitty.

Diese Kleinigkeiten gehören zur Vorbereitung der Show wie Lavendel in die Pflege für strohiges Haar. Den ganzen Tag schufteten die weltweit besten Frisöre hinter den Kulissen mit Perücken, Schminke und Stoffen für eine Drei-Minuten-Show, damit am Abend, draußen auf der Bühne, nichts haken und alles glatt durchlaufen würde. Aber nicht so: Was, bitte schön, sollte ich mit diesem Haarteil anfangen?

Bea, meine Farbstylistin, hatte es noch in München vor unserer Abreise für dieses Styling eingefärbt. Raffiniert schimmerte es in einem leuchtenden Orange, aber um glatt zu liegen, war es zu dick, im Ansatz zu wulstig, und in den Spitzen franste es struppig aus. Wozu castete ich ein Supermodel mit Beinen bis zum Mond und Augen wie der tiefblaue Himmel, wenn ich es mit diesem Lappen auf dem Kopf über die Bühne schickte? Totlachen würden sich die Modejournalisten und Fotografen, die mit Stielaugen und riesigen Objektiven lauerten und abschätzten, was der große Tomas Prinz ihnen hier, bei der diesjährigen *Alternative Hair Show*, als den letzten Schrei präsentierte. Ich war unter Druck und behindert von dem Kerl, der mit geschulterter Kamera fürs Fernsehpublikum einfing, wie ich hier bei der Vorbereitung ratlos das Haarteil drehte und wendete.

»Bea, was ist da passiert?«, fragte ich streng.

»Das Haar ist nicht richtig geknüpft.« Bea war ganz sachlich. »Mir kam es gleich komisch vor. Darum hatte ich dich gestern ja auch gebeten, dass du es dir noch einmal anschaust.«

Mein Fluch war nicht mehr als ein Schnalzen im Geschrei und Gelächter. Meine Konkurrenten hatten keine Probleme, arbeiteten zügig und wussten genau, was sie taten. Das Kerlchen aus der Chicago-Truppe besprühte mit Hingabe die Sohlen von extravaganten Stiefeln. Wie Zipfelmützen wurden sie von seinen Kollegen mit Nadel und Faden auf das Resthaar eines weißgeschminkten Schädels geheftet. Keine leichte Aufgabe. Die Römer montierten in einem Nest aus meterlang geschweißtem Kunsthaar eine asymmetrische Styroporvorrichtung. Und der Kollege aus Wien drückte einen Strubbelkopf mit sanfter Gewalt in eine Gummimaske mit erbsengroßen Warzen. Auch eine hübsche Idee. Die Frage bei diesem Wettkampf lautete: Wer bekommt vom Publikum – fünftausend angereiste Frisöre, die einmal im Jahr die Besten der Besten erleben wollen – heute Abend am meisten Jubel und Applaus? Wir wohl kaum. Wir hatten einen verknüpften Lappen und eine handfeste Krise. Ich schmiss das Haarteil in den Müll.

Bea zog sich wie ein Statist in den Hintergrund zurück, und Dennis ließ die Schere sinken. Ich musste entscheiden, wie es weiterging, müsste, wie Mutter es mit lauter Stimme in ihren Sitzungen tut, meine Leute auf Spur bringen und augenblicklich die richtige Entscheidung treffen. Ich sagte: »Kurze Pause.«

Erst einmal raus hier.

Was gelang mir überhaupt? Nicht mal, Aljoscha am Telefon zu überreden, von Moskau nach London zu kommen und sich meine Show anzusehen. Wir hatten heftig gestritten, gestern Abend. Ich stolperte.

»Tommy, how does it look like?« Julia, meine Choreographin, hatte es sich mit ausgestrecktem Bein und einem Becher Kaffee unter einem Tisch bequem gemacht und ein Haarteil mit barocken Locken in ihren praktischen Kurzhaarschnitt gehängt. Das Ding musste sie in einer der Taschen gefunden haben, die vollgestopft waren mit Lurex- und Klebebändern, Sonnenbrillen und Verlängerungsschnüren. Sie wollte mich aufmuntern und fragte kichernd: »Isn't it like Marie Antoinette?«

Wie viele Shows wir schon gemeinsam durchgezogen hatten: Die herbe Frida-Kahlo-Performance mit den bunten Blumen in den Hochsteckfrisuren. Die farbige Choreographie mit den Smileys. Und der Coup mit den Jungs in weißen

Unterhosen, lange bevor die Amerikaner mit ihren Wäschemodels anfingen. Aber womit konnte man heute noch Aufsehen erregen?

»It's nice«, sagte ich zu Julia und ging Richtung Bühnenausgang.

Weil ein Mosaikstein fehlte, musste ich völlig umdisponieren und alles über den Haufen werfen, was ich mit einem großen Model und einem kleinen Haarteil geplant hatte.

»Entschuldigung!«, sagte eine Frauenstimme. Ein hochgewachsener, schmaler Körper drückte mich gegen den Türrahmen. Die junge Frau wollte rein, ich raus. Ihr blasses Gesicht bestand nur aus Brille, aber ihr Haar war außergewöhnlich: dick, kräftig, rotblond und so viel, dass man sofort hineingreifen und Sachen damit anstellen wollte. Die Tür schlug hinter ihr zu.

Ich stand draußen und atmete durch. Wie hoch der Londoner Himmel war. Das ist nicht oft so.

»He, Alter, Platz da!«, schnauzte ein Rowdy von der Hebebühne eines Lastwagens.

Ich ging um den kreisrunden Kuppelbau herum und überquerte die Kensington Road zum Denkmal von King Albert, der beständig unter seinem Dach zwischen den Säulen residiert. Bei den Stufen half ich einer Nanny mit dem Kinderwagen. Ihre Uniform und der Fratz, der mich aus spitzenbesetzter Kapuze anglotzte, waren wie aus einer anderen Zeit. Ich nahm den Hauptweg durch Kensington Gardens, die gerade Verbindung über den See in den Hyde Park hinein.

Nicht weit von hier, in der New Bond Street, hatte einmal mein Leben als Frisör angefangen, beim größten Frisör aller Zeiten, Vidal Sassoon. Mit dem Mut eines 18-Jährigen war ich einfach reingegangen, zu ihm in den Laden, und nicht wieder weg, bis ich bekam, was ich wollte: Lernen, was ein guter Frisör ist – mit dem Auge für die Genauigkeit, dem Maß für Proportion und der Fingerfertigkeit für den perfekten Schnitt. Fast fünfundzwanzig Jahre ist das jetzt her. Damals konnte ich mir gerade mal ein Paar Schuhe mit Ledersohlen leisten, und Maßhemden interessierten mich noch nicht. Ich bewunderte die Kreativität der Chelsey-Punks, die auf der Kings Road abhingen, und träumte in meinem kleinen Zimmer in der Lincoln Street von der großen, starken Liebe und manchmal von einer Zugehfrau wie heute meine Agnes. Jeden Penny Trinkgeld kratzte ich zusammen, um bloß keines der Musicals auf der Shaftesbury Avenue zu verpassen. Ich glaube, es waren gar nicht die schrillen Kostüme und Frisuren, die mich bannten, sondern die Spielwut der Menschen, die da oben auf der Bühne alles gaben. Wir im Publikum dankten es ihnen Abend für Abend mit kreischender Begeisterung.

Damals wurde mein Talent entdeckt, die Lässigkeit, kreativ mit dem Haar, dem phantastisch seidigen Material, umzugehen, Moden zu erspüren und Trends zu setzen. Ich war dann auch derjenige, der für Vidal Sassoon um die Welt reiste und den Frisören die Philosophie vom perfekten Schnitt erklärte und ihnen diese Kunst vorführte. Und die Nanny, die da hinten jetzt die Enten fütterte und ihren Pagenschnitt für meinen Geschmack einen Fingerbreit zu kurz trug, war nicht die Einzige, die keine Ahnung hatte, wie revolutionär wir nach der düsteren Zeit des Ondulierens, Toupierens, der Dauer- und Wasserwellen gewesen waren.

Aber mit den Gummimasken, dem Styropor und den Lackstiefeln der Kollegen-Frisöre im Theater hatte ich nie etwas am Hut. Mir ging es immer um die Haare.

Die Familien spazierten im Sonntagsstaat in der Sonne durch den Hyde-Park, und jeder Scheitel hatte seinen Platz.

Ich ging zurück. Ich hatte eine Idee, wie wir auch ohne Haarteil punkten könnten.

Dennis arbeitete an den Konturen, Bea polierte die silbernen Stiefel. Und Kitty war immer noch auf der Suche nach Rasierschaum.

»Wie viel Zeit haben wir?«, fragte ich.

»Bis zur Generalprobe – eineinhalb Stunden«, sagte Bea.

Jetzt kam es auf jede Minute an, und jeder Handgriff musste sitzen.

»Tommy«, schrie die Disponentin mit Headset und Klemmbrett durch die Garderobe. »Draußen ist eine junge Dame. Die will dich unbedingt sprechen.«

»No way«, sagte Dennis.

Und Bea: »Claire, bitte setz dich.«

Das Model starrte in ihr Spiegelbild, als wollte sie das Ergebnis erahnen, das ich in dieser Minute genau vor mir sah.

Eineinhalb Stunden später stand die Choreographin Julia auf der Bühne und klatschte kurz und energisch in die Hände. Jeder weiß, was das in der Sprache der Turnlehrer und Choreographen heißt. Claire bezog oben auf der Treppe unter dem Spotlight Position und senkte den Kopf, während sie den Fuß vorstellte. Dann hob sie das Kinn. Sie war jetzt die Königin. Die Tänzer verkrümelten sich in die Kulissen, und ich schlich ins Parkett, um aus dem Halbdunkel mit dem Zuschauerblick die Probe zu beobachten.

»Musik!«, rief Julia.

Jeder Schritt von Claire die Treppe hinunter war begleitet von einem Hammerschlag aus der Lautsprecheranlage. Streng ihr Pony, locker die gebügelten, in sich verdrehten Partien, die mit unsichtbaren Haarnadeln und etwas Spray zu einem kunstvollen Gebilde aufgesteckt waren. Mädchenhaft und gleichzeitig verrucht sah es aus, aber die eigentliche Krönung war das bunt glitzernde Diadem. Wunderbar zu beobachten, mit welcher Leichtigkeit die Haare im Nacken sprangen und jede noch so kleine Bewegung mitmachten. Dieser Effekt lässt sich nicht chemisch herstellen, sondern nur durch die Kunst, winzige Millimeter schräg in die Spitzen zu schneiden, ohne dabei die gerade Linie zu gefährden. Eine zeitraubende Arbeit, aber das Ergebnis ist unglaublich. Claire präsentierte sich im Zentrum der Bühne: Mit dem raffiniert geschürzten Rock aus glänzender Seide schien sie nur aus Beinen zu bestehen, die sich in den Schühchen von Vivienne Westwood noch einmal um zwei Handbreit verlängerten. Ein toller Auftakt.

Die Musik änderte jäh das Tempo. Die zarten Geigenklänge hatten wir extra komponieren lassen. Claire badete im weichen Licht. Sie beherrschte perfekt die charmanten Kleinigkeiten, diese Abfolge von Drehung, Blick, Lächeln, und das Timing, mit dem sie die zentimeterlangen Wimpern mit dem feinen Muster – mein Mitbringsel aus Japan – auf- und niederschlug, kleine Vogelschwingen, auf denen sich sanft die Schneeflocken niedergelassen hatten. Claire tanzte Striptease, ohne Haut zu zeigen, sexy und selbstvergessen nur für sich. Bis die Jungs kamen – hier wurde die Musik wieder ruppig. Breitbeinig stiefelten sie glitzernd und halbnackt aus den Kulissen, als würden an ihnen rechts und links schwere Colts hängen. Ich liebte diese Parodie. Und Dennis hatte mit seiner Arbeit gezeigt, was ein Top-Stylist aus einem Frisurenkonzept machen kann, auch wenn zu befürchten war, dass das Publikum es bei den breiten Schultern und knackigen Hintern nicht groß beachten würde. Die Männer tanzten an Claire heran, und das sah so weit ganz passabel aus. Dann stolperten sie und lagen ihr irgendwie zu Füßen. Aus.

»Hübsch«, sagte ich. »Wirklich, ganz hübsch.«

Aber eben nur hübsch.

Julia hielt sich die schmalen Hüften, als hätte sie nach einem anstrengenden Lauf Seitenstechen, und schaute misstrauisch zu mir herunter in den Zuschauerraum.

»Nur das Ende gefällt mir nicht«, sagte ich. »Das Ende macht alles kaputt. Es ist einfach langweilig. Mir fehlt der Clou, versteht ihr? Es gibt keinen Höhepunkt.«

Die Truppe da oben ließ ratlos die Schultern hängen. Mit meiner Kritik hatte ich ihnen den Saft abgedreht.

»Okay, ihr Süßen.« Ich wusste jetzt, wie die Choreographie sein musste. »Wir wollen doch eine kleine Geschichte erzählen. Vielleicht so: Du, Claire, ignorierst zuerst die Jungs. Und Henry, Jimmy und Archie – ihr verlasst euch nicht nur auf eure hübschen Ärsche, sondern legt euch mal richtig ins Zeug. Ihr müsst immer wieder an Claire rantanzen, und du, Claire, reagierst. Sie gehen dir auf die Nerven. Du willst sie nicht. Sie sollen abhauen. Gib ihnen einen Tritt, einen Schlag, einen Hieb – extra und mit voller Kraft. Dann, Jungs, fallt ihr um, und das war's.«

»Okay«, sagte Julia. Und noch einmal: »Okay. Wir machen Comedy.«

Meine Choreographin hatte mich verstanden.

»Kommt, probieren wir es! Auf die Plätze!«

Claire unter das Spotlight, die Tänzer in die Kulissen.

»Musik!«

Claire schreitet forsch die Treppe herunter, ins Zentrum der Bühne. Tempowechsel. Claire wiegt sich, klimpert mit den Wimpern, tanzt selbstvergessen ihren Beinahe-Striptease – und jetzt die Jungs! Tanzen an Claire heran, während sie ihre Verehrer nicht zu bemerken scheint. Henry, Jimmy und Archie posieren und tun alles, um einen Blick von ihr zu erhaschen, aber Claire – viel besser! – bleibt ganz bei sich, erteilt, ohne es anscheinend auch nur zu bemerken, Archie einen Hieb – der geht empfindlich getroffen zu Boden – versetzt Henry einen Schlag – der rollt gekonnt zur Seite – und jetzt kriegt Jimmy seinen Tritt – extra und mit voller Kraft. Zu viel Kraft.

Ich glaubte zu hören, wie der Absatz brach.

Claire schrie.

Bei meinem Sprung auf die Bühne ging die Musik aus.

Sie lag am Boden. Der Absatz war völlig in Ordnung. »Claire, bist du okay?«

Sie stöhnte. Natürlich war sie nicht okay.

»Einen Arzt!«

Schon jetzt konnte man sich nicht mehr vorstellen, dass dieser Knöchel noch vor einer Minute einmal schlank und schön gewesen sein soll.

»Fuck!«

Das war's. Game over. Wir hatten einfach kein Glück.

»Entschuldigung«, war eine Stimme zu hören, laut und ganz schön forsch.

Dieses Gesicht, das nur aus Brille bestand, umrahmt von

wunderschönen rotblonden Haaren, sah ich jetzt schon zum zweiten Mal. Sie trat ins Scheinwerferlicht. Ich kniff die Augen zusammen.

»Finde ich hier Tomas Prinz?«, fragte sie.

Vielleicht gab es eine letzte Möglichkeit, wie ich versuchen könnte, meine Show zu retten.

Claire wurde jetzt mit Martinshorn ins Krankenhaus geliefert, und die Chicago-Truppe hatte erfolgreich den siebten Schuh als Zipfelmütze auf einem Schädel verankert. Die Ärzte würden bei Claire einen Bänderriss oder einen glatten Bruch diagnostizieren, und die Römer drechselten mit Kunsthaar die letzte Windung um die Styroporvorrichtung. Und während die Österreicher eine ganze Herde echsenartiger Gestalten mit riesigen Sprungfedern unter den Füßen an den Start brachten, hatten wir perfekt geschnittene Formen zu bieten, glitzernde Leggins, silberne Stiefel und ein paar Brusthaare, die wir noch rasieren oder ondulieren könnten. Aber die Hauptperson war weg, und die Arbeit eines Nachmittags für die Katz. *Teatime*.

Dieses fremde Mädchen mit den roten Haaren hatte sich hier im Trubel einen Stuhl ergattert und hingesetzt. Sie hielt die Tasse, die Archie ihm gebracht hatte, und fragte nach Milch und Zucker. Die Tänzer Henry und Jimmy zogen los, um das Gewünschte zu besorgen.

Ich hörte nicht richtig zu, als sie sagte: »Ich dachte, Frau Seidlein, Ihre Schwester, hätte Ihnen Bescheid gegeben. Wir hatten ein *date* am Bühneneingang – schon vergessen?«

Ihr Haar war wirklich ganz erstaunlich. Wie gesagt: zum Reingreifen und Unsinn machen. Was man damit alles anstellen konnte!

»Entschuldigung«, sagte ich und stand auf. »Darf ich?«

Gesund, fest und unglaublich viel.

Sie lächelte, als würde ich sie streicheln, und sagte: »Ins Schlafzimmer der Queen zu kommen, ist jedenfalls einfacher als hierher, in die Albert Hall.«

»Nimm doch bitte mal die Brille ab.« Ich griff vorsichtig an die Bügel.

Grüne Augen kamen zum Vorschein, die unter geschwungenen dunklen Brauen in eine Welt hinausschauten, als hätten sie sie so noch nie gesehen. Und Sommersprossen vergnügten sich auf einer Nase, die so schmal war, dass sie dieses große Brillengestell eigentlich gar nicht schultern konnte.

»Schon besser, oder?«, fragte Dennis.

»Allerdings«, sagte Bea. »Überhaupt kein Vergleich.«

»Geh doch bitte mal ein paar Schritte.«

Sie fragte nicht, warum, und stand auf. Dieses Lächeln, sie war einfach anmutig. Nur merkwürdig, wie sie den Becher in der ausgestreckten Hand hielt, als würde sie auf einem Schwebebalken balancieren. Ich nahm ihr den Becher weg.

»Mister«, sagte sie. »Ich kann nichts sehen.«

»Hast du keine Linsen?«

»Nein.«

»Hast du überhaupt schon einmal auf einer Bühne gestanden?«

»Na klar! Ich habe bei Top-Shop gemodelt, rauf und runter.«

»Kannst du tanzen?«, fragte ich.

»Und singen.«

Bea sah mich an. Wir dachten dasselbe: Das könnte die

Lösung sein. Blieb nur noch das Problem mit der Kurzsichtigkeit.

»Ich weiß nicht einmal, wie du heißt«, sagte ich.

»Rosemarie.«

»Wie bitte?«

»Rosemarie Clifford. Ich komme aus Ipswich.«

»Und warum platzt du in meine Generalprobe?«

»Du sollst mich zu deiner Schwester nach München bringen...«

»Weißt du was?«

»... ich bin das Au-pair-Girl.«

»Nein, du bist engagiert. Ich brauche dich für meine Show.«

2

Rosemarie hatte noch nie in ihrem Leben Peking-Ente gegessen! Bea nahm ihre Hand.

Ich hatte nach der Vorstellung zu meiner Mannschaft gesagt: Wir gehen ins Restaurant ›Maze‹, feiern beim Starkoch Gordon Ramsay und essen *Slow Cooked Prawns* und *Roasted Orkney Sea Scallops*. Ich fand das angemessen. Nur der russische Techniker, der zum ersten Mal in London war, entschuldigte sich. Er wollte vor seinem Rückflug, morgen, in aller Herrgottsfrühe, unbedingt noch die Tower Bridge und Houses of Parliament sehen. Das konnte ich gut verstehen. Ich gab ihm fünfzig Pfund fürs Taxi. Die Jungs dagegen hatten sich blitzschnell umgezogen und halfen Dennis, unser Zeug von der Garderobe ins Hotel zu schaffen, während wir schon im Taxi unterwegs waren, diese rollende Kabine, in der man einander mit angezogenen Knien gegenübersitzt, immer Sir oder Lady bei einer Besprechung oder beim Kaffeeklatsch.

Ich schob das kleine Fenster zum Fahrer auf. Wir waren fast schon am Hyde Park Corner, und diese Information von Rosemarie änderte alles.

»Wir fahren nach Chinatown«, sagte ich. Der Fahrer wechselte die Spur, und Kitty gab die Routenänderung telefonisch an Dennis durch. Doch die Jungs beschlossen: keine Lust auf Peking-Ente. Denen war nicht zu helfen.

Bea hielt sich Rosemaries Hand unter die Augen, als müsste sie einen winzigen Stachel aus der Fläche entfernen. Im fahrenden Hell-Dunkel-Geflacker konnte man nicht gut sehen. »Wie eng deine Handlinien beim kleinen Finger zusammenlaufen!«, sagte Bea.

Rosemarie betrachtete ihre Hand, als hätte sie diesen Körperteil da, am Ende ihres Arms, noch nie zuvor gesehen. Und mit dieser Entdeckung stand sie nicht allein da. Seit sich herumgesprochen hatte, dass Bea nicht mehr nur in den Sternen, sondern auch in Händen liest und ganz verblüffende Behauptungen über Stärken und Schwächen eines Charakters aufstellt, kam es mir vor, als ob immer mehr Kunden im Salon ihre Hand mit Bedacht auf die Lehne des Frisörstuhls legen. Doch Beas neuer Tick bereitete mir heimlich Kummer. Eines Tages, fürchtete ich, könnte meine Farbstylistin den Pinsel hinschmeißen und nur noch diese Beratungen machen.

Bea studierte die andere Hand von Rosemarie: »Du überlegst oft, was andere Menschen über dich denken, und willst dich kontrollieren. Aber heute Abend, das hast du selbst gemerkt, war alles anders. Überleg mal: Bis jetzt hattest du noch nie vor Tausenden Zuschauern im Rampenlicht gestanden. Du hast noch nie Peking-Ente gegessen. Jetzt merkst du, du kannst alles – wenn du nur willst.«

Nun kam wieder die Sache mit den Fingerkuppen. Bea nahm Rosemaries Hand und probierte, an jedem einzelnen Finger die Kuppe zu biegen. Je biegsamer, desto größer die Flexibilität. Meine Fingerkuppen sind zirkusreif biegsam, aber was meine Flexibilität betrifft, würden viele Menschen die Hände überm Kopf zusammenschlagen. Und bei Rosemarie? Ebenfalls problematisch.

»Ich verstehe schon«, sagte Bea, »du suchst nach einem Prinzip, und wenn du es gefunden hast, willst du daran festhalten. Du willst es zum Teil deiner Persönlichkeit machen und nie mehr aufgeben. Das ehrt dich natürlich. Andererseits ...«

Auch Kitty prüfte jetzt ihre Fingerkuppen.

»... bist du sehr selbstbewusst, Rosemarie. Aber du solltest, bevor du loslegst, ruhig einmal tief Luft holen und überlegen, welche Konsequenzen dein Handeln hat. Du musst lernen abzuschätzen, ob das, was du tust, auch wirklich das Richtige ist. Und dann kannst du deine Fähigkeiten und Talente frei ausleben.«

»Welche Fähigkeiten und Talente meinst du denn?«, fragte Rosemarie.

Für meine Schwester Regula hoffte ich, dass Rosemaries Fähigkeiten und Talente als Au-pair-Mädchen im Zubereiten von Plumpudding und *Ham and Eggs* liegen würden. Aber was wusste ich, was im Kopf einer Achtzehnjährigen vorgeht, die eben noch auf einer Bühne von fünftausend Menschen beklatscht worden war und in deren Brillengläsern jetzt die bunt verlockenden Leuchtreklamen blinkten? Und Bea las nichts als Flausen in der ausgestreckten Hand, die Rosemarie nun, Gott sei Dank, benutzen musste, um den Türöffner zu betätigen. Das Taxi hatte angehalten.

»Bist du Waage?«, fragte Bea. »Nein, du bist Löwe.«

»Falsch«, sagte Rosemarie und sah beim Aussteigen in die Sterne, als verkündete sie ihren besten Freunden ihre hervorragendste Eigenschaft: »Ich bin Wassermann!«

Bea guckte verwundert, ich suchte in meiner Hosentasche nach Geldscheinen, und Kitty rief: »Hopp!«

Hier, in Chinatown, mag ich die fransigen Bommeln an den roten Laternen, das Gepinsel der unlesbaren Schriftzeichen, die winkenden Pfoten der Grinse-Katzen, all das Billige, Goldene. Dazu die Enten und Hühner in den Fenstern, die ihre gerupften Flügel hängen ließen und so bleich waren wie die blanken Beine der Frauen, die in dieser kalten Herbstnacht schnatternd und ineinander eingehakt die Straße entlangtrippelten, als wären die Nächte lau und die Männer, die ihre erhobene Bierflasche angrölten, ihr Schicksal, das sie in dieser Nacht nichts anging. Für sie war Chinatown nur ein Durchgang. Wahrscheinlich gingen sie zu Piccadilly Circus, wo es rund um die Uhr kreiselt und wirbelt und vielleicht das einzig wahre Vergnügen wartet. Lee Ho-Fook stand in seiner Tür und winkte aus dem Menschenstrom die Hungrigen in sein Lokal. Den Gastraum im ersten Stock mit den ungastlichen Neonröhren und den abwaschbaren Speisekarten kenne ich in- und auswendig. Schließlich bin ich hier seit Jahren – oder waren es Jahrzehnte? – Stammgast.

Eilig wurde ein sauberes Papier über unseren Tisch gebreitet. Ich fuhr mit dem Finger die Abteilungen ab und bestellte Peking-Ente und Gemüse, Suppen und Saucen in süßsauer und scharf, Reiswein, Weißwein, Bier, Wasser – alles und für jeden etwas.

Rosemarie hatte den Arm aufgestützt und folgte den Strichen und Linien, eine Art Weltkarte der Chirologie, die Bea auf das Papiertuch zeichnete. Das Mädchen hatte darauf bestanden, heute Abend noch ihre Frisur aus der Show zu tragen, mit der ich sie komplett verändert hatte. Sie war schön. Wie könnte ich ihr Styling sonst beschreiben? Sie war aus einer anderen Zeit, naiv, aber auch frech. Ein strenger Mittelscheitel, ein glatter Oberkopf, aber die Haare rechts und links zu einem großen, abstehenden Afro gezupft. Ich hatte eine genaue Vorstellung von jeder einzelnen Locke gehabt. Zu dritt hatten wir um sie herumgestanden und das Haar mit sechs Händen in Rekordzeit gebürstet und geschnitten, hatten es um Haarnadeln herumgewickelt, immer in Form einer Acht, und jedes Haarnadelpaket mit dem Glätteisen gedämpft, und das hundert Mal. Das Ergebnis ist extrem. Eine solche Krause kennt die Natur nicht.

Vor ihrem Auftritt durfte Rosemarie noch ein Mal in den Spiegel gucken, dann hatte ich ihre Brille, das hässliche Ding, kassiert und Rosemaries Kopf unter einem Schleier versteckt, den Dennis zusammen mit einem Kleid aus Gaze aufgetrieben hatte. Wenn alle skeptisch sind, verlasse ich mich auf meinen Instinkt. Ich machte Rosemaries Sehschwäche einfach zum Konzept und kreierte einen dramatischen Auftakt. Und dramatischer ging es nicht: Ich schubste sie auf die Bühne und betete heimlich, es möge kein Unglück geschehen, bis die Tänzer ihr den Schleier wegreißen. Rosemarie tappte, perfekt ausgeleuchtet, zu den Sphärenklängen, die Dennis auf seinem MP3-Player gespeichert hatte, im weißen Gewand umher, schlafwandlerisch statt kurzsichtig. Rosemarie liebte ihr Styling und ich das Wesen, das ich erschaffen hatte. Die Person, die sich dahinter verbarg, kannte ich nicht, und vielleicht war sie mir zu diesem Zeitpunkt auch egal. Erst später, als die Ereignisse über uns hereinbrachen und mir klar wurde, wozu Rosemarie imstande war, würde ich anfangen, mir Vorwürfe zu machen. Ich würde mich fragen, ob nicht die Wandlung, die wir an diesem Abend in London an ihr vorgenommen hatten, sie zu all dem Unsinn anspornte, den sie anstellen würde. Aber so weit war es noch nicht. Noch lief alles gut.

Bei Lee Ho-Fook kam, wie immer, alles auf einmal und von allen Seiten. In Sekunden war der Tisch voll mit Schüsseln, Schalen und Tellern und Beas Gekritzel darunter verschwunden. Ich hob mein Glas und sagte: »Liebe Rosemarie, herzlichen Dank, dass du alles so klaglos mitgemacht hast. Wie ein Profi. Es ist einfach so: Ohne dich hätten wir alt ausgesehen. Auf dein Wohl, Rosemarie!«

Sie lachte glücklich.

»Warst du eigentlich schon einmal in München?«, fragte ich.

»Nicht mal in Deutschland.«

»Aber du sprichst so hervorragend deutsch!«

»Meine Großmutter war aus München. Aus der Petticoat-Straße.«

»Du meinst wahrscheinlich: Pettenkoferstraße. Die ist bei mir um die Ecke, auf der anderen Seite vom Sendlinger-Tor-Platz. Ich wohne im Glockenbachviertel, in der Hans-Sachs-Straße, eine der schönsten Straßen Münchens. Mit vielen Cafés, Kneipen, Bars und interessanten kleinen Geschäften. Ich zeige dir die Gegend bei Gelegenheit, wenn du magst.«

»Ist das weit von da, wo ich wohne?«, fragte Rosmarie.

»Regula wohnt ganz woanders, in Nord-Schwabing. Da ist alles ein bisschen ruhiger.«

»Und wie weit ist es von Nord-Schwabing ins Glockenbachviertel?«

»Mit dem Taxi eine Viertelstunde, höchstens. Es sei denn, auf der Leopold ist wieder Stau.«

»Und zu Fuß? Oder mit dem Fahrrad?«

»In München ist eigentlich nichts richtig weit. Jedenfalls im Vergleich zu London oder Moskau. Aber wenn du aus Ipswich kommst, ist München natürlich riesig.«

»Nichts gegen Ipswich!«, meinte Rosemarie. »Aus Ipswich kommt der Erfinder von James Bond. Und *Thunderball* hat auch bei uns gespielt.«

»Jetzt erinnere ich mich«, sagte ich. »Auf dieser Beauty-Farm in Shrubland Hall sind Bea und ich sogar schon einmal gewesen. Da war ein Masseur … – Entschuldigung.«

Kitty, meine Managerin, schob mir, wie zur Erinnerung, das Mobiltelefon über den Tisch.

Ich wählte. »Nur ganz kurz …«, sagte ich. Doch statt Aljoschas Stimme hatte ich bloß ein Tuten im Ohr. Mein Freund in Moskau hatte mich einfach weggedrückt. Ich war irritiert. Aber vielleicht stand er sich bei einer der Vernissagen, die für ihn Pflichtveranstaltungen sind, die Beine in den Bauch, oder er war einfach müde. Schließlich hatte er im Moment ganz schön viele Rennereien mit unserem gemeinsamen Projekt: Wir schenkten seiner Großmutter, Babuschka, für ihre Wohnung im Moskauer Plattenbau ein neues Badezimmer. Aljoscha kümmerte sich um Material und Handwerker, ich mich um die Finanzierung. Doch der Umbau zog sich hin. Nachdem die rustikale Kachel aus Portugal vom Tisch war, ging es nun um das italienische Glasmosaik, mit dessen farbigen Steinen sich ganz phantastische Muster und Motive verlegen lassen. Ich hatte das Budget erhöht und stellte mir vor, wie Babuschka inmitten der heruntergekommenen Hochhauswüste in einem fensterlosen Raum im achten Stock, umgeben von gefliesten Seerosen, ein Vollbad nahm, in einer Sitzbadewanne mit Haltegriff und bequemem Einstieg.

Am dritten Oktober, so hatten wir geplant, wenn alles ausgestanden war, würde Aljoscha nach München kommen. Und er hatte keinen blassen Schimmer, dass sich der Kurztrip für ihn zu einem verlängerten Wochenende in Rom auswachsen würde. Gerne hätte ich mich jetzt an Aljoschas Schulter gelehnt.

Für einen Moment schloss ich die Augen und versuchte alles auszublenden: das laute Gerede im Lokal, das Lachen, den Dunst, die Hektik. Den Fön bei der Show, die Luft elektrisch, Nieselregen aus den Zerstäubern, Härchen, die wirbeln, Puderstaub überall.

Ich öffnete die Augen, sah Rosemaries Brille und hörte ihr Lachen, helle Töne, zu einer endlosen Kette aneinandergereiht. Sie steckte mich an damit.

»Und deine Eltern?«, fragte ich. »Hast du Geschwister?«

»Zwei Schwestern.«

»Älter oder jünger?«

»Ich bin ein Nachzügler, sagt man nicht so?«

»Wie alt bist du? Achtzehn?«

»Schon fast neunzehn.«

»Das Nesthäkchen.«

»Stell dir vor, mein armer Daddy: mit der Großmutter fünf Frauen! Er ist dann auch zurück nach Irland. Dass wir zu Hause immer deutsch gesprochen haben, hat ihm den Rest gegeben. Behauptet meine Mutter jedenfalls.«

»Warum habt ihr Deutsch geredet?«

»Wegen meiner Großmutter. Daher auch mein Name, nach meiner Großmutter, Rosemarie. Wie findest du den ihn?«

»Rosemarie, Rose – ich weiß nicht, ob ich mein Kind so nennen würde, aber ich mag ihn. Doch, ich finde deinen Namen schön.«

»Hast du keine Kinder?«

»Nein, auch keine in Sicht.«

»Und bist du verheiratet? Oder hast du eine Freundin?«

»Ich habe einen Freund. Aljoscha heißt er. Er lebt in Moskau. Vielleicht lernst du ihn bald kennen.«

»Das heißt also, du siehst ihn nicht oft?«

»Das gehört, glaube ich, zu unserer Beziehung.«

Es sah nicht so aus, als ob sie meine Theorie verstanden hätte. Sie kannte noch nicht den Versuch, für eine Beziehung diese wackligen Krücken zu konstruieren, mit denen man hofft, ohne Bruch über alle Klippen zu kommen, die, wie in einem Horrorfilm, jederzeit aus dem Nichts auftauchen können. Manchmal hätte ich die Dinge gerne einfach und stabil. Ich sagte:

»Bei meiner Schwester wird es dir gefallen. Die Seidleins sind nett. Nicht nur Regula, auch Christopher, ihr Mann. Und Anna und Jonas, die Kinder, natürlich sowieso« – und stellte mir Rosemarie am Herd in der Küchenschürze vor, im Park an der Schaukel im wetterfesten Anorak und barfuß bei der Überschwemmung im Bad. Vermutlich würde sie mit allem klarkommen. Aber vielleicht würde dieses Leben sie langweilen. Immerhin war sie gerade bejubelt worden.

Als würde sie meine Bedenken ahnen, sagte sie: »Und wenn es langweilig wird, bist du ja auch noch da – der Onkel!«

Das Telefon rutschte brummend zwischen den leeren Schüsseln umher. Der Rückruf von Aljoscha.

»Hallo?«

Nein, nur Dennis. Er sei mit den Jungs ins ›Tramps‹ gegangen. Ob wir auch kommen wollten? Am anderen Ende war Radau.

»Okay«, entschied ich. »Wir kommen.«

Lee Ho-Fook riss das Papiertuch mit Beas chirologischem Kunstwerk vom Tisch, noch bevor wir die Treppe hinunter waren.

»Kennst du das ›Tramps‹?«, fragte ich Rosemarie.

»Schon mal gehört«, antwortete sie mit einem Achselzucken, als könne sie sich unmöglich all die Orte merken, die gerade angesagt sind und von ihr besucht werden wollen.

Als wir im ›Tramps‹ ankamen, war es weit nach Mitternacht. Wir schoben uns an Flaschen und Gläsern vorbei, die in den Händen der Menschen buntglitzernde und tropfnasse Trophäen waren. All diese Menschen waren von einem beinahe unbestechlichen Türsteher erwählt worden und mit einem Plastikband ausgezeichnet, das am Handgelenk baumelnd anzeigte, dass sie hier und heute Abend gegen eine beachtliche Menge Geld nach Herzenslust trinken, tanzen, gaffen und sich frei bewegen durften, wenigstens bis zum Bereich der Very Important Persons.

Ich versuchte, bei den Barkeepern vor der dramatisch illuminierten Wand meine banale Bestellung aufzugeben. Aber die Herren mit den gemeißelten Gesichtern reagierten nicht, und sie einfach an der seidenen Krawatte zu zupfen, die sie klug zwischen zwei Knöpfen ins weiße Hemd gesteckt hatten, ging auch nicht. Rosemarie hatte es da besser, ihr flogen von allen Seiten die Blicke zu, Arme schossen in die Höhe und Blitzlichter auf sie nieder, auf Rosemaries Frisur – mein Kunstwerk, diese fizzy-lockige Haarpracht, in rechts und links seitlich abstehenden Pyramiden gebändigt, in das sich jetzt die Brille als abgefahrenes Accessoire wunderbar einfügte.

Sie schrie in mein Ohr: »Meine Freunde halten mich, ehrlich gesagt, für ziemlich crazy, weil ich nach Deutschland gehe. Die glauben, bei euch sind immer noch die Nazis. Stimmt das?«

»Man erkennt sie nicht immer gleich«, schrie ich zurück. »Sie tragen ja keine Uniform mehr.«

An der Art, wie Rosemarie lachte, bemerkte ich, dass sie mich nicht verstanden hatte.

Henry und Jimmy kamen auf der Tanzfläche in Fahrt, und da waren auch Bea und Kitty. Sie winkten, nein, sie tanzten. Rosemarie nickte und wippte und schien die Intervalle zu zählen, in denen der Barkeeper mit dem Lappen über den Tresen wischte. Vielleicht sollten wir auf die Tanzfläche gehen, aber mir passte auch die Nase des Typen hinter der Bar gut, die mit ihrem großen Haken ein fremder Mittelpunkt in einem feinen Gesicht war.

Dennis suchte Anschluss, für seine Verhältnisse erstaunlich gelöst, was vielleicht an dem Gin Tonic lag, den er in der Hand hielt und die ganze Zeit anlächelte. Ein paarmal setzte er an, etwas zu sagen. Wollte er Konversation machen? Rosemarie zum Tanzen auffordern? Nein, er lächelte weiter in seinen Drink, die Flüssigkeit, die im Licht der Bar aufregend synthetisch leuchtete. Ich wollte Rosemarie nicht aus den Augen lassen. Sie war ja noch so jung und bestimmt zum ersten Mal in so einem Club.

Da kam Archie und nahm sie einfach mit.

Jimmy hatte auf der Tanzfläche sein T-Shirt geopfert und gab seinen glatten Oberkörper preis. Das Publikum hatte aufgeschrien, als die Jungs die Bühne stürmten. Sie wirbelten Rosemarie herum. Plötzlich wusste ich, wie ich ihr Styling beschreiben könnte: Sie war eine Marsha Hunt aus dem Musical *Hair,* ein cooler Abklatsch, mit der man einfach losziehen wollte. Leider würde mit der Haarwäsche morgen früh alles dahin sein.

Rosemarie kam mit erhitzten Wangen zurück, trank, nein, saugte an der Bierflasche, legte ihren Mund auf mein Ohr und schrie: »Danke, Tom!«

»Wofür?«

Ich sah grelle Blitze, die eine kreisende Lichtanlage gegen ihre Brillengläser schleuderte, Ausdruck für die bunten Abenteuer, die das Leben plötzlich bot. Rosemarie war schon wieder weg.

Rosemarie aus Ipswich. Eigentlich sollte sie längst im Bett sein.

3

Seit über einem Jahr hatte sich die Dame bei mir im Salon nicht mehr blicken lassen. Zu ihrem Termin jetzt kam sie fast eine halbe Stunde zu spät, mit Haaren, so schlimm wie ihre Laune, als hätte ich persönlich den Verkehr in der Münchner Innenstadt zu ihren Ungunsten geregelt und würde die Hans-Sachs-Straße mit meinen hundert PKWs als Privatparkplatz benutzen. Keine Erklärung, keine Entschuldigung. Was, bitte, soll der Frisör in dieser Situation sagen?

Ich küsste mit Wangenkontakt an den Ohrläppchen vorbei und sagte: »Schön, dich zu sehen, Marlene.«

Kitty kam mit einem Lächeln und dem Umhang und ging mit dem Versprechen, zum Kaffee auch ein Wasser zu bringen, natürlich, ein stilles.

Das ist der Ton in meinem Münchner Salon, und der wird eingehalten, auch wenn der Terminplan aus den Fugen gerät, der für jeden Kunden eine Stunde vorsieht, und Marlene hatte schon die Hälfte der Zeit verschenkt. Ich würde die Kopfmassage auslassen und trotzdem nicht verhindern können, dass die nächste Kundin warten musste. Das war in diesem Fall nur deshalb kein Drama, weil es meine Schwester Regula war, die sich für siebzehn Uhr angesagt hatte. Sie würde die Zeit nutzen und kopfschüttelnd meine Beauty- und Modezeitschriften durchblättern. Ich war gespannt, wie Rosemarie sich als Au-pair-Mädchen anstellte. Seit einer Woche war sie nun schon bei den Seidleins engagiert.

Ich prüfte die Wassertemperatur und sagte: »Alles in Ordnung, Marlene?«

Während ich zügig mit der Arbeit begann, hörte ich, wie Bea dort hinten in ihrem Bereich mit Robert diskutierte, und das bereits seit einer Viertelstunde. Das irritierte mich. Auch wenn die Farben eine Wissenschaft für sich sind und Bea immer gerne viele Worte macht, versuche ich, das Beratungsgespräch nicht ausufern zu lassen. Wichtig sind die Fragen: Haare – lang oder kurz, Volumen – ja oder nein. Und auch der Pony ist eine Überlegung wert. Alles andere sorgt beim Kunden nur für Verwirrung.

Robert spielte mit seinem Bass und dem charmanten *British accent*, den er sich eisern und eitel bewahrt. Leider verstand ich kein Wort, solange Marlenes Stimme immer auf Fönlautstärke war. Was hatte sie jetzt gefragt?

»Du, Marlene«, sagte ich. »Frag mich nicht.«

Wir gingen nach vorne zu meinem Lieblingsplatz. Von hier habe ich Eingang und Straße im Blick und das Telefon, wenn es sein muss, in Reichweite. Ein letzter Sonnenstrahl streifte die Stuckfassaden mit den Erkern. Nur noch ein Monat, und die Uhr würde von Sommer- auf Winterzeit gedreht werden.

»Schau, Marlene: Mit dieser Länge kriegen wir im Deckhaar wieder eine Linie. Und hier unten lasse ich es ganz weich auslaufen, okay?«

Bea stand plötzlich neben mir und sagte: »Hallo, Marlene, gut schaust du aus!« Und halblaut: »Der will alles rückgängig machen.«

»Was will er?«

»Dahin, wo wir vor zwei Jahren schon mal waren.«

»Ich verstehe kein Wort.«

»Red du bitte mit ihm.«

Ich sagte: »Einen kleinen Moment, Marlene. – Kitty, bitte noch einen Kaffee.«

Robert, der Dozent, saß vor dem Spiegel und versuchte, sich seitlich zu betrachten. Die Augenbrauen, die er mit Sicherheit zupfte, hatte er zweifelnd zusammengezogen, das Lampenlicht nahm seiner Bräune das Dezente. Wir waren ungefähr im gleichen Alter, aber man muss sagen, dass auch Robert mit über vierzig noch unverschämt gut aussah, und das machte nicht nur sein beruflicher Erfolg. Schon lange lehrte er an der Ludwig-Maximilians-Universität, ich glaube, englische Literatur. Ein gemütlicher Job: den ganzen Tag schöne Texte lesen und mit interessierten Studenten darüber quatschen. Eine Welt, die, aus meiner Sicht, nichts mit dem wirklichen Leben zu tun hat.

Im vergangenen Jahr – oder war es sogar noch ein Jahr davor? – musste Robert einen wichtigen Vortrag halten. Deshalb hatten wir ihm damals zum ersten Mal die grauen Härchen abgedeckt, die, vor allem an den Seiten, wie Unkraut zu sprießen begannen und denen er mit der Pinzette nicht mehr beikam.

»Robert, was ist los? Was kann ich für dich tun?«

Ich fuhr ihm mit den Fingern durch die Haare, die ich seit Ewigkeiten kenne, noch aus Londoner Zeiten. Zum Probieren und Experimentieren hatte ich damals ein Model gesucht mit gesunden, schönen Haaren und einer tadellosen Kopfform, was jedoch alles nichts nützt, wenn das Gesicht nicht ebenmäßig ist. Noch besser ist, wenn es irgendeinen besonderen Ausdruck hat, wenn die Augen strahlend sind und das Kinn kräftig. Auf Robert traf das zu. Hoffnungslos heterosexuell, war er hinter möglichst vielen Frauen her und der neuesten Mode möglichst weit voraus, ohne als Student einen Pfennig auf der Naht zu haben. Ich lieferte ihm damals gratis einen perfekten Haarschnitt, er mir das perfekte Model. Eigentlich hatte sich seitdem nicht viel verändert. Nur, dass wir beide mittlerweile in München lebten, er – seit das Glockenbachviertel ›in‹ geworden war – gleich bei mir um die Ecke. Ich kaschierte ihm mit Farbe das Alter, er sich mit perfekten Anzügen die kleinen Polster. Ich mochte Robert.

»Ich will mein Grau zurück«, sagte er.

Wie der Arzt in der Sprechstunde ließ ich mich auf dem Hocker nieder. Was stand denn auf seiner Karteikarte? Jeder Kunde von uns besitzt so eine kleine Tafel, auf der wir nach jedem Termin die Farben in der verwendeten Menge und Zusammensetzung notieren, damit jeder Kollege jederzeit im Bilde ist und niemand den Überblick verliert. Das System hat sich bewährt. Der Kunde sammelt auf diese Weise die Stationen einer eigenen Vita, einen farbigen Lebenslauf. Robert stand noch ganz am Anfang, hatte sozusagen gerade die Einschulung hinter sich: Bisher hatten wir nur Diposit-Only benutzt, eine Intensiv-Tönung, dazu dark blue violet, N-sechs, um das Ganze abzurunden. Perfekt. Ich sagte: »Die Tönung wäscht sich mit der Zeit heraus, kein Problem, das Grau kommt dann automatisch wieder zum Vorschein.«

»Das dauert zu lange«, sagte Robert. »Ich brauche es jetzt, also in zwei Wochen. Ich muss einen Berufungsvortrag an der Uni in Paderborn halten.«

»Du willst weg aus München?«

»Ich muss. Bei uns am Institut komme ich nicht weiter. Nicht gegen diese Mafia.«

»Was denn für eine Mafia?«

»Egal. Dir diesen Sumpf zu erklären dauert jetzt zu lange.«

»Und deshalb musst du ausgerechnet nach Paderborn?«

»Ja, ausgerechnet. Aber davon verstehst du nichts. Also, was ist?«

»Das Grau macht dich älter. Und nicht gerade dynamischer.«

»Aber seriöser. Ich habe es Bea schon lang und breit erklärt. Dass Ihr Frisöre das nicht versteht!«

»Entschuldige, Robert, das ist albern. Das habe ich noch nie gehört.«

»Du mit deinem Laden und den ganzen Schickis – euch geht es doch nur um die ewige Jugend. Aber ich sag dir: Das ist der neue Trend.«

»Das ist ungefähr so trendy wie nach Paderborn zu gehen.«

Robert fasste sich in die Haare. »Kriegt man das Zeug nicht irgendwie raus?«

»Man kriegt alles raus, wenn man will. Aber, pass mal auf, ich habe eine Idee. Wir machen dir am Vorderkopfbereich einfach ein paar hübsche, weißblondierte Strähnen. Damit erreichen wir genau den Effekt, den du dir vorstellst. Aber eigentlich ist es ein Jammer. Schließlich hast du mit der Tönung so ein interessantes Dunkelblond bekommen, und insgesamt diesen schönen Glanz!«

In Roberts Augen, das sah ich deutlich, kam ich einem

seiner Studenten gleich, der in der Prüfung am Thema vorbeiredet, und das mit einem Eifer, der am Ergebnis leider auch nichts ändert. »Halt mir keine Vorträge, mach einfach«, sagte er.

»In Ordnung. Aber hinterher kein Gemecker, klar?«

Robert sah zufrieden in sein Spiegelbild. »Ich wusste, Darling, ich kann mich auf dich verlassen.«

Bea nickte nur zu allem, und ich erinnerte mich: Marlene!

Fünfundzwanzig Minuten später zählte Marlene synchron zu Kittys Addition die Geldscheine auf den Tisch. Ich legte die CD in den Player ein, meinen geliebten Russenrock. Marlene hatte zu Haarkur, Eyeliner und Lippenstift – Sheer Papaya und Iceland Pink – noch ein Glätteisen gekauft und den nächsten Termin in vier Wochen, für den zweiundzwanzigsten Oktober, gemacht, zu dem sie artig versprach, pünktlich zu kommen.

Ich hielt ihr die Tür auf. Ein frischer Luftzug fuhr ihr durch die Haare und hinein in die aufgeheizte, duftende Wolke des Salons.

»Ciao, Marlene!«

Es ist nicht einfach, im engen Rock in so einen Geländewagen zu klettern, der in Grünwald, wo Marlene wohnt, zur Garagenausstattung gehört. Und daneben, stellte ich mir vor, hing bestimmt so ein Ding, diese Windmaschine, von der in Zürich auch Herr Berg, der Angestellte meiner Mutter, träumt. Einfach das Laub mit Getöse von der Villa den Hang hinunter bis zum Zürichsee oder in Nachbars Garten blasen. So hatte er es sich vorgestellt und mutig bei der morgendlichen Besprechung in Mutters Arbeitszimmer vorgetragen. Doch Mutter besteht eisern auf Beibehaltung von

Laubbesen und Rechen. Bei unserem Telefonat hatte ich sie bestärkt, jedoch eher aus Gleichgültigkeit als aus Überzeugung. Jetzt tat es mir leid. Zweitausend Quadratmeter sind mit Rheuma und Ischias kein Pappenstiel. Ich nahm mir vor, Mutter bei unserem nächsten Telefongespräch noch einmal darauf anzusprechen. Aber wo blieb Regula?

Ich schaute die Straße hinunter, Richtung Müllerstraße, aus der Regula kommt, wenn sie mit der U-Bahn zum Sendlinger Tor fährt. Es war gerade einmal halb sechs Uhr, und die Straßenlaternen glimmten bereits. Auf der anderen Straßenseite sah ich den alten Hoffmann aus dem dritten Stock, auf dessen Glatze es nun wirklich bald nichts mehr zu tun gab. Wir grüßten einander, heute wahrscheinlich schon zum dritten Mal.

Ich summte das russische Banana-Marihuana. Das silberne Schild, ›Tomas Prinz – für Haare‹, war blankpoliert und ohne jeden Tadel. Auf meinem weißen Hemd sah man dagegen die feinen Härchen von Marlene und all den anderen, die ich heute unter der Schere gehabt hatte.

Da kam sie, genau aus der entgegengesetzten Richtung. Haare, Mantel, Schal – alles wehte um Regula herum, eher elegant als sportlich. Heute Abend würde sie vermutlich das frischfrisierte Haar mit einem praktischen Gummi zusammenbinden, an die schlanken, schönen Beine die dicken, hässlichen Polster schnallen und auf ihren Inlineskates noch eine schnelle Runde drehen.

Im Gehen wickelte sie einen Blumenstrauß aus dem Papier, den sie nicht bei uns in der Straße bei ›Tulipa‹, sondern drüben beim Friedhof am Stephansplatz bei ›Blumen Ruf‹ gekauft haben musste. Sie hatte einen Umweg gemacht. Wofür?

»Dafür, dass du dich so toll um Rosemarie gekümmert hast.« Regula gab mir einen Kuss auf die Wange.

»Ist doch kein Ding«, antwortete ich.

»Rosemarie ist nur am Schwärmen: von dir, von der Show, von Bea, Kitty, Dennis ...«

»Klar, sie ist leicht zu begeistern.«

»Die Show muss der Wahnsinn gewesen sein.«

»Doch, die war wirklich schön.«

»Ich glaube, du hast tatsächlich was drauf, Tomas.«

»Jetzt komm endlich rein. Wie läuft es denn?«

Dass die Schwester des Chefs in den Salon kommt, passiert zu häufig, als dass es ein Ereignis wäre. Aber es ist eine schöne Unterbrechung. Ein Händedruck, ein Küsschen, eine kurze Umarmung. Kitty wog die Blumen im Arm, als würde das Gewicht Ausschlag geben, ob sie für jedermann sichtbar am Empfang oder exklusiv bei mir oben auf dem großen Esstisch blühen. Kitty entschied: exklusiv.

»Bislang macht Rosemarie ihre Sache wirklich gut.« Regula saß aufrecht im Stuhl und sah geradeaus in den Spiegel.

Ihr Haar kämmte sich wie kostbare Seide.

»Sie gibt sich Mühe. Gerade holt sie die Kinder drüben von der Geigenschule ab. Die drei kommen dann hierher. Rosemarie freut sich schon sehr.«

»Worauf?«

»Dich zu sehen. Den Salon, die Wohnung, wie du eben so lebst. Aber sieh zu, dass es nicht so spät wird.«

»Nicht so spät?«

»Und setz sie dann am besten in ein Taxi. Habe ich dir nichts davon erzählt?«

»Ich bin heute Abend schon mit Stephan verabredet. Wir haben unseren Herrenabend. Er will etwas mit mir besprechen. Scheint etwas Wichtiges zu sein.«

Regula organisiert gern, und wenn ihr dabei ein Fehler unterläuft, wird er einfach weggeredet: »Ist doch prima«, sagte sie. »Dann lernt Rosemarie deinen besten Freund auch gleich kennen.«

»Aber dann ist es ja kein Herrenabend mehr, weißt du?«, erlaubte ich mir den Einwand.

»Jedenfalls«, sagte Regula, »hat sie eine nette Art, mit den Kindern umzugehen. Ich glaube zum Beispiel nicht, dass sie sie einfach mal einen Nachmittag vor den Fernseher setzt, damit sie ihre Ruhe hat. Das wäre für mich eine Horrorvorstellung. Nein, weißt du, was sie mit ihnen macht?«

»Ich mache wieder nur die Spitzen, ja?«

»Sie singt mit ihnen. *Mary has a little lamb* – rauf und runter. Jonas liebt es. Er kann nicht genug davon bekommen. Und gegen seine Neurodermitis weiß Rosemarie vielleicht auch ein Mittel, etwas, das angeblich auch bei Queen Mum geholfen hat.«

»Queen Mum hatte nie Neurodermitis. Und wenn, wäre das Mittel Gin gewesen.«

»Dieses hier soll jedenfalls etwas Homöopathisches sein. Das wäre natürlich wunderbar!«

All diese Details aus dem Leben meiner Schwester, die ich vielleicht nur erfahre, weil wir hier unseren Termin miteinander haben. Und Spitzen kann man, wenn man will, alle zwei Wochen schneiden.

»Das Kochen lernt sie schon noch. Christopher zeigt ihr, wie die Geräte und Maschinen funktionieren und den einen oder anderen Kniff. Und Anna assistiert ihr. Immer weiß sie, wo alles steht. Klein-Anna und Rosemarie sind ein lustiges Team. Allerdings musste ich Rosemarie erst einmal beibringen, dass man Weiß nicht mit Rot wäscht, und schon gar nicht bei neunzig Grad. Erinnerst du dich an die schöne Bluse mit den Stickereien, die du mir mal mitgebracht hast?«

»Die aus Singapur?«

»Aber, mein Gott, niemand ist perfekt. Und wer kann schon so gut bügeln wie Christopher. Nur die Rotweingläser, die großen...«

»Ist eines kaputtgegangen?«

»Drei.«

»Kann man nachkaufen.«

»Es waren die alten, hauchdünnen von Großtante Margarete. Egal. Ich hatte gedacht, die Mädchen in England lernen die Grundlagen der Hauswirtschaft schon in der Schule.«

Ich richtete Regulas Kopf gerade aus und prüfte im Spiegel. Was für einen Glanz die Natur dem Haar gibt, wenn es gesund und gepflegt ist! Und wie unglaublich wäre erst der Effekt, wenn Regula etwas mehr Aufwand treiben und einmal mein Glätteisen benutzen würde, das ich ihr vor Jahren geschenkt hatte. Das Haar würde phantastisch glänzen. Aber für Regula ist alles Zeitverschwendung, was sich vor dem Spiegel nicht in fünf Minuten erledigen lässt. Und das Glätteisen verschimmelt in seinem Karton, wenn Christopher es nicht schon im Netz versteigert hat, so wie ich es, ehrlich gesagt, mit den Inlineskates vorhabe. Die Dinger fliegen schon seit Jahren bei mir unten im Keller herum, obwohl Regula mir bis heute immer mal wieder Fahrunterricht anbietet. Ich bin aber nicht lebensmüde.

»Wo habt ihr Rosemarie eigentlich untergebracht?«, fragte ich.

»Wir haben ihr Christophers Arbeitszimmer hergerichtet. Es ist sehr süß geworden.«

»Und Christopher?«

»Dem gefällt es auch.«

»Ich meine: Wo arbeitet er denn jetzt?«

»An diesem Computerprojekt, von dem er dir lang und breit erzählt hat.«

Nicht zuhören ist auch so eine Eigenschaft, die Regula von Mutter geerbt hatte. Aber wer weiß, wie ähnlich ich meinem Vater bin. Zehn Jahre nach seinem Tod ließ sich das nur nicht mehr überprüfen.

»In der Domagkstraße macht er das«, sagte Regula.

Wir haben keine guten Erinnerungen an diese Straße und das ehemalige Kasernengelände, auf dem viele Kreative arbeiten. Der Mord im vergangenen Winter hätte beinahe unsere Familie auseinandergebracht.

»Aber das Wichtigste ist, dass die Kinder Rosemarie lieben«, sagte Regula. »Alles andere wird sich finden.«

»Sie braucht Kontaktlinsen«, sagte ich.

»Unbedingt.«

»Hat sie Heimweh?«

»Ich weiß nicht. Wenn sie freihat, sitzt sie dauernd am Computer. Christopher behauptet, sie hat einen heißen *Chat* mit einem Archie, den sie anscheinend aus London kennt. Weißt du etwas darüber?«

»Archie? Das ist einer meiner Tänzer.«

»Ist der nicht schwul?«

»Weil er Tänzer ist?«

»Weil du ihn gecastet hast.«

»Ich caste nach Aussehen. Und die Männer, die am besten aussehen, sind meistens straight. Außerdem könnte Rosemarie sich auch mit Archie schreiben, wenn er sonst was wäre.«

Während ich Regula die Haare bügelte, machte sie die Augen zu und sagte: »Trotzdem möchte ich nicht, dass das Mädchen in seiner Freizeit nur am Computer sitzt. Sie soll sich eine Beschäftigung suchen. Sie soll etwas lernen, sich bilden, meinetwegen in einen Chor eintreten, irgendetwas.«

»Aber denk dran, du musst sie nicht erziehen. Sie ist nicht dein drittes Kind.«

»Vielleicht kannst du da auch mal auf sie einwirken.«

»Stell dich mal hin.«

Die Tür wurde aufgerissen, und zwei Kinder stürzten herein, als würden sie verfolgt. Schreiend vor Lachen krochen sie unter den Tischen mit den Spiegeln hindurch, über die Fußstange hinweg und sausten hinter die Theke, ein Fluchtweg, der sich als Sackgasse erwies. Aber da waren die Tasten von Kreditkartenleser und Musikanlage, die man drücken konnte, wenigstens bis Kitty zur Stelle war.

Wann Rosemarie eingetreten war, hatte niemand bemerkt. Für ihre ersten Worte in meinem Salon hätte ich sie küssen können: »Wow, Regula, you look great!«

»Wow, Regula, you look great!«, imitierte Jonas.

»Great!«, schrie Anna als Startschuss für einen Sprint den Flur hinunter an den Waschbecken vorbei.

Regula lief ihr hinterher.

Also gut. Ich schaltete das Eisen ab.

»Gefällt dir der Salon, Rose?«, fragte ich.

»Ich habe ihn mir viel größer vorgestellt. Aber so helle Farben. Wie ein Cremetopf.« Rosemarie guckte fasziniert über meine Schulter. »Es ist sehr schön.«

Ich drehte mich um.

Robert stand auf dem Treppenabsatz, die Arme nach hinten gestreckt, über die Kitty die Mantelärmel schob, sagte »Danke«, zog rechts und links an den Manschetten und stand still, als müsse er überlegen, was nun zu tun sei. In Wirklichkeit genoss er diese Sekunde, in der er von mir begutachtet und von Rosemarie bewundert wurde. Ohne dass sie es überhaupt zu bemerken schien, hatte sich ihr Bein in eine stabile Karussellstange verwandelt, an der Jonas einarmig und schief hängend im Kreis drehte.

Zwei Stufen wurden für Robert zur Showtreppe, die er wie ein Entertainer herabstieg, die Hand lässig in der Hosentasche. Die weißen Strähnen, die Bea ihm gefärbt hatte, sahen exakt nach diesem dezenten Grau aus, das er sich gewünscht hatte. In den lautlosen Applaus hinein fragte Robert: »Gut so?«

Ich sagte: »Das ist Rosemarie Clifford aus England, seit einer Woche Au-pair-Mädchen bei meiner Schwester. Rose, das ist ein Landsmann von dir, Robert Fullton, Professor, hier an der Uni.«

»Privatdozent«, sagte Robert und gab ihr die Hand.

Die Röte auf Rosemaries Wangen war verräterisch. Irgendwie wollte ich ihr aus der Verlegenheit helfen, vielleicht mit einem Lob, und sagte: »Rose war das Star-Model bei meiner Show in London. Mit ihrem Auftritt hat sie mich gerettet.«

Aber Robert sah nur die Brille und daneben den Witzbold, über dessen vermeintlichen Scherz zu lachen der Anstand verbot. Aber er konnte nicht anders. Die Vorstellung, dass dieses kurzsichtige Wesen, diese Bohnenstange mit den ausgetretenen Dingern an den Füßen und dem zappelnden Kind am Bein, ein Star auf der Bühne gewesen sein sollte, zu dem die Menschen so begeistert aufblickten wie die Studentinnen zu ihm, war so komisch, dass es für Robert nur eine Reaktion gab. Er grinste, und sein Kinn verbreiterte sich rechts und links um ungefähr einen unverschämten Zentimeter.

Rosemarie legte die Hand auf Jonas' Kopf. So berührt stand er still und schaute zu ihr hoch, wie verzaubert, während sie zu Robert sagte: »Privatdozent also. Und was machen Sie da?«

»Miss Clifford«, sagte er plötzlich, entschlossen, dieses Mädchen ernst zu nehmen, »interessieren Sie sich für Shakespeares Dramen?«

»Warum nicht? Also unterrichten Sie englische Literatur?«

»Wenn Sie sich für Shakespeares Dramen interessieren, sind Sie herzlich eingeladen, einmal in meine Vorlesung zu kommen. Immer mittwochs, elf Uhr.«

»Da hat sie keine Zeit«, meinte Regula mit Anna unterm Arm, halb entschuldigend, weil sie die Spielverderberin geben musste, halb verärgert, dass wieder einmal niemand außer ihr die Termine im Kopf hatte: »Mittwochs muss Jonas um halb zwölf von der Schule abgeholt werden!«

Robert verabschiedete sich mit einer Miene, als wüsste er, dass hier das letzte Wort noch nicht gesprochen sei. Der eitle Privatdozent ging davon aus, dass Rosemarie ihr niedliches Leben als Au-pair mit ein bisschen Grips und Ehrgeiz so organisierte, damit sie ihn als brillanten Dozenten erlebte und er ihr eine ganz neue Welt eröffnete, immerhin die Welt von Shakespeares Dramen, immer mittwochs, um elf.

Rosemarie sagte nichts, sondern inspizierte das Glätteisen, diese riesengroße Klammer, drückte sie sanft, anscheinend gelangweilt, aber auch neugierig auf den simplen Mechanismus mit den glatten Keramikflächen, durch die sich die Haarsträhnen ziehen lassen, Partie für Partie. Es war seltsam still. Mir kam es vor, als ob Rosemarie etwas ausbrütete.

Regula hielt das Schweigen nicht aus, ihre Bemerkung ging auf Kosten meines Bügeleisens: »Wir haben zu Hause auch so ein Ding«, sagte sie. »Liegt im Schrank. Aber eines sag ich dir gleich: Lange hält es mit den glatten Haaren nicht. Nur bis zur nächsten Haarwäsche.«

Dabei sah sie ihr Au-pair-Mädchen so eindringlich an, dass mir klar war, hier ging es nicht um mein Bügeleisen, sondern um die Angst, dass Rosemarie drauf und dran war, die Organisation des Alltags zu verändern. Das Leben der Familie würde chaotisch werden. Rosemarie brauchte nur noch einen kleinen Schubs.

Sie fragte: »Darf ich jetzt mal deine Wohnung sehen, Tom?«

»Klar.«

Zehn Minuten später legte sie bei mir im Flur Mantel und Schal ab, stellte sich auf die Zehenspitzen und fragte: »Wie schafft Kitty es eigentlich, auf so hohen Absätzen zu laufen?«

»Du musst vor allem langsam gehen«, sagte ich. »Und dabei immer den ganzen Fuß belasten. Und Kopf hoch – ja, genau so. Aber Hals und Schultern nicht so steif. Du darfst nicht stolzieren, du musst gleiten. Und die Knie entspannen, als ob du flache Schuhe trägst.«

»Und bei Treppen?«

»Einfach die Zehen zum Geländer drehen. Aber steig mit den Absätzen bitte nicht gleich auf Kittys Niveau ein. Arbeite dich lieber stufenweise nach oben.«

Jetzt entdeckte Rosemarie das Fahrrad.

Seit dem vergangenen Weihnachtsfest verstaubte es nutzlos hinter dem Garderobenständer, das Geschenk für Aljoscha, das er sich so sehr gewünscht hatte. Aber dann, hieß es, war es zum Radeln immer zu heiß, zu kalt, zu windig, die Zeit zu knapp, Aljoscha zu schlapp. Das nächste Geschenk, hatte ich mir geschworen, würde wieder schlichter Luxus sein. Eine praktische Rolex, zum Beispiel, kann man ohne Umstände jederzeit benutzen.

»Fahr doch mal«, sagte Rosemarie.

»Hier, auf dem Flur?«, fragte ich.

»Klar.«

Einmal, bevor ich das Gefährt endgültig in den Keller zu den Inlineskates stellen würde.

Ich fuhr Richtung Schlafzimmer, völlig ungeübt, hielt aber Gleichgewicht und Spur und kam erst ins Schlingern, als die Türglocke ging.

»Machst du auf? Das ist Stephan«, rief ich und bremste, als der Reifen die Bettkante berührte. Alles gutgegangen.

Ich hörte Rosemarie sagen: »Tom hat schon viel von dir erzählt!«

Das ist wahr. Auf dem Weg vom Salon hinauf in die Wohnung hatte ich ihr über zweiundsiebzig Treppenstufen hinweg von meinem besten und ältesten Freund berichtet, den ich seit Schweizer Schulzeiten kenne. Vor allem hatte ich erwähnt, dass er heute Abend mit mir über eine »Sache« reden wollte, die, wie er am Telefon angekündigt hatte, »auf der Tagesordnung ganz oben steht«. Vielleicht war die Angelegenheit banal. Vielleicht würden wir beim Essen – Kleinigkeiten von ›Käfer‹, querbeet bestellt – diskutieren, ob wir unser Fitness-Training wiederaufnehmen sollten. Wir würden mit Mousse au Chocolat und braunem Tequila, Zigarre und Zigarillo auf dem Sofa liegen und dann doch beschließen, den Sport sein zu lassen oder es beizeiten mit etwas Neuem zu versuchen.

Oder es ging dieses Mal um etwas Gewichtigeres als die Kalorien in unserem Leben. Meine Ahnungslosigkeit machte mich unruhig.

Ich bugsierte das Fahrrad zurück auf seinen Parkplatz hinterm Garderobenständer und hoffte, Rosemarie würde rasch die Kurve kriegen und gehen, ohne dass ich viel Worte machen musste.

Rosemarie half Stephan aus dem Mantel und bot ihm einen »Drink« an.

Stephan wunderte sich über die unbekannte Gastgeberin, aber die Aussicht, diesen Abend nicht allein mit mir zu verbringen, schien ihm zu gefallen. Als Rosemarie endlich verkündete: »Jetzt gehe ich!«, fragte Stephan: »Warum denn? Bleib doch.«

Rosemarie guckte in den Kühlschrank, brauchte nicht lange, um sich zu orientieren, und fragte: »Kann es eigentlich sein, dass du jeden Tag ein neues Stück Butter anfängst?« Sie bestimmte, bei ›Käfer‹ zu bestellen, sei Quatsch. »Wir kochen selbst.« Aber ohne große Umstände. Wir griffen einfach zu Pasta und Pesto. Nur im Gespräch entwickelten Stephan und ich Ehrgeiz, auch wenn die Kamellen, die wir hervorkramten, kaum dazu taugten, Rosemarie zu beweisen, dass wir auch einmal flotte Feger gewesen waren. Wen interessierte denn die uralte Geschichte von diesem englischen Austauschschüler, für den ich in einem Alter schwärmte, als mir die Entdeckung des Bartflaums noch bevorstand – eine harmlose Romanze, die Stephan zu einer Skandalgeschichte ersten Ranges überwürzte. Nach ähnlichem Rezept motzte er für Rosemarie seine Geschichte mit der französischen Referendarin auf, die er als Teenager toll fand. Aber nach meiner Erinnerung hatte die Dame damals gar nichts von ihrer Liaison mitbekommen und ihn nie in etwas anderem unterrichtet als in Latein.

Rosemarie setzte ihre Brille ab und lachte freundlich über diese uninteressanten, weil folgenlosen Erinnerungen, die ihre Spuren nur in Krähenfüßen und Lach-, Speck- und Sorgenfalten hinterlassen hatten.

Stephan erzählte und erzählte, und mit jeder Anekdote fühlte ich mich alt und älter. Ich war etabliert und arriviert. Ich hatte die großen Aufregungen hinter mir. Stephan dagegen war beflügelt und, so mein Verdacht, erleichtert, weil sich abzeichnete, dass sein geheimnisvoller »Tagesordnungspunkt« für heute wohl unter den Tisch fiel.

Jetzt auch noch sein Bekenntnis, Porsche-Fan zu sein.

Rosemarie setzte ihre Brille wieder auf. Sie auch!

»Neunhundertelf, Coupé, Baujahr zweiundsiebzig.«

»165 PS?«

»Mit Wärmetauschern aus Edelstahl.«

Stephan erzählte in allen technischen und physikalischen Details von seiner Kunst, auf dem Uni-Parkplatz mit höchstmöglicher Geschwindigkeit in die Kurven zu schleudern, immer haarscharf um die Professoren-Autos herum, damals, vor zwanzig Jahren, und würgte mich ab, als ich ihn fragen wollte, warum er eigentlich heute keinen Rennwagen mehr lenkt und welche Instanz in seinem Leben ihm diesen Spaß untersagt: Seine seriösen Klienten, seine langweilige Sabine oder seine vernünftige Erziehung? Ich musste ihn so vieles fragen, aber Rosemarie kam, wie beim Autoquartett, mit »Beschleunigung«, »Hubraum« und »Spitze«. Ich zog schon mal mit meinem Glas Wein auf die Couch im Wohnzimmer um.

Im Liegen machte ich die Augen zu. Stephan schien es gutzugehen, und Rosemarie integrierte sich unauffällig in mein Leben. Ich dachte über meine Termine nach: die Besprechung mit den Mode- und Beauty-Redakteurinnen von *Vamp* zum Beispiel. Die Frisuren-Produktion für das Februar-Heft, neue Trends im Frühling standen an. Ich musste mir etwas ausdenken. Vielleicht Schwarz und Neon, eine logische Entwicklung der Crazy Colours, aber nicht markant, sondern wieder dünner geschnitten, im Japanese-Style.

Stephan und Rosemarie redeten drüben über James Bond. Fuhr der auch Porsche? Vermutlich in Ipswich.

Aber wirklich wichtig war, dass am dritten Oktober, in genau neun Tagen, Aljoscha einfliegen würde, zum »Vereinigungstag«, wie er sagte. Kitty musste sich noch um unser Hotel in Rom kümmern, klein und elegant, beim Pantheon um die Ecke. Mit dem Trip würde mein Liebling nicht rechnen und schön Augen machen. Die ganze Zeit hatte er sich nur um den Dreck und Staub in Babuschkas Badezimmer gekümmert. Höchste Zeit, dass ich mich jetzt einmal um ihn kümmerte. Ich hatte Sehnsucht nach ihm.

Ich hörte: »Tomas, wir gehen!«

Stephan half Rosemarie in den Mantel, der Abend war vorbei und die angeblich so wichtige Frage nicht erörtert. Ich stand in Socken, verstrubbelt und verschlafen, und fragte: »Was ist denn nun eigentlich dein Problem, der wichtige Punkt, ganz oben auf der Tagesordnung?«

Stephan, der mit seinem Schlüsselbund zum Aufbruch klimperte, hielt plötzlich still. In seinen Augen und den zusammengepressten Lippen sah ich den Trotz, wie ich ihn bei ihm kenne, wenn er eine grandiose Niederlage eingefahren hat. Das war zuletzt der Fall, als er noch kurz vor dem Bretagne-Urlaub diesen Prozess in den Sand setzte, dreißig Millionen futsch.

»Was ist denn los, Stephan?«

»Ich gehe an die Uni«, sagte Rosemarie.

»Wie?«

»Ich habe ihr zugeraten«, sagte Stephan und klimperte wieder mit den Schlüsseln. »Sie soll sich ein bisschen umgucken, schnuppern, ob es etwas für sie ist, die Akademikerwelt.«

Ich war überrascht. Rosemarie unter Akademikern? Ich glaube, ich hatte in diesem Moment schon eine Ahnung: Das geht nicht gut. Aber dann sagte Rosemarie: »Übrigens ...« – und der Gedanke war fort. »Dein Telefon!«

Ein Anruf so kurz vor Mitternacht konnte nur von jemandem sein, der Sehnsucht hatte. »Also, wir sehen uns!«, sagte ich, machte rasch die Tür zu, stürzte zum Hörer und rief glücklich: »Hallo!«

»Ich dachte schon, du wärest gar nicht zu Hause!«

»Ach, du bist es, Mama.«

»Hast du Besuch?«

»Sie sind gerade gegangen. Stephan und Rosemarie, weißt du, Regulas Au-pair-Mädchen.«

»Wie macht sie sich?«

»Rose? Sie will jetzt studieren.«

»Das Mädchen soll sich um die Kinder und den Haushalt kümmern, dafür habt ihr sie schließlich engagiert.«

»Das tut sie ja, und sogar ganz anständig. Aber sie will sich ausprobieren, etwas erleben. Ich kann sie gut verstehen.«

»Natürlich kannst du das. Du hast ihr in London den Kopf verdreht. Ich habe mir gleich gedacht, dass da noch etwas kommt.«

»Die Uni ist eine solide Anstalt. Du wolltest selbst früher immer, dass ich da hingehe.«

»Regula wäre besser bedient, wenn sie eine Erzieherin engagiert hätte, die ausgebildet ist und weiß, was sie tut.«

»Wenn du Rosemarie kennen würdest, kämest du nicht auf die Idee, dass diese Frau nicht wüsste, was sie tut.«

»Wir müssen uns zusammensetzen. Es gibt ein paar Dinge zu besprechen. Wir sind an einem neuen Projekt.«

»Wer ist ›wir‹?«

»Du, natürlich, und Regula. Außerdem Monsieur Parents du Chatelet und ich.«

Den Innenarchitekten hatte Mutter im vergangenen Jahr in Nizza kennengelernt. Ein Urlaubsflirt, den Regula und ich wegen seines komplizierten Nachnamens »Monsieur« nennen, oder »Monsieur François«, auch, weil er aussieht wie der ehemalige französische Staatspräsident. Der hatte ja ziemlich lange regiert, und Monsieur war jetzt auch schon eine ganze Weile bei Mutter mit von der Partie.

»Bist du noch dran?«, fragte sie.

»Was ist das für ein Projekt?«

»Nichts fürs Telefon. Das muss ich euch in Ruhe erklären.«

»Also brauchst du dafür unsere Unterschriften?«

»Vor allem brauche ich eure Meinung. Wir setzen uns zusammen, vielleicht beim ›Ederer‹, und besprechen alles.«

»Geschäftlich oder privat?«

»Wir kommen an diesem Feiertag, den ihr habt, diesem …«

»Vereinigungstag. Das ist aber doof.«

»Warum?«

»Da kommt schon Aljoscha.«

»Den kannst du doch danach treffen und überhaupt die ganze Zeit.«

»Ich habe ihn seit Wochen, was sag ich, seit Monaten nicht gesehen. Du kannst dir gar nicht vorstellen …«

»Dann bring ihn mit. Vielleicht ist es sogar ganz gut, der Mann wirkt ja immer sehr ausgleichend. Und wo wir schon dabei sind: Sag Regula nicht, was ich über dieses Au-pair-Mädchen, das Fräulein Rosemarie, gesagt habe. Es geht mich ja nichts an, und Regula wird immer gleich wütend.«

»Keine Sorge.«

»Und jetzt schlaf. Gute Nacht.«

»Was macht eigentlich der Rücken von Herrn Berg?«

Doch Mutter hatte schon aufgelegt.

Wie kompliziert Menschen die Dinge machten. Überall diese Strategien, worüber geredet und nicht geredet werden durfte. Mutter sagte mir ihre Meinung über Rosemarie, was Regula nicht wissen sollte. Aber was ich wissen wollte, durfte wiederum nicht am Telefon, sondern sollte am Tisch besprochen werden. Und Stephan kündigte Wichtiges an und bekam dann nicht die Zähne auseinander, weder am Telefon noch bei Tisch. Bei mir im Salon, dem geschützten Raum, erzählen die Leute meistens einfach, was ihnen gerade in den Kopf kommt.

Ich fing an, die benutzten Teller ineinanderzustellen. Aber Agnes würde morgen früh sowieso kommen und aufräumen. Ich ließ alles stehen.

Beim Brummen der elektrischen Zahnbürste überlegte ich, in welches Projekt Mutter nach der Bonbonfabrik wohl noch investieren wollte. Mit irgendeiner Idee musste Monsieur ihr einen Floh ins Ohr gesetzt haben. Ein neues Geschäftsfeld, vielleicht seine Innenarchitektur, Dekostoffe und all dieses Zeug. Am Ende wäre die Idee gar nicht so schlecht.

Und was war mit Stephan? Welches Abenteuer stand ihm bevor? Affären sind nichts für Stephan. Deshalb würde er sich zum Beispiel nie von Sabine trennen. Ganz bestimmt nicht.

Ich klopfte das Kopfkissen in Form.

Nur bei Rosemarie schien alles klar und einfach. Das Aupair-Mädchen wurde Studentin.

Und wenigstens damit, dachte ich, hätte ich nun wirklich gar nichts zu tun.

4

Manchmal verbrauchen sich die Tage so rasant wie Handtücher. Fünf große Stapel hatten an diesem Morgen auf dem Regal gelegen. Jetzt, am frühen Mittag, waren sie alle weg. Die Kunden jagten durch den Salon, die Wolken über den blauen Herbsthimmel, und die Trinkgelder für die Angestellten tropften dabei so selbstverständlich wie der Wasserhahn in der Kaffeeküche. Jeder nahm hin, dass alles lief, mit dieser zufriedenen Gleichgültigkeit, mit der sich nie etwas ändern würde.

Ich war nicht gut drauf, und das schon seit Tagen.

Kitty rief quer durch den Salon: »Christa braucht einen neuen Schnitt, oder reicht es, wenn sie nur zum Färben kommt?«

Ich überlegte. Ihr letzter Termin war vor vier Wochen gewesen. »Färben reicht. Ich mache ihr nur den Pony.« Denn ich wusste, dass sie in der Zwischenzeit wieder selbst daran herumgeschnippelt hatte und das Resultat entsprechend aussehen würde.

Kitty hängte auf, versenkte eine Termintafel und holte eine andere aus der Hängevorrichtung heraus. »Theadora hat angerufen«, informierte sie. »Sie sagt, sie sieht zum Davonlaufen aus. Ich habe ihren Termin vorverlegt.«

»Hab's gesehen.«

»Und denkst du daran, dass Rosemarie …«

»Keine Sorge. Ich denke an alles.«

Aber ohne mit dem Herzen bei der Sache zu sein. Ich funktionierte wie eine Maschine, ich war eine Frisiermaschine mit dreiundvierzig Jahren auf dem Buckel. Ich mag mich selbst nicht mit dieser Laune. Ich war einfach verbraucht. Was war jetzt mit den Handtüchern?

Sie schaukelten gemütlich in der Waschmaschine. Bea und Kerstin saßen beinebaumelnd obenauf und beaufsichtigten den Waschgang, statt in der Zeit zwischen zwei Terminen kleine Arbeiten zu erledigen. Zum Beispiel den Klempner anrufen oder die Alufolie für das Färben zurechtschneiden.

»Kerstin«, sagte ich. Aber bevor ich den Satz zu Ende sprechen konnte, sprang sie von ihrem Sitzplatz, eine Demonstration der Erleichterung, als gäbe es nichts Schöneres, als an die Arbeit zu gehen und Menschen hübsch zu machen. Merkwürdig.

»Alles klar bei euch?«, fragte ich.

Kerstin verschwand mit einem Stapel gefalteter Handtücher, den ich hinter ihrem Rücken gar nicht gesehen hatte.

Bald, da war ich mir sicher, würde sie mit einer kleinen Bitte auf mich zukommen, mit einem dringenden Wunsch, der, nett verpackt, eine knallharte Forderung wäre: eine Gehaltserhöhung in Zeiten stagnierenden Umsatzes. Oder Urlaub in den Wochen vor den Weihnachtsfeiertagen, in denen bei uns jede Hand gebraucht wird, die imstande ist, eine Schere zu halten.

Bea knisterte mit der Alufolie.

»Hat Kerstin bei dir vorgetastet, wann der Zeitpunkt günstig ist?«, fragte ich.

»Zeitpunkt? Für was?«

»Vielleicht sehe ich auch nur Gespenster.«

»Was ist eigentlich los mit dir?«

»Aljoscha hat mir abgesagt.«

»Oh«, machte Bea.

Bei seinem Anruf hatte ich schon an der Stimme gehört, was los war. Es war die Baustelle, die ihn in Moskau hielt, verspätete Lieferungen, verschleppte Arbeiten. »Ich kann Babuschka jetzt einfach nicht allein in diesem Dreck sitzenlassen«, hatte Aljoscha gesagt, und ich geantwortet: »Das verstehe ich.« – »Ehrlich?« Aljoscha hatte so erleichtert geklungen, dass ich jetzt noch heulen könnte.

Bea sagte: »Dabei ist für euch Wassermänner eigentlich gerade eine gute Zeit. Jupiter, Konjunktion Sonne.«

»Das sagst du immer.«

»Die Dinge sind an einem Punkt angekommen, wo ihr die Initiative ergreifen und Veränderungen herbeiführen müsst.«

»Wieso ›ihr‹?«

»Ihr Wassermänner. Du und Rosemarie. Aber um sie mache ich mir keine Sorgen. Sie ist ja voll dabei. Aber was ist mit dir? Du musst mal raus und an etwas anderes denken. Wo gehst du hin?«

»Raus.«

Über die Sonne konnte man in diesen Tagen wirklich nicht meckern. Zuverlässig wanderte sie jeden Morgen, gleich nach der Stadtreinigung, mit ihrem Bündel Strahlen die Hans-Sachs-Straße entlang und verwandelte sie auf ihrem Weg, Meter für Meter, in ein plapperndes und klapperndes Kaffeehaus. Manche Kunden hatten sich schon beschwert, man könne auf dem Gehweg ja kaum noch einen Schritt tun.

Im Sommer ist dieser Trubel selbstverständlich, jetzt war er fast hysterisch, denn jeder fürchtete, es könnte der letzte Tag sein, an dem ihm von oben die Wärme, großzügig und pauschal, ganz ohne Fernreise, spendiert wurde.

Im Zeitungsladen, kurz vor der Müllerstraße, kaufte ich ein Exemplar des englischen Modejournals, das mir im Salon von der Fensterbank geklaut worden war, bevor ich es selbst hatte anschauen können. Meine Kunden wissen eben, was gut ist.

Vielleicht sollte ich mit Aljoscha nicht immer so verständnisvoll sein. Er hatte wahrscheinlich gar keine Ahnung, wie sehr er mir mit seiner Absage zusetzte.

Im Fenster vom ›Muggenthaler‹ lagen Hutnadeln mit Gemme, Servietten mit Monogramm, all dieser Plunder, den es auch in den Beständen der Familie Prinz zuhauf gab. Man könnte hier auch einmal wegen der alten Rotweingläser schauen, die Rosemarie zerdeppert hatte.

Ruhig mal Krach schlagen.

»He!«

Ein Klingeln hinter mir. Radfahrer! Ich drehte mich um, wollte dem Rüpel mal ganz in Ruhe erklären, wer hier auf dem Gehweg wen zuerst anzurufen und anzuklingeln hat.

Fast hätte ich sie ohne Brille nicht erkannt. Es war Rosemarie. Die Worte rutschten mir so heraus: »Na, du hast mir gerade noch gefehlt.«

»Du mir auch, Tom! Wo gehst du hin?«

Sie fuhr einarmig mit Büchern im Arm. Bei der Umarmung roch sie nach frischem Wind, sie musste gefährlich schnell gefahren sein, wahrscheinlich zwischen den Fußgängern.

»Wirklich, Tom! Du hast unseren Haarschneide-Termin vergessen. Wie in London unser erstes *date*. Ich wollte gerade zu dir.«

»Es ist so herrlich draußen. Komm, wir gehen einen Kaffee trinken. Erzähl mir von der Uni. Und mit den Kontaktlinsen, das ist phantastisch. Du siehst umwerfend aus. Warst du eigentlich schon einmal auf dem Gärtnerplatz?«

Rosemarie berichtete von einer »Uni-Info-Veranstaltung für alle«. Niedlich, sie machte wirklich ernst. Ich dirigierte sie hinter der Straßenbahn auf die andere Seite der Fraunhofer Straße und fragte: »Schau mal, wie findest du das?«

Im Fenster des Secondhandladens, von dem die Berliner so schwärmen, war immer noch dieses unglaubliche Häkelkostüm ausgestellt, das ich schon seit Wochen im Auge hatte. Die Farbe glich dem Ton kräftiger grüner Oliven, für die Agnes, meine Zugehfrau, bis zum Elisabethmarkt fährt und behauptet, diese Qualität bekäme sie nicht auf dem Viktualienmarkt, der praktisch vor meiner Haustür liegt. Ich mischte mich da nicht ein. Aber bei dem Kleid musste ich immer wieder kontrollieren, ob es noch da war. Jetzt, mit den Herbstfarben, wurde das Scheusal zunehmend zum Eyecatcher. Wenn ich es haben wollte, durfte ich nicht mehr lange warten. Vielleicht könnte ich das Ding einmal als Outfit gebrauchen, zum Beispiel bei der nächsten London-Show.

»Sieht irgendwie englisch aus«, meinte Rosemarie.

»Magst du es mal anprobieren?«

Rosemarie lehnte das Fahrrad ans Fenster. Ich sollte ihr bei Gelegenheit das Schloss geben, das bei mir zu Hause am Lenker baumelte und hinter dem Garderobenständer zu gar nichts nutz war.

Die Puppe ließ sich das Kleid von den Verkäuferinnen nur widerwillig über die Ohren ziehen. Ich war ganz gespannt, wie es an Rosemarie aussehen würde, und hörte kaum zu, wie sie von einem Einführungskurs berichtete. Und immer wieder von einer Nummer.

»Was denn eigentlich für eine Nummer?«, fragte ich

»Mit der du dann an der Einführung teilnehmen darfst. Aber nur, wenn sie aufgerufen wird, die Nummer.«

»Und wenn nicht?«

»Hast du Pech. Das nennt man ›Losverfahren‹.«

»Und hattest du Glück?«

»Ich habe ja nicht einmal die Nummer bekommen. Jedenfalls zuerst. Die gibt es nur von neun bis zehn Uhr. Aber das habe ich nicht gewusst. Danke.«

Rosemarie ging mit dem Kleid um die Ecke.

Ich schaute die Krawatten durch, obwohl ich nicht der Krawatten-Typ bin, und hörte Rosemaries Stimme durch den Vorhang: »Das war nämlich so: Der Typ sagt, die Nummern gibt es nur in Raum null-fünfundfünzig, und da führt auch kein Weg dran vorbei. Es war aber schon kurz vor Schluss. Ich also los, den Raum suchen. Und komme da rein, aber das Mädel weiß von nichts. Ich sag ihr, her mit der Nummer, denn es war ja schon knapp. Da stellt sich raus, ich muss ins ›RG‹! Weißt du, was das heißt? – Shit.«

»Passt es?«, fragte ich.

»Moment. – Ich also wieder zurück, in dieses Rückgebäude. Und als ich ankam, war alles dicht und abgeschlossen, kein Mensch da und… verdammt. – Also keine Nummer.«

»Wahnsinn!«

Rosemarie präsentierte sich mit Augenaufschlag, das

rechte Bein vorgestellt, die Hände locker in den Hüften, wie ich es sie in London gelehrt hatte. »Willst du wissen, wie die Geschichte weitergeht?«, fragte sie.

Das Kleid war eine einzige Betonung: der schlanke Hals, die kleinen Brüste, der winzige Bauch, die schmalen, aber runden Hüften, die Beine, ewig lang. Was für ein sexy Schlauch. Saß wie angehäkelt.

»Wie viel?«, fragte ich.

Die Verkäuferin guckte in eine Liste. »Hundertzwanzig. Du kannst es für hundert haben, okay?«

Ich zahlte. Ich war zufrieden.

Wir bogen nach links in die Klenzestraße, diese baumlose Straße. Rosemarie erzählte endlos von ihrem Abenteuer an der Ludwig-Maximilians-Universität. Als wir den Gärtnerplatz erreichten, sagte Rosemarie: »Und dann, du glaubst es nicht, war da diese Frau Professor Markowski und hat ein Auge zugedrückt. Jetzt bin ich eingeschrieben. Ich bin Studentin!«

Vielleicht funktioniert so die Mafia, dachte ich. Robert hatte davon gesprochen. Aber Rosemaries erste Begegnung mit den Akademikern war gut verlaufen.

»Schau mal«, sagte ich.

Ringsherum rosafarbene Fassaden und sechs Sträßchen, die den Platz symmetrisch durchschneiden. Ein kleiner Kreisverkehr um das Zentrum, das Gartenstück, mit den Rabatten, Hecken und dem Friedrich-Gärtner-Denkmal. Es ist wirklich einer der schönsten Plätze Münchens.

Ich machte den Reiseführer und erzählte Rosemarie, dass sich in dieser Gegend vor zweihundert Jahren oder so jüdische Handwerker, vor allem aus Osteuropa, niedergelassen hatten. »Erst viel später kamen die reichen Münchner und haben das da bauen lassen.«

Die große Treppe führt zum ›Staatstheater am Gärtnerplatz‹.

»Das Theater wäre niemals fertig geworden, wenn nicht König Ludwig, unser Märchenkönig, die Sache gerettet hätte. Er hat sich auch gleich eine Königsloge einbauen lassen. Aber reingegangen ist er dann nie. Das ist übrigens eines der Dinge, die ich mit dem Märchenkönig gemeinsam habe.«

»Woher weißt du das alles?«, fragte Rosemarie.

»Aljoscha hat Kunstgeschichte studiert und kann manchmal endlos von diesen Sachen erzählen. Er arbeitet für eine Galerie in Moskau. Aber eigentlich ist er sonst ganz easy, mit seinem Faible für Handwerker, Frisöre oder auch Fliesenleger.«

»Vielleicht sollte ich auch Kunstgeschichte studieren«, überlegte Rosemarie.

»Komm, wir gehen da rüber.«

Rosemarie trank Ovomaltine, diese Schweizer Erfindung, die ich ihr empfohlen hatte und die sie nicht kannte, und sprach zwischen den Schlucken von »Studienordnung«, »Bachelor« und »kommentiertem Vorlesungsverzeichnis«. Jeder Tag, an dem sie München eroberte, schien ihr eine zusätzliche Sommersprosse auf Nase und Wangen zu stempeln. Ihre Augen schauten mich ganz ungewohnt an, so ohne Brille, wach und intelligent und überhaupt nicht wie damals in London, als sie mir fast blind vorkam.

»Und?«, fragte sie.

»Was?«

»Bist du dabei?«

»Wobei jetzt?«

»Bei der Antrittsvorlesung. Das ist an der Uni ein gesellschaftliches Ereignis! Du könntest mich begleiten. Wir würden wieder etwas zusammen machen, und ich könnte dir die Lady mal zeigen.«

»Welche Lady noch mal?«

»Frau Markowski, die so nett war und mir erlaubt hat, dass ich mich doch noch einschreiben darf. Sie ist bei uns Professorin.«

»Tut mir leid, Rose, bei aller Liebe. Aber – kein Bedarf.«

»Soll ich dir mal etwas sagen, Tom? Wenn du mir jetzt das Häkelkleid schenken würdest…«

»Dann?«

»Würde ich es glatt ablehnen.«

5

Auf einen Platz in der hintersten Reihe wollte ich schleichen. Ich horchte. Klopfen ging nicht.

Die Stimme hinter der verschlossenen Tür war ein ruhiges Murmeln, das mir sagte: Da drinnen wird konzentriert vorgetragen. Seit dreißig Minuten war die frischgebackene Professorin dabei, ihren Professoren-Kollegen, Dozenten und Studenten in ihrer Antrittsvorlesung die brillanten Ergebnisse ihrer ausgefuchsten Forschung zu präsentieren und damit zu bestätigen, dass die Wahl, sie zur Inhaberin eines Lehrstuhls an der Ludwig-Maximilians-Universität zu machen, die beste Entscheidung war, die ein Gremium seit langem hatte treffen können.

Ich drückte die Klinke in Zeitlupe herunter und tat den Schritt hinein, mitten in den Vortrag.

Sechzig, siebzig Personen oder mehr saßen an Tischen, die in einem großen U um das Rednerpult herum angeordnet waren, hockten auf Fußboden und Fensterbänken mit Blick nach vorne, zum Podium, wo ich im Rücken der Rednerin stand und in alle Gesichter schaute. Die Hauptperson bemerkte nicht mich, aber die Blicke im Saal, die plötzlich an ihr vorbei auf ein anderes Ziel gerichtet waren. Gleich würde die Professorin am Rednerpult sich zu mir herumdrehen, um herauszufinden, wer ihr da dreist die Aufmerksamkeit des Publikums raubte. Mir war die Situation peinlich. Noch könnte ich rasch zurück auf den Gang und die Tür schnell wieder hinter mir zumachen, als wäre ich gar nicht da gewesen. Noch stand mir die Tür offen.

Andererseits war ich nie bei so einer Veranstaltung gewesen und hatte nie die Chance gehabt, hinter die Fassaden einer Uni zu schauen. Die an der Ludwigstraße sind von außen schmucklos bombastisch und dafür geschaffen, mit dem Taxi und einem königlichen Gefühl an ihnen vorbeizurauschen, den Blick zum Siegestor, auf dem die Löwenquadriga mit der Bavaria stadtauswärts grüßt. Nie war ich auf die Idee gekommen, auf einer meiner Fahrten nach Schwabing einen Zwischenstopp an der Stelle einzulegen, wo die Fassaden sich zu einer Art Platz öffnen und zu beiden Seiten der Ludwigstraße ein Springbrunnen steht von einer Scheußlichkeit, die auch im Doppelpack nicht besser wird. Dieser Fleck heißt Geschwister-Scholl-Platz. Hier befindet sich das Uni-Hauptgebäude.

Ich hatte gezahlt und war ausgestiegen. Ich war Tourist in meiner eigenen Stadt.

Der Professorin hier drinnen war ich nur eine Kopfbewegung wert. Ich zog die Saaltür hinter mir zu und machte, dass ich von der Bühne kam, zu den Fenstern, wo Rosemarie durch Drängeln ihre Mitstudenten zum Aufrücken zwang. Mein schmaler Notsitz neben ihr auf der Fensterbank war okay, nur die Scheibe im Rücken war kalt und feucht von all den Menschen, die hier schon seit über einer halben Stunde atmeten. Ich stopfte mir die Jacke zurecht. Mein kleiner Auftritt am Anglistik-Institut. Die Unterbrechung des Vortrags hatte nur ein paar Sekunden gedauert.

»Ich hätte nicht gedacht, dass du noch kommst«, flüsterte Rosemarie.

»Der Raum war so schwer zu finden!«

Ein Zischen.

Rosemarie sah mich fragend an.

Die deutsche Geschichte hatte mich aufgehalten, drüben, im Hauptgebäude an der Ludwigstraße, wo ich aus dem Taxi gestiegen war. Als ich den Lichthof besichtigt hatte, erinnerte ich mich – Bilder aus einem Schulbuch oder einem Film –, wie von oben die Flugblätter herabgeflattert waren, auf die Köpfe der Studenten, der Aufruf zum Widerstand. Ich sah das ernste Gesicht von Sophie Scholl und hatte genau ihren Pagenschnitt vor Augen und die Haarspange, dieses Schwarzweißfoto. Ihre Hinrichtung und die Nazi-Diktatur waren nicht mal ein Menschenleben her. Den Gedenkstein hier unten und um die Ecke das Dokumentationszentrum mit festen Öffnungszeiten gab es erst seit ungefähr zehn Jahren. Aber ich suchte diese Vorlesung. Ein Student meinte, im ersten Stock, im »Audi-Max«. Doch die hohen Türen waren verschlossen. Hier fand schon mal gar nichts statt. Ich wollte schon gehen, da rief von hinten eine freundliche Stimme: »Kann ich dir helfen?« Die Idee, dass die Vorlesung der Professorin Markowski nicht in diesem Gebäude, sondern im Anglistik-Institut wäre, lag eigentlich auf der Hand. Nicht jede Veranstaltung, erfuhr ich, findet schließlich im Hauptgebäude statt. »Du musst rüber in die Schellingstraße, die Engländer sind gleich am Anfang. Weißt du, wo das ist?« Natürlich kannte ich die Schellingstraße und den ›Schellingsalon‹, hier um die Ecke. Matteo, mein Exfreund, ging gerne dorthin, in dieses bayrische Wirtshaus, am liebsten zum Frühstück, zu Weißwürsten mit süßem Senf, wenn wir im Morgengrauen verkatert und verstrubbelt aus der letzten Bar, meistens ›Inges Karotte‹, kamen. Das war schon ein paar Jahre her, und von Matteo hatte ich ewig nichts mehr gehört.

Ein Ellbogen stach mich. Rosemarie nickte nach vorn: Ich sollte der Professorin zuhören.

Ihre Stimme war schön und angenehm temperiert, wie fürs Kulturradio. Ein Hosenanzug, dessen Eleganz jedes Zuviel an Mode dezent vermied, gepflegtes Haar. Gutgeschnitten und genau so lang, dass es nicht auf der Schulter aufstand, was in der Silhouette geschickt ihre durchschnittliche Körpergröße streckte. Und die Haarfarbe war dieser raffinierte Braunton mit dem leichten Stich ins Violette, wie ihn Frauen tragen, die ihre Zurückhaltung ins Rampenlicht stellen und dadurch umso wertvoller wirken – ein Phänomen, für das eine Journalistin bei uns im Salon den Namen »Mahagoni-Mädchen« erfunden hatte. Unter den Karrierefrauen, Stars und Prinzessinnen werden die Mahagoni-Mädchen immer mehr. Dazu – hatten wir festgestellt – gehört unbedingt ein dezentes Make-up und Selbstsicherheit, die im Fall der Professorin, abgesehen von einem schmalen, goldenen Ehering, ohne ein einziges Schmuckstück auskam. Mein Gott, diese Frau war ohne Makel und noch dazu sehr jung, bestimmt keine vierzig. Fiel das denn hier niemandem auf? Robert Fullton – wo war der eigentlich?

Er saß breitbeinig auf seinem Stuhl am äußersten Ende einer Sitzreihe, kein Blatt Papier, kein Stift griffbereit, eine Demonstration, dass ihn das Referat seiner Kollegin da vorne nicht besonders interessierte.

»Deine Professorin, diese Markowski, ist ja eine tolle Frau«, sagte ich leise.

»Sie heißt Mara«, flüsterte Rosemarie, beinahe andächtig.

»Worum geht es bei dem Vortrag da vorne eigentlich?«, fragte ich.

Aber Rosemarie wollte zuhören. Deshalb waren wir ja hier.

Es ging um Eliot, den englischen Dichter. Thomas Stearnes Eliot – an der Tafel stand es groß: »Das Gedicht ist ein Fresko.« Was für eine Behauptung. Aljoscha würde es brennend interessieren. Oder er würde sich totlachen.

»Nein, meine Damen und Herren!«, rief Frau Markowski und störte den Sekundenschlaf der Menschen, die da hinten in der letzten Reihe dösten, mit bequem verschränkten Armen und müde geknicktem Kopf, der das Kinn verdoppelte. Ob die alle zu dieser Markowski-Mafia gehörten, von der Robert bei mir im Salon gesprochen hatte? Es war ein Gesetz, das die Professorin jetzt formulierte: »Eliots Poesie ist den petrarkischen Geboten einer apollinischen Ausgewogenheit verpflichtet. Heißt: Das Gefühl wird eingefangen, aber nicht assoziiert. Und das ist das Entscheidende.«

Ich verstand kein Wort. Doch im Publikum wurde beifällig genickt, und das Lächeln eines Mannes, dem sein Alter gut zu Gesicht stand, erzählte dabei von so viel Zufriedenheit, als verkündete Mara Markowski eine Wahrheit, für die es sich dann doch zu leben lohnt. Der Mann musste hier am Institut so etwas wie eine Autorität sein. Seine Mähne war von einem schönen Silbergrau, das man niemals färben sollte. Bei diesem Mann konnte man wirklich von einer »Grauen Eminenz« sprechen.

Die Professorin hob zum Schlusswort an. Jetzt war die Sache bald ausgestanden.

Aber dann folgte noch ein Satz, Schlusswort auf Schlusswort. Eine Frau, die für meine Begriffe aus dem Studentenalter schon heraus war, schlug ihren Notizblock zu, das Signal, dass es auch ihr für heute reichte. Ihr Klapptischchen, das seitlich an ihrem Stuhl montiert war, gab gefährlich nach, als sie sich vornüberbeugte und mir zur Auflockerung dieser trockenen Veranstaltung ihr schönes Dekolleté zeigte. Sie war blond, echt blond – ich war mir sicher –, das Haar hochgesteckt mit einzelnen Strähnen, die ihr gekonnt ins hübsche Gesicht fielen. Es gefiel mir, auch wenn das für mich keine Frisur ist. Dazu gehörten die – natürlich – blauen Augen, und ich stellte mir vor, dass ein schöner Duft von ihr ausgehen müsste. Unauffällig suchte sie den Blickkontakt zu dem Mann mit der Silbermähne. Aber keine Chance. Die graue Eminenz war abgetaucht in die Welt von T. S. Eliot. Im Gegensatz zu Robert Fullton, der die Professorin mit einer Intensität hypnotisierte, mit der er mich, wenn ich da vorne stehen würde, völlig aus dem Konzept gebracht hätte.

Doch Mara Markowski redete frei und ließ ihren Blick wie eine Zirkusdirektorin über die Köpfe all dieser Clowns schweifen. Nur Robert dort am Rand beachtete sie nicht. Zum ersten Mal fielen mir seine senkrechten Falten um die Mundpartie auf. Das Neonlicht kassierte alle Spuren seiner Lässigkeit, mit der es ihm sonst immer gelang, alles, was wichtig sein könnte, wegzuspotten. So hatte ich ihn noch nie gesehen. Robert Fullton war im Dienst.

»Wenn du Lust hast«, machte ich Rosemarie leise den

Vorschlag, »können wir rüber in den ›Schellingsalon‹. Ein ganz lustiger Laden, echt münchnerisch. Wird dir gefallen.«

»Aber gleich ist doch noch der Empfang!« Das Flüstern verstärkte Rosemaries Entrüstung über meine Ignoranz, Kneipe und Bier einem solchen Ereignis vorziehen zu wollen.

Ich konnte auf alles hier pfeifen. Meine romantische Vorstellung, dass Vorlesungen in Sälen mit hohen Fenstern und hölzernen Tribünen stattfinden, auf denen schon vor Jahrhunderten Groß- und Urgroßvater gewichtige Thesen gelernt hatten, war zerstört von den Leichtbau-Materialien Aluminium, Linoleum, Styropor. Was für eine Trostlosigkeit. Dieses Mobiliar hatte ich so ähnlich zuletzt in einer Amtsstube der Kriminalpolizei in der Ettstraße gesehen. Ich schaute durch die Reihen.

Kein Lichtblick. Nur ein Lockenkopf, widerspenstig, Typ studentischer Fahrradfahrer. In diesem Mief war er eine frische Brise. Aus den Augenwinkeln blickte er schräg runter auf ein Stück Papier, die Kritzeleien seines Nachbarn, der mit seiner Blässe und der Ernsthaftigkeit schon eher meinem Studentenbild entsprach. Ein Pullunder hätte hübsch zu ihm gepasst, aber er trug T-Shirt.

Der Lockenkopf flüsterte dem Blassen etwas zu, worauf er hochschaute, neugierig die Menschen auf den Fensterbänken musterte, bis er bei mir – oder Rosemarie? – die Objekte gefunden hatte, die er suchte. Sekunden vergingen, in denen die beiden uns anstarrten. Der Lockenkopf gefiel mir. Doch ich fand, die jungen Herren sollten sich ruhig ein wenig mehr auf die Vorlesung konzentrieren.

Rosemarie bemerkte von all dem nichts. Sie stützte das

Kinn in die Hand, den Ellenbogen auf dem Oberschenkel, ein Bein über das andere geschlagen, die ganze Konstruktion ein Ausdruck von stabiler Aufmerksamkeit für die Professorin, deren Worte in Rosemaries Ohren wohl wie Musik klangen.

Tatsächlich lag die Stimme der Mara Markowski jetzt im Ton höher, jede Silbe im Takt, mit dem sie präzise die mathematische Formel sprach: »Also wird in der Kontinuität von Eliots Poesie neben der Akkumulation der Bedeutungen auch von deren Variation, nämlich dem retroaktiven Effekt der späteren Elemente gegenüber den früheren die Rede sein: *Till human voices wake us, and we drown*!« – Sie schaute durch die Reihen, als wollte sie sichergehen, dass man sie gehört und die Tragweite der Bedeutung ihrer Worte erfasst hatte. Und was kam jetzt?

Sie lächelte, beinahe vergnügt, und sagte: »Ich danke Ihnen für Ihre Aufmerksamkeit, meine Damen und Herren.«

Ich war der Einzige, der klatschte, alle anderen klopften. Ein Hämmern erfüllte den Raum. Dieser Beweis, dass die Gestalten sich also doch hörbar für die Wissenschaft begeistern konnten, ließ mich aufatmen. Aber zum Glück war es jetzt auch vorbei.

»Sie ist toll, findest du nicht?«, fragte Rosemarie.

»Doch.«

Frau Professor Mara Markowski kontrollierte gelassen die Manuskriptseiten, um in Ordnung zu bringen, wo gar nichts durcheinandergekommen war, und Zeit zu schinden für die kleine Delegation, die sich fünf Schritte neben ihr formierte, als wollte man ihr ein Ständchen bringen. Hoffentlich nicht noch mehr Ansprachen.

Da eilte eine Dame in Strickjacke nach vorne, gebückt,

als würde man so den kleinen Regiefehler nicht bemerken, der ihr unterlaufen war. In letzter Sekunde reichte sie den Strauß in Cellophan, der rasch durchgegeben wurde zur Silbermähne, dem Anführer der Delegation, der ihn endlich der neuen Professorin übergab. Vorhin noch völlig weggetreten, wirkte er jetzt wie jemand, der immer zwei Treppenstufen auf einmal nimmt, um zu demonstrieren, dass er, obwohl er bald das Rentenalter erreicht haben würde, topfit war. Ein Manager der Geisteswissenschaften. Es wurde gelacht, alles sollte jetzt locker sein, und es sollte bloß nicht auffallen, wie formell und schmucklos die Gratulation verlief, die das Publikum schon nicht mehr sonderlich interessierte. Auf dem Weg nach draußen suchten die Ersten in den Taschen nach Zigaretten.

Mein Lockenkopf sah zu mir herüber.

»Franz!«, rief der Blasse. »Kommst du?«

Franz hieß er also. Hübsch, auch der Name.

»Und?« Rosemarie kramte in ihrer Tasche, dem sperrigen Ding. »›Schellingsalon‹?«

»Jetzt doch?«

Franz war im Gewühl verschwunden.

»Also gut«, sagte ich.

Im Rausgehen sah ich, wie man Mara Markowski die Hand schüttelte, manche gaben Küsschen, nur von der blonden Hochgesteckten bekam sie nicht mal einen Blick. Sie drängelte hinter mir. Es konnte ihr nicht schnell genug gehen.

Rosemarie hängte ihre Tasche an meine Schulter wie an einen stabilen Garderobenhaken und sagte: »Ich muss nur mal schnell Pipi.«

Die Leute verabschiedeten sich voneinander, nein: Sie begrüßten sich, schwatzten, erleichtert, dass das Ritual vorüber war. Ich stand abseits neben einer Betonsäule, wie bei einer verstockten Gesprächspartnerin, nur in Gesellschaft einer senilen Grünpflanze. Sie steckte in einem Kübel trockener Tonkügelchen, von oben mit künstlichem Licht bestrahlt, und wurde mühsam am Leben gehalten, damit sie auf ihre alten Tage vielleicht doch noch etwas für das Ambiente tat. Ein älteres Ehepaar hantierte mit Wein- und Sektflaschen, keine Profis, vielleicht Mama und Papa Markowski. Er schaute zu, wie sie die Gläser füllte. Endlich boten sie schüchtern auf einem Tablett die Erfrischung an. Obwohl man schon darauf gelauert hatte, gab man vor, überrascht zu sein, bis man geziert zugriff.

»Nein, danke«, sagte ich. Mit Sekt und Wein wollte ich gar nicht erst anfangen.

Ich beobachtete, wie Studenten der Geisteswissenschaft Lautsprecher verkabelten, anscheinend fest entschlossen, es heute Abend richtig krachen zu lassen. Ein Pfeifen, die Rückkopplung, ließ die Damen und Herren an den Stehtischen für Sekunden ihr Gespräch unterbrechen, bevor man sich nickend wieder einander widmete. Kinder sprangen umher und wurden von niemandem zur Ordnung gerufen. Zu essen gab es nichts. Prost. So feiern Akademiker.

Rosemarie stand wohl bei den Damen Schlange. Ich könnte auch mal rasch die Zeit nutzen.

Auf dem Herren-wc suchte ich mir im Stehbereich eine Lücke zwischen den Anzugträgern. Die Tasche über der Schulter war wirklich blöd.

Wer mich kennt, weiß, dass ich in solcher Gesellschaft

schweige. Manche Männer, vor allem jene, die sonst nicht die Zähne auseinanderkriegen, plaudern an Örtchen wie diesen plötzlich wie ein Wasserfall. Aber hier war es ruhig, so weit. Man könnte sagen: So pinkeln Akademiker.

Doch dann von rechts: »Wie fandest du sie?«

Ich schaute rüber. Robert Fullton, der geradeaus sah.

»Hmhm«, machte ich.

»Tatsächlich?« Robert wippte in den Knien und schüttelte ungehalten den Kopf. »Jeder ist von dieser Frau beeindruckt. Dabei hat sie doch gar nichts auf dem Kasten. Strukturalismus – wenn ich das schon höre! Das hat man in den Siebzigern rauf und runter durchgekaut. Mara ist einfach nur krankhaft ehrgeizig und hat durch ihren Mann natürlich beste Beziehungen. Wenigstens dir hätte ich, ehrlich gesagt, mehr Menschenkenntnis zugetraut.«

»Na ja«, sagte ich.

Er zog beim Schritt rückwärts den Reißverschluss hoch. »Was machst du hier eigentlich bei uns? Ich dachte, ich sehe nicht richtig, als du da mitten in die Veranstaltung platzt und mich aus meinem Schlaf reißt. Du bist wegen dieser *Beauty* hier, stimmt's? Sag mal, ist das wirklich die Brillenschlange, die mir bei dir im Salon so einen Schrecken eingejagt hat? Dieses Gestell! Alles so fehl am Platz! Aber Respekt, Tom. Was aus so einer Spitzmaus alles werden kann, wenn du sie erst einmal in die Mangel genommen hast. Die Kleine ist wirklich nicht wiederzuerkennen!«

Er schlug mir auf die Schulter, was mich mit Rosemaries Tasche fast das Gleichgewicht kostete, und verschwand. Für einen Moment sickerte aus dem Foyer das Gesumme herein, dann klappte die Tür. Dass der Herr links sein Lästern stumm mit angehört hatte, war Robert so egal wie das Händewaschen.

Im Vorraum hielt ich die Hände ins Waschbecken. Ich betete um Wasser, abhängig von der Laune der Sensoren, die, sehr witzig, immer erst nach ein paar Sekunden die Leitung freigeben. Zeitgleich rauschte es in einer der Kabinen. Ein Lauscher mehr. Mir konnte es egal sein.

Vielleicht ist es diese Unverfrorenheit, die ich an Robert mag, mit der er die Menschen in sein System der Güteklassen einordnet, egal, ob es sich bei den Produkten um junges Gemüse oder Trockenobst handelte. Als würde die Welt aus Früchtchen bestehen, die man anbeißen, vernaschen oder wegschmeißen kann. Aber nicht jeder lässt sich so behandeln. Die Etikettierten stehen dann da, so wie jetzt Rosemarie hinter mir im Spiegelbild, in den Farben Karotte und Olive, und sind richtig empört.

»Was bildet der sich eigentlich ein?«, rief sie.

»Du warst da drin in der Kabine? Zu viel Betrieb bei den Damen?«

»Und warum hast du mich nicht verteidigt? Oder wenigstens Mara?«

»Männergequatsche, das musst du einfach vorbeirauschen lassen, das hat keine Bedeutung.«

Rosemarie trocknete sich die Hände ab, stauchte das nasse Stück Papier mit ein paar Backpfeifen auf Minimalgröße zusammen und warf es in den Abfalleimer.

Dann ging sie.

Zurück blieb ein Duft, den ich den ganzen Abend noch nicht an ihr bemerkt hatte. Der Geruch war ungewohnt. Nein, sogar unangenehm. Er war künstlich, stechend und wollte viel mehr sein, als er war. Dieser Duft passte nicht zu Rosemarie. Er hatte nichts mit ihr zu tun. Aber – ich hatte ihn ja selber an mir.

Es war die Seife. Diese Institutsseife, ich versuchte, sie mir von der Haut zu schrubben. Aber einmal gespendet, blieb sie mit ihrem Gestank haften. Der Geruch der Anglistik. Auf diese Duftprobe hätte ich so gut verzichten können wie auf Roberts Einlassungen und Rosemaries Empfindlichkeit, die ich als pubertär abtat. Ich nahm ihre Wut nicht ernst – ein Fehler, wie ich leider erst später erkannte.

Hingegen zerrte immer noch diese schwere Last an meiner Schulter und machte mir meine sonst tadellose Haltung kaputt.

»Rosemarie«, rief ich. »Deine Tasche!«

Im Foyer legte die Band los.

Ein Blick, und wir waren uns wieder einig: Auf ein Gläschen bleiben wir. Ich sah Franz am Keyboard zappeln, halbstark, wie auch der Gesang der Frontfrau, die ein rührend glitzerndes Oberteil mit Spaghettiträgern trug. Es war allein der blasse Pullundertyp im T-Shirt, Franz' Kumpel, der zu meiner Überraschung so gekonnt auf sein Schlagzeug eindrosch, dass er das Ganze in einen Profi-Auftritt verwandelte. Rosemarie fühlte sich an ›The Arc‹ erinnert, was von Temperament und Lautstärke hinkam, aber ich dachte an die ›Scissor Sisters‹, was Rosemarie übertrieben fand.

Es machte Spaß, mit meiner Studentin am Stehtisch im Takt zu wippen, umherzuschauen und zuzuhören, wie sie dozierte. Sie hatte die Tasche auf dem Boden abgestellt, das Weinglas auf der Tischplatte und beide Hände frei, als ob sie mit Gesten einfangen könnte, was eigentlich das Besondere an der Forschung dieser Mara Markowski wäre, deren Methode sie »unbestechlich« nannte.

Mich amüsierten Rosemaries Begeisterung und ihr Versuch, mir nahezubringen, was sie bisher in der Literaturwissenschaft gelernt hatte. Aber ich finde diese Erbsenzählerei sinnlos. Als Frisör nehme ich vor dem Schneiden ja auch nicht jedes Haar einzeln unter die Lupe. Das passiert während des Schneidens, im Prozess, aber ohne dass ich dabei den Blick für das große Ganze, die Kunst, verliere.

Rosemarie sagte: »Für Mara ist so ein Text einfach das Material, das man auseinanderschraubt, anguckt und überlegt, wie man es sinnvoll wieder zusammenmontiert. Ist das nicht verrückt?«

»Klingt, ehrlich gesagt, nicht wie Literaturwissenschaft. Hört sich eher nach Christopher an, der auf diese Weise mal versucht hat, meinen Boiler zu reparieren.« – Und was, fiel mir ein, war eigentlich mit dem Wasserhahn in der Kaffeeküche? Hatte Kitty da jetzt mal irgendwo angerufen?

Rosemarie zog mit der Schuhspitze die Tasche zu sich heran und parkte sie sicher zwischen ihren Füßen, als ob Robert Fullton, der mit seinem Glas dazukam, sie ihr klauen wollte. Robert winkte die Frau in der Strickjacke herbei, die nach dem Vortrag den Blumenstrauß gebracht hatte, und sagte, als wäre es etwas besonders Witziges: »Darf ich vorstellen – mein Frisör!«

Die Dame lachte, und als sie kapierte, dass es stimmte, war es zu spät und ihr peinlich: Sie hatte an einen Scherz geglaubt. Ein Frisör außerhalb des Frisörsalons sorgt immer wieder für Irritationen.

Ich fragte: »Und wer sind Sie?«

»Anne Kaltwasser, Sekretärin am Fachbereich.«

Unter der flauschigen Strickjacke, fiel mir auf, war sie schulterfrei. Sie trug eine Korsage, ziemlich sexy. Doch dann war ihr wahrscheinlich kühl geworden, ein Griff zur Jacke, die mit ihren Beulen zeigte, dass sie ihren festen Platz über der Stuhllehne hatte. Wir standen stumm beieinander. Meine Unterhaltung mit Rosemarie war tot. Spätestens jetzt hätten wir gehen sollen.

Doch Robert improvisierte einen Ohrwurm im Rhythmus, den das Schlagzeug vorgab: »Schaut-euch-an-das-Fräulein-Zahn! – Macht-sich-ran-an-den-Dekan!« Dazu das Bild, wie die hochgesteckte Blondine der grauen Eminenz ein Glas servierte. Und was machte der Herr? Er nahm lächelnd das Getränk entgegen, drehte ihr den Rücken zu, prostete in seinen Kreis und dachte sich wohl nicht einmal etwas dabei. Die Abservierte, die nicht in die erlauchte Runde vorstoßen durfte, blieb blond und brav auf ihrem Platz in der zweiten Reihe. Mara Markowski würde das nicht passieren. Wo war sie eigentlich?

Rosemarie wollte weg, und zwar sofort. Sie hängte sich die Tasche um. Ich war sehr einverstanden und machte ihr ein Zeichen: Komm, wir hauen ab!

Da hörte die Musik auf.

Ehrlich, der Applaus hätte für meinen Geschmack begeisterter sein können. Die Band hatte alles gegeben und bekam so wenig zurück. Jemand müsste hingehen und den jungen Leuten sagen, dass sie, abgesehen vom Styling, wirklich schon ganz gut waren. Dass sie sogar noch besser werden konnten, wenn sie weiter an sich arbeiteten. Sie hatten Potential.

Robert verdrehte die Augen, weil Mara Markowski jetzt

die Stille für eine kleine Rede nutzte, ein paar Worte ohne Mikrophon an die gescheitelte Fangemeinde um sie herum, aus der Privatdozent und Sekretärin ausgeschlossen waren, die merkwürdige Truppe am Verlierertisch mit Studentin und Frisör ohne Lobby. Aber Robert sollte sich einfach mal zusammenreißen und endlich den Mund halten. Es war doch nun mal ihr Abend! Alles eine Sache des Respekts, der Wertschätzung und Höflichkeit.

»Eine Minute«, sagte ich zu Rosemarie und ging Richtung Franz und Bühne. Diese Minute war genau eine zu viel.

Ich hörte nicht, was Robert sagte. Ich hörte nur den Knall, drehte mich um und sah rote Streifen auf Roberts glattrasierter Wange. Musste wohl eine Anzüglichkeit gewesen sein.

Es war nicht das erste Mal, dass ich erlebte, wie erwachsene Menschen einander öffentlich ohrfeigten. Die Wirkung ist immer enorm: Mit einem Schlag wird jede Veranstaltung, und sei sie noch so langweilig, zur aufregenden Party. Und Robert, da war ich mir sicher, kassierte auch nicht zum ersten Mal so ein Ding, sondern hütete einen ganzen Satz dieser schmerzhaften Trophäen und war wahrscheinlich heimlich stolz darauf.

Aber hier, unter den Akademikern, war es etwas anderes. Kollegen, Konkurrenten und Studenten waren hautnah Zeuge eines handfesten Eklats, der das Zeug hatte, zur Institutslegende versponnen zu werden: Eine Studentin hatte dem Privatdozenten eine gescheuert! Roberts Autorität stand auf dem Spiel. Das war nicht witzig. Ich hätte nicht sagen können, auf welcher Seite die Fassungslosigkeit größer war – bei Robert, Rosemarie oder dem Publikum. In die erschrockene Stille hinein raunte man schon, wer denn die Feuerrote sei, die man an diesem Institut noch nicht oft gesehen hatte. Mir war klar, diese Tat würde Folgen haben. Jede Ohrfeige hat Folgen. Die Ohrfeige ist eine Zäsur.

Die Erste, die reagierte, war Mara Markowski. Wie auf einer schnurgeraden Linie kam sie zu uns herüber, bis sie in der Lautstärke zivilisierter Menschen sagte: »Frau Clifford, bitte kommen Sie mit in mein Büro!«

Rosemarie wurde abgeführt. In dieser Auseinandersetzung, fürchtete ich, würde sie den Kürzeren ziehen. Und ich konnte nur auf sie warten, als ihr mutmaßlicher Komplize gemustert und gemieden von den Leuten, die nun nach Hause gingen – kopfschüttelnd und diskutierend über die verkommenen Subjekte und Sitten an der Universität. Gelacht wurde nur vereinzelt.

Rosemarie tauchte nicht mehr auf.

Zu Hause warf ich den Schlüssel auf den Tisch. Ich hatte ein schlechtes Gewissen. Aber hätte ich Rosemaries Wutausbruch verhindern können? Sie würde wohl das Studienfach wechseln müssen. Dann hätte sie noch Glück. Wahrscheinlicher war, dass sie von der Uni flog und ausgeschlossen wurde aus der Institution, die ihr eine Fülle von Möglichkeiten bereitstellte. Bestimmt war ihr jetzt zum Heulen.

Ich zog die Schuhe aus. Aber was wollte sie denn mit Anglistik, wer brauchte schon eine Anglistin? Es war ein Versuch gewesen, eine fixe Idee. Alles war doch nur passiert, weil Robert in meinem Salon den Privatdozenten herausgekehrt und Stephan ihr danach diesen Floh mit der Uni ins Ohr gesetzt hatte. Als ob man mit dem Abitur nichts Schlaueres anfangen könnte, als zu studieren. Man sieht ja, wohin das zum Beispiel bei Stephan führte: Produzierte

Papier, verdrehte Gesetze, und vom Porsche träumte er mittlerweile nur noch. Allerdings hatte er Karriere gemacht und verdiente nicht schlecht. Freilich, der Preis ist ein Vierzehn-Stunden-Tag. Für mich, den besten Freund, war in der vergangenen Woche gerade mal ein Telefongespräch dringewesen, und das hatte er wegen eines »Anrufs auf der anderen Leitung« abgebrochen. Was soll's.

Auf Knopfdruck spulte der Anrufbeantworter zurück.

Die Erste, die müde um Rückruf bat, war Regula. Von dem Desaster an der Uni konnte sie doch noch gar nichts wissen. Wahrscheinlich ging es ihr um das Treffen mit Mutter und Monsieur und das alte Spiel, Stimmungen auszuloten und Vermutungen auszutauschen, wie das Ganze verlaufen würde. Dass Mutter den Besuch um zwei Wochen nach hinten verschoben hatte, spielte dabei keine Rolle, im Gegenteil: Es gab noch mehr Raum für Spekulationen. Aber mir stand nicht der Sinn danach. Diesen Rückruf würde ich morgen vom Salon aus kurz halten.

Blieb noch eine Nachricht.

»Tom. Ich muss dich sprechen. Ginge vielleicht schon morgen? Ruf mich bitte an.«

Mit Sabine, Stephans langjähriger Freundin, hatte ich nicht gerechnet. Wie auch? Ein Anruf von ihr kam in meinem Alltag so oft vor wie ein verpatzter Haarschnitt, also eigentlich gar nicht. Ein Anruf von Sabine war etwas Besonderes. Ihre leise Stimme klang besorgt. Etwas war passiert. Etwas Ernstes. Es konnte dabei nur um Stephan gehen.

Ich drückte Zahnpasta auf die Bürste und stolperte auf meinem Spaziergang durch die Räume über ein Kabel: Was, wenn Stephan krank ist?

Ich hatte Mentholgeschmack im Mund und ein schlechtes Gefühl im Bauch. Ich sollte eine Kopfschmerztablette nehmen und mich nicht verrückt machen.

Mir fiel auf: An Aljoscha hatte ich den ganzen Abend nicht gedacht. Ich könnte ihn anrufen, ihm alles erzählen. Er würde das Desaster mit Rosemarie zu einer Anekdote stutzen und aus der Sorge um Stephan das Drama nehmen. Er würde von bunten Fliesen und schönen Bildern erzählen und mich daran erinnern, dass es auf der Welt noch andere Dinge gab als meine Münchner Geschichten.

Ich würde meinen Liebling aus dem Schlaf reißen. In Moskau war es noch später als in München.

Ich ging ins Bett, mit nichts als einer Tablette auf der Zunge und einer Flasche Wasser im Arm.

Der einzige Lichtblick an diesem Abend war dieser Student gewesen. Doch, dieser Franz gefiel mir.

6

Jeden Einzelnen würde ich mir noch einmal vorknöpfen«, sagte Bea. »Kannst du das verstehen?«

»Warum denn?«, fragte ich.

»Um mir in Ruhe die Hände anzuschauen.«

Sie meinte die Hände ihrer Ex-Ehemänner, Nummer eins bis vier, macht insgesamt acht Hände. Da hätte man viel zu gucken. »Aber was soll das bringen?«, fragte ich.

»Vielleicht würden sich ein paar Rätsel lösen, die mir diese Beziehungen bis heute aufgeben.« Bea redete mit ihren Händen, Künstlerhände, an denen die Arbeit im Salon trotz der Latexhandschuhe ihre Rötungen und Reizungen hinterlassen hat. Ich mag diese Spuren, weil sie mir vertraut sind und ich sie in- und auswendig kenne.

Wir saßen im ›Kranz‹, gleich nebenan, fünf Schritte vom Salon entfernt. Jahrelang hatte ich bei Kim im ›Arosa‹ Butterbrezeln gefrühstückt und dazu schwarzen Kaffee getrunken. Jetzt hatte sie meinem Trott ein Ende bereitet und das Café zugesperrt. Sie war zurück in ihre Heimat nach Afrika gegangen, wo die Sonne mittags im Norden steht, wie es sich für Kim gehörte. Ich mag solche Veränderungen nicht. Ich vermisste nicht nur Kims liebes Gesicht, sondern auch den Gang am Morgen über die Hans-Sachs-Straße. Man könnte sagen: Weil Kim ihr Glück gefunden hatte, fehlten in meinem Leben hundert Meter. Das ergab über die Wochen, Monate und Jahre eine Strecke, die beachtlich war. Wenn das doch meine einzige Sorge wäre.

Ich hatte kein gutes Gefühl an diesem Morgen des neunten Oktobers. Und das lag nicht nur an dem grauen Himmel, der uns seit dieser Nacht fürsorglich eingemummelt hatte. Diese feste, gleichmäßig gewebte Decke lastete schwer auf der Stadt. Bald würde ein Donnerwetter losgehen, ich spürte das. Ich legte einen Geldschein auf den Tisch.

»Hörst du mir überhaupt zu?«, fragte Bea. Ihre Stimme klang seltsam aggressiv.

»Lass die Finger von eins bis vier«, sagte ich. »Die Typen sind passé. Komm.« Ich hielt Bea die Tür auf und rief »Ciao!« ins Lokal.

»Natürlich sind sie passé«, antwortete Bea. »Aber das hindert mich doch nicht daran…«

Ich unterbrach sie: »Du kennst ihre Sternzeichen mit allen Aszendenten und Planeten wie deine Westentasche. Es ist Zeitverschwendung, dass du nun auch noch all diese Hände unter die Lupe nimmst.«

»Zeitverschwendung?«

»Bea, ganz einfach: Pfoten weg.«

Wir waren draußen vor dem Salon, ich hatte die Hand schon am Türgriff, als Bea sagte, im Ton nun ganz ruhig: »Hör mir mal zu, Tomas. Nicht jedes Leben ist so einfach wie deines.«

»Wie kommst du denn darauf?«

»Denkst du eigentlich mal darüber nach, wie es mir geht?«

»Natürlich denke ich darüber nach. Aber diese Diskussion kann ich gerade gar nicht gebrauchen.«

»Natürlich nicht. Du bist ja auch anderweitig beschäftigt. Aber womit eigentlich? Mit Rosemarie?«

»Bist du eifersüchtig? Bea, du bist süß.«

»Quatsch. Rose ist ein nettes Mädchen. Sie findet dich toll. Aber was ist mit dir? Seit gestern Abend ist sie in großen Schwierigkeiten. Hast du sie heute schon mal angerufen?«

»Nein.«

»Weil sie dich auch nicht interessiert. Weißt du, ich habe es langsam satt. Ich halte dir im Salon den Rücken frei. Alle sind wir immer nur damit beschäftigt zu gucken: Wie geht es ihm? Was macht er? Was will er? Und was tust du? Sagst mir: Pfoten weg, und der Fall ist für dich erledigt. So bespricht man keine Dinge, die auf der Seele lasten und die wirklich wichtig sind. Wir sind doch eine Familie!«

Ich ließ ihr den Vortritt in den Salon und sagte: »Natürlich sind wir eine Familie.«

»Rosemarie hat vor zwei Minuten angerufen«, sagte Kitty und nahm das klingelnde Telefon ab: »Tomas Prinz – für Haare, was kann ich für Sie tun?«

In Beas stummem Blick glaubte ich zu lesen: Das jüngste Familienmitglied ruft nach dir. Und du kümmerst dich nicht. Du kümmerst dich um gar nichts. Aber für mich war Rosemarie in diesem Moment nicht wichtig.

Kitty bedauerte am Telefon: »Tut mir leid, vor Dienstag geht gar nichts.«

Kerstin fragte: »Kann ich dich kurz sprechen?«

»Ein Notfall?«, sagte Kitty in den Hörer und sah mich fragend an. Ich hob die Hände: auf keinen Fall.

Draußen fuhr ein Taxi vor, Vera Zernack, Beas nächste Kundin, für mich die Gelegenheit zur Flucht. Ich rief: »Ich muss los« – was die Wahrheit war –, ging raus, begrüßte noch Vera, hielt ihr die Tür auf und setzte mich an ihren freien Platz auf dem Rücksitz. »Zum Odeonsplatz, bitte. Ins ›Tambosi‹«, zu Sabine. Sie hatte mich gerufen, ich kümmerte mich um sie. Ihr Mann, Stephan, tagte weit weg mit Anwälten über Fragen, wie man Erben oder Erblasser hinters Licht führen könnte oder so ähnlich. Sabine hatte entschieden, dass seine Abwesenheit für unser merkwürdiges Rendezvous günstig wäre. Nun hatte sie anscheinend vor, mir, dem besten Freund, die bittere Pille mit Schokoladentorte Royal zu versüßen. Ich war auf alles vorbereitet. Sie wartete schon.

Es ist gar nicht so einfach, Sabine in die Augen zu schauen. Ständig fallen ihr die Lider mit den langen Wimpern darüber, wie kleine Markisen, die vor Licht und fremden Blicken schützen. Dabei sprach sie auf den Cappuccino ein, in den sie alle möglichen Worte rührte, ohne anzustoßen, was zwischen uns stand.

An Sabines Ohrsteckern vorbei schaute ich durchs Café und auf die Leute, die von draußen hereinwehten, glücklich über ihre gelungene Flucht vor dem Sturm und den Regenböen, die mittlerweile übermütig die Blätter und Äste über den Odeonsplatz peitschten und an Verkehrsschildern und Fahrrädern rüttelten.

Sabine erzählte mir bei gedämpftem Licht, kleiner Kerze und Prinzregententorte von Abrechnungen, Krankenkassen, Fortbildung. Ich hörte nur halb zu, und statt zu fragen: Sabine, worum geht's?, überlegte ich, wie ich bei Robert, dem Geohrfeigten, ein gutes Wort für Rosemarie einlegen könnte. Ich müsste es wenigstens versuchen. Vielleicht hatte

Bea recht. Ich sollte mich mehr für das Mädchen ins Zeug legen.

Sabine machte dem Kellner ein Zeichen: noch zwei Cappuccino.

Ich sagte: »Sabine…«

»Aber dir geht es gut, wie man hört«, sagte sie.

Und wem geht es schlecht? Ich saß ganz gerade und bemühte mich um Sachlichkeit. »Sag mir jetzt bitte…«

Doch Sabine unterbrach wieder: »Wie geht es eigentlich…« – sie suchte nach einem Namen. Noch nie hatte sie sich meine Männer merken können. Ich gab mir Mühe, es ihr nicht übelzunehmen. »Du meinst Aljoscha?«

»Ich meine dieses Au-pair-Mädchen von Regula. Läuft es gut?«

»Sabine, warum sind wir hier?«

»Ein Au-pair-Mädchen ist eine gute Sache, wenn man Kinder hat.«

»Sag mir endlich, was los ist. Warum sitzen wir hier?«

Obwohl Sabine die Lider herunterklappte, sah ich, dass ihre Augen voller Wasser standen. Ich verstand überhaupt nichts mehr.

»Wir können keine Kinder bekommen«, sagte sie.

»Wie?«, fragte ich.

»Nichts zu machen. Ausgeschlossen.«

Gott sei Dank, keine Krankheit! Stephan war nicht krank.

Ich gab Sabine mein frisches Stofftaschentuch über die Kerze hinweg. Ein Defekt, eine Unzulänglichkeit. Ich sagte: »Hey, das ist doch kein Drama!«

Aber natürlich war es ein Drama. Noch nie hatte ich Sabine weinen sehen.

»Woran liegt es?«, fragte ich. »Liegt es an Stephan?«

Sabine tupfte sich die Tropfen ab, die ihr aus der Nase liefen, und nickte dabei.

Das war ein Ding. So sehr wünschten die beiden sich ein Kind. Wenn Stephan und ich von Träumen redeten, dann von solchen, die man sich einfach kaufen konnte. Da wuchs nichts in den Himmel, Nachwuchs zeugen und Apfelbaum pflanzen fielen nicht darunter. Stephan schämte sich vor mir. Wie gering war sein Vertrauen in unsere Freundschaft? Nichts erzählte er mir. Es war, wie Bea mir heute Morgen vorgeworfen hatte: Ich war ein schlechter Freund.

Aber es gibt für alles eine Lösung: »Ihr könnt doch ein Kind adoptieren.«

»Zu spät. Ich bin bald vierzig. Und Stephan ja sowieso.«

Unglaublich. Mit vierzig zu alt, ein Kind zu adoptieren. Sie hatten sich einfach nie um die Familienplanung gekümmert, sondern ihr Glück im Beruf gefunden. Wie oft hatte ich mich gewundert, dass sie selbst in der Freizeit, auf dem Balkon, am See, nicht von ihren Akten und Büchern lassen konnten. Ich wäre ausgeflippt in dieser stummen Beschaulichkeit, in der Papierrascheln das Sprechen ersetzte. Tatsächlich gab es dann auch eine Krise und bald darauf den Versuch, die Familie um ein Mitglied zu erweitern. Aber Sabine war mit der Katze nie richtig warm geworden.

»Danke«, sagte Sabine, als ihr der nächste Cappuccino gebracht wurde.

»Aber es gibt doch Möglichkeiten«, sagte ich. »In-vitro, Petrischale und diese Sachen.«

»Ich dachte, vielleicht könntest du ...«

»Was?«

»Mit ihm reden.«

»Worauf du dich verlassen kannst.«

»Es belastet ihn sehr, und ich komm nicht mehr an ihn heran. Du könntest ihm vielleicht die Angst nehmen.«

»Die Angst nehmen?«, fragte ich. »Wovor?«

In Sabines Augen war ein Ausdruck, wie ich ihn noch nie gesehen hatte, eine Sanftheit lag in ihnen, aber auch eine große Entschlossenheit, als sie sagte: »Die Angst vor allem, was jetzt auf uns zukommt.«

Als Sabine über den Odeonsplatz ging, wurde sie vom Wind geschubst und war gezwungen, schneller zu laufen. Doch sie trotzte dem Wind. Vielleicht war sie gar nicht so schutzbedürftig, wie ich immer dachte und wie es einem ihre kleine Nase, die schmalen Schultern und zurückhaltenden Bewegungen vorgaukelten. Im Gegenteil: Sabine suchte zielstrebig nach Lösungen und würde nicht lockerlassen, bis sie die richtige gefunden hatte. Natürlich würde ich ihr und Stephan in dieser schwierigen Zeit helfen, so weit es mir möglich war.

Ich plumpste ins Taxi, beschwert nicht nur von der Prinzregententorte.

7

Ich musste arbeiten, Haare schneiden, Köpfe schön machen, auch wenn ich mich selbst etwas zerzaust fühlte.

»Sieht toll aus!«, lobte meine Kundin Eva Schwarz den Bob, den ich ihr schnitt. »Du bist wirklich ein Künstler!«

Was für einen tollen Job ich habe, erst recht im Vergleich zu Privatdozenten und Professoren, die miteinander konkurrieren, sich angiften und einander das Leben schwermachen.

»Und letztens sag ich noch zu Birgit: Warum gehst du nicht zu Prinz? Sag, kannst du bei ihr nicht eine Ausnahme machen? Sie wäre so glücklich. Und bei ihr muss jetzt wirklich mal etwas passieren.«

Gerne ließ ich mich einfangen von der Wolke aus Gefön und Geplapper. Eva und ihre Schmeicheleien! Wenn ich mich erinnere, wie sie sich damals aufgeführt hatte, als sie noch Chefredakteurin war. Wie sie mit netten Worten geizte! Ich überlegte, wann sie begonnen hatte, sich so zu verändern. Ich müsste Bea fragen. Meiner Meinung nach geschah das, als man sie bei *Vamp* wegen sinkender Auflage feuerte und sie sich hauptamtlich mit ihrer esoterischen Leidenschaft, den Steinen, beschäftigte. Kinder hatte sie ja keine. Aber vielleicht konstruierte ich hier auch völlig falsche Zusammenhänge.

»Trinken wir ein Glas Sekt?«, fragte sie.

»Du, wir haben auch sehr guten Kräutertee«, sagte ich.

Kerstin lächelte und stand über allem, auch über den Prioritäten, die ihr Chef setzte. Ich hatte immer noch nicht mit ihr gesprochen, obwohl es ihr so wichtig war. Allerdings hatte sie auch nicht mehr gefragt.

Nachdem Eva gegangen war und Kitty einen Termin für »Birgit« eingetragen und mit dem Zusatz »ENK«, »empfohlene Neukundin«, versehen hatte, schnitt ich Lissy, die chronisch knapp bei Kasse ist, noch die Spitzen – gratis. Gerade wollte ich zu Kerstin sagen: Komm, gehen wir in mein Büro – da wurde ich ans Telefon gerufen.

Ich sah auf die Uhr. Gleich Feierabend.

»Ich bin es«, sagte Regula, wie mir vorkam, bequem aus ihrem Lieblingssessel heraus. Am Telefon nutzte sie die freie Zeit, die Au-pair und Flatrate ihr schenkten und die sie jetzt am liebsten stundenlang mit mir verbringen wollte.

»Gerade hatte ich gedacht: Ich ruf jetzt mal Regula an«, log ich. »Wie geht's? Was macht eigentlich Rosemarie?«

»Was habt ihr zwei da eigentlich gedreht?«

»Ich habe es selbst überhaupt nicht kommen sehen. Alles ging so schnell. Ich hatte leider keine Möglichkeit mehr, da noch dazwischenzugehen.«

»Christopher und ich haben beschlossen, ihr diese Chance zu geben. Alles andere wäre unfair. Mal sehen, wie es läuft. Aber darum geht es jetzt gar nicht. Ich wollte etwas ganz anderes mit dir besprechen. Mama hat schon wieder unseren Termin verschoben.«

»Ja, und?«

»Sie sagt, sie hat ›die Papiere noch nicht zusammen‹. Dir ist doch klar, was das heißt?«

»Du kennst doch Mama. Sie will vorbereitet sein. Für sie ist unser Treffen wie eine Präsentation, bei der sie nichts dem Zufall überlassen will. Wenn es ums Geschäft geht, will sie keine Fehler machen.«

»Welche Präsentation? Was für ein Geschäft?«, fragte Regula.

»Würde mich nicht wundern, wenn es diese Dekostoffe sind, mit denen Monsieur als Innenarchitekt arbeitet. Ich habe letztens so etwas in einer Zeitschrift gesehen und dachte noch: Schau an, Monsieur hat ja wirklich ein Händchen fürs Ambiente.«

»Wie kommst du darauf? Hat Mama dir erzählt, dass sie in Gardinen- und Polsterstoffe machen will?«

»Reine Spekulation«, sagte ich. »Aber was ist denn los? Ist etwas nicht in Ordnung?«

»In diese Richtung habe ich noch gar nicht gedacht. Wenn du wirklich recht hast, wäre sie schon wieder drauf und dran, Geld zu verschleudern, das ihr gar nicht gehört. Es gehört der Firma.«

»Ist doch egal. Hauptsache, sie hat ihren Spaß.«

»Schlimm genug, dass wir immer noch diese Geldvernichtungsmaschine, diese Bonbonfabrik, an den Hacken haben. Ständig diese Abenteuer, und warum? Weil dir und Mama langweilig ist.«

»Wir wissen doch noch gar nichts Genaues. Vielleicht ist es ja auch ein ganz anderes Projekt. Ich meine, etwas, das sich dann plötzlich als superlukrativ herausstellt. Diese Innenausstattungen, das war jetzt nur so eine Idee.«

»Und ich naive Kuh dachte, es geht einfach nur ums Heiraten! Papiere zusammenkriegen – klar, dachte ich: fürs

Standesamt. Schließlich kennen die beiden sich doch nun schon fast ein ganzes Jahr. Ist etwas? Du sagst ja gar nichts?«

»Das wäre ja eine Katastrophe.«

»Das wäre total schön! Wie lange ist Papa schon tot? Zehn Jahre? Es wäre toll zu wissen, dass Mama ihren Lebensabend nicht allein mit den alten Bergs in diesem riesigen Haus verbringt.«

»Entschuldige, aber das Letzte, was wir gebrauchen können, ist ein neuer Familienvorstand.«

»Wie bist du denn drauf? Hier geht es um Mama und ihr Glück.«

»Deshalb muss sie doch nicht gleich heiraten. Und ich Blödmann denke an Geschäftliches. Das hat mir gerade noch gefehlt.«

»Wenn sie heiraten würde, käme sie vielleicht auf andere Gedanken und würde nicht ständig mit ihren Ideen in die Geschäfte eingreifen. Also, reg dich nicht auf. – Hallo, Rosemarie!«

»Ich reg mich nicht auf.«

»Unser Au-pair-Mädchen strahlt ja nur noch. Entschuldige, was hast du gerade gesagt, Tom?«

»Wieso strahlt sie? Wie geht es ihr denn jetzt nach dem ganzen Schlamassel?«

»Rosemarie? Hervorragend. Sie will sich voll reinstürzen.«

»Das heißt, sie ist nicht rausgeflogen?«

»Rausgeflogen? Sie fängt doch gerade erst an.«

»Und was ist mit der Ohrfeige?«, fragte ich.

»Welche Ohrfeige? Nein, ich rede von dem Job. Eine Art Hilfstätigkeit für diese Professorin, diese …«

»Mara Markowski?«

»Fünf Stunden in der Woche. Aber die muss sie sich neben ihrem Au-pair-Job hier bei uns erst einmal organisieren. Zur Not kannst du ja auch mal einspringen. Nächsten Mittwoch zum Beispiel muss Jonas vom Turnen abgeholt werden.«

»Rosemarie hat tatsächlich einen Job bei der Professorin?«

»Es ist wirklich unglaublich. Ich weiß nicht, wie lange es gedauert hat, bis ich als Studentin meinen ersten Job an der Uni hatte. Aber was, bitte, ist das für eine Geschichte mit dieser Ohrfeige?«

Als ich aufgelegt hatte, waren die Lichter im Salon aus und Kerstin weg. Also morgen.

Kitty sortierte Abrechnungen, nein, CDs. Wenn sie keine Ordnung hielte, würde im Salon das Chaos ausbrechen. Andere Dinge dagegen regeln sich anscheinend von selbst. Man musste gar nicht eingreifen.

Kitty stieg in die bequemeren Schuhe um. »Alles okay bei dir?«, fragte sie.

»Mutter will vielleicht heiraten und Stephan Vater werden.«

»Und Rosemarie?«

»Die ist nicht mehr bloß Studentin, sondern jobbt auch noch zwischen all den Professoren, Dozenten und Studenten. Kannst du dir das vorstellen?«

»Dann ist doch alles in schönster Ordnung«, sagte Kitty.

8

Eine Woche später sah ich Rosemarie auf der Ludwigstraße schon von weitem leuchten.

»Rosemarie!«, rief ich.

Wie schnell sie ging.

»Rose!«

Sie hörte mich nicht. Sie war im Takt, zielstrebig in ihrem Zeitplan, und der war ganz schön voll: ein Haushalt, zwei Kinder und nebenbei Studium und Job. Christopher glaubte, dass das alles nicht funktionieren würde, aber Regula hatte gesagt: »Jetzt warte doch erst einmal ab.«

»Rosemarie!«, rief ich.

Der Wind stand vor mir wie eine Wand, durch die ich, Kopf voran, hindurchmusste, mit nassen Ledersohlen auf rutschigem Laub. Rosemarie aus Ipswich, sie kam mir plötzlich sehr erwachsen vor. Ich rannte. »Rose!«

Sie drehte sich um. »Tom!« Ihre Augen lachten mich an. Alle Sommersprossen am Platz. »Ist das Cashmere?«, fragte sie.

»Cashmere mit Mohair.« Ich freute mich, sie wiederzusehen. »Wo kommst du her?«

»Aus dem Seminar. ›Sex and the City‹.«

»Toll!«

»Dachte ich auch. Aber es geht um die Komödie im 17.

Jahrhundert. Hast du Hunger? Ich will dich einladen. Keine Widerrede. Ist ja nur die Mensa.«

»Ohne dich würde ich mich hier gar nicht hineintrauen.«

Im Foyer flimmerten Monitore unter der Decke, wie Fahrpläne in einer Abflughalle. Es war der Speiseplan für heute, Montag, den fünfzehnten Oktober. Rosemarie steckte Münzen in einen Automatenschlitz und hielt eine Plastikkarte an ein Magnetfeld.

Wir nahmen die Treppe, wie alle Studenten, nur, dass wir keinen Rucksack trugen. Es roch nach gekochtem Rosenkohl und Sauce, es war laut, und es gefiel mir.

»Du musst mir alles ganz genau erzählen«, sagte ich. »Du hast jetzt einen Job bei dieser Mara Markowski?«

»Ich helfe bloß ihrer studentischen Hilfskraft. Ich bin eine Hilfskraft von der Hilfskraft. Aber immerhin. Ich bin total stolz, dass Mara mich gefragt hat. Ich nehme Essen drei. Und du?«

»Ebenfalls.«

Hinter mir regte sich eine junge Frau über ›Erasmus‹ auf, eine Bewerbung an die Uni von Bilbao anscheinend, und es war ihr sehr wichtig. »Aber wenn nicht, gehe ich eben nach Athen«, sagte sie.

Ich fragte Rosemarie: »Was machst du da jetzt eigentlich in deinem Job?«

»Ich zähle Wörter. Und gleichzeitig bestimme ich sie.«

»Erklär mal.«

»*Oh, do not ask, ›What is it*?‹«

»Wie?«

»T.S. Eliot, *The Love Song of J. Alfred Prufrock*. Erste Strophe, Vers elf.«

Wir schoben an der Essensausgabe entlang, am Gulasch, Fleischbrocken in brauner Soße, das von Frauen mit Schürze und Haube geschöpft wurde. Dazu Rosenkohl, ich hatte richtig gerochen. Die Kartoffeln lockten mich mit ihrer Glasigkeit nicht, schon eher die rote Grütze. Das ging alles ruckzuck.

»Also«, sagte Rosemarie. Wir standen mit unseren Tabletts in der Schlange zur Kasse. »Ich schaue mir den Vers an und sehe: Drei Verben: *do*, *ask*, zweite Person Singular, verneinter Imperativ, und *is*, dritte Person Singular, alles *simple present tense*. Weiter: Ein Adverb der Verneinung: *not*. Ein Personalpronomen: *it*, und ein Fragepronomen: *what*.«

»Das ist ja grauenhaft.«

»Und ein Ausrufungswort: *oh*.«

»Ich dachte, bei Gedichten geht es um Gefühle und nicht ums Abzählen.«

»Denkste.«

»Und was tust du damit?«

»Das gebe ich alles in eine Tabelle ein, und damit arbeitet dann Frau Markowski. Es ist das Material, aus dem sie ihre Schlüsse zieht. Sie interpretiert. Das ist Literaturwissenschaft.«

»Rose, ich bin völlig platt. Komm, da rüber.«

Der Speisesaal kam mir mit den Schalensitzen aus orangefarbenem Plastik modern und gleichzeitig veraltet vor, wie ein Flughafen, in dem es, auch ohne Lautsprecherdurchsagen, ganz schön laut zuging. Die Wissenschaftler hatten sich viel zu erzählen, während sie an den langen Tischen reihenweise über ihr Essen gebeugt waren. Studenten nennen diese Mensa ›Schweinchenbau‹, erfuhr ich später, wegen der rosa Farbe an den Wänden und weil man wie ein Schwein aus dem Trog futtert, direkt vom Tablett mit seinen Vertiefungen.

Als wir saßen, stellte ich fest: Besteck vergessen. Aber Rosemarie hatte für zwei gedacht.

»*Enjoy!*«

»Wie kam das denn jetzt alles, mit dem Job?«, fragte ich.

»Ich sag doch: Sie hat ihn mir einfach angeboten.«

»Und die Ohrfeige? Hast du dich bei Robert entschuldigt?«

»Natürlich. Aber Mister Fullton ist, glaube ich, trotzdem nicht gut auf mich zu sprechen.«

»Kein Wunder. So etwas kann man wirklich nicht bringen, Rose.«

»Ich weiß, und es tut mir auch leid. Aber er hat sich mit seinen Bemerkungen über Mara auch ganz schön danebenbenommen.«

»Hör mal. Robert gehört zum Lehrkörper der Universität. Er ist eine Autorität.«

»Er hat keine Ahnung. Hat sich ewig mit Mentalitätengeschichte beschäftigt.«

»Ist das so schlimm?«

»Entschuldige: Das war mal Thema in den Neunzigern. Und schreiben kann er auch nicht. Es gibt hier Leute, die behaupten, die Hälfte seiner Aufsätze würde ihm Anne Kaltwasser ausarbeiten.«

»Wer ist denn das noch mal?«

»Die Sekretärin. Verstehst du: Alle lachen über Mister Fullton. Er ist eine Witzfigur.«

»Rose, kannst du das wirklich beurteilen? Faul war

Robert schon immer. Aber was hat er eigentlich so Schlimmes über Mara Markowski gesagt?«

»Sinngemäß: Dass sie eine geistlose – wie hat er gemeint? – Erbsenzählerin ist.«

»Du liebe Güte: Du die Spitzmaus, sie die Erbsenzählerin – da habe ich schon schlimmere Verleumdungen gehört.«

»Das ist nicht witzig, Tom. Er hat außerdem behauptet, sie sei eine Schlampe und nur Prof geworden, weil sie sich hochgeschlafen habe.«

»Hat sie das?«

»Mit dem Dekan ist sie doch verheiratet!«

»Mit dem Dekan? Interessant. Dann sind die Professorin und der Dekan die Mafia, von der Robert gesprochen hat.«

»Das ist doch Verleumdung. Dabei spielt er selbst mit allen schmutzigen Tricks, sucht nach Fehlern, die Mara irgendwann einmal gemacht hat, und schreibt ihr darüber in süffisanten Briefen, die er ins Internet stellt. Er will mit allen Mitteln nachweisen, dass Mara eine Niete ist.«

»Nun ja. Er wehrt sich, weil er glaubt, dass die Markowskis verhindert haben, dass er die Professur bekommt. Aber wenigstens spielt er mit offenen Karten.«

»Er führt Krieg. Und will nicht einsehen, dass Mara mit ihrem strukturalistischen Ansatz besser ist als er mit seiner zehnmal gehaltenen Shakespeare-Vorlesung. Da sieht er gegen Mara ganz schön alt aus.«

»Warst du mal drin und hast es dir angehört?«

»Ja.«

»Und?«

»Proppenvoll. Aber nur, weil er aus einer wissenschaftlichen Vorlesung eine One-Man-Show macht. Zugegeben, ganz lebendig und streckenweise nicht unwitzig. So eine wie Mara, die auch noch ständig Leistung verlangt, hat es da natürlich schwerer. Aber ich halte zu Mara. Und wenn ich mich gut anstelle, hat sie gesagt, nimmt sie mich im November mit zur Anglisten-Tagung nach Boston. Ich muss Regula fragen, ob das geht. Meinst du, sie erlaubt es?«

»Rose, du bist ja eine richtige Streberin!«

»Überhaupt nicht!«

»Dann ist dir wohl nicht klar, dass du dich ganz schön anstrengen musst, wenn du deine Professorin nicht enttäuschen willst. So eine wie Mara Markowski ist, glaube ich, nicht zimperlich.«

Rosemarie ging nicht darauf ein und sagte: »Ich muss dir da mal etwas erzählen.«

Aber mich interessierte zuerst noch etwas anderes: »Du sagst, Mara Markowski ist mit dem Dekan verheiratet?«

»Genau. Hans-Georg, das ist der, der ihr nach ihrer Antrittsvorlesung die Blumen überreicht hat.«

»Der mit der Silbermähne? Was macht so einer eigentlich?«

»Der Dekan ist der Chef. Nicht nur vom Anglistik-Institut, auch von anderen. Von den Romanisten zum Beispiel. Ich glaube, von allen Sprachen. Und Professor ist er außerdem.«

»Vielleicht liegt Robert gar nicht so falsch. Ich meine, dass der Markowski seiner Frau zu der Stelle verholfen hat.«

»Aber das entscheidet er doch nicht allein. Da gibt es eine ganze Kommission.«

»Komm, geklüngelt wird doch überall«, sagte ich. »Oder es ist die Quote.«

»Regula behauptet, gerade weil Mara mit dem Dekan verheiratet ist, muss sie doppelt so gut sein.«

»Ist vielleicht etwas Wahres dran.«

»Sag ich doch. – Aber, pass auf. Folgendes ist passiert...«

»Mara hat dich mitgenommen und gesagt: Miss Clifford, die Ohrfeige interessiert mich nicht. Ich wollte nur mal fragen – brauchen Sie einen Job?«

»Fast. Zuerst habe ich mal geheult.«

»Und dann?«

»Habe ich ihr gesagt, wie gut mir ihr Vortrag gefallen hat und dass mich das interessiert, diese Methode.«

»Zur Ohrfeige hat sie nichts gesagt?«

»Doch. Das wäre ein Grund für die Exmatrikulation.«

»Für – was?«

»Den Rausschmiss. Und dann, plötzlich, fragt sie, ob ich Interesse hätte. Ihre studentische Hilfskraft würde Stunden abgeben, und vielleicht werden zusätzlich noch welche bewilligt, keine Ahnung, jedenfalls braucht sie jemanden. Und da habe ich ja gesagt. Ihr Mann, Professor Markowski, war auch gleich einverstanden. Wir haben dann sogar alle drei noch angestoßen.«

»Toll! Per Ohrfeige zum Job. Gratulation.«

»Sprechen wir nicht mehr von der Ohrfeige, okay?«

»Und wie organisierst du das alles, mit Jonas und Anna, mit Schule, Kindergarten, Flötenunterricht und Turnen?«

»Ich kann ganz früh arbeiten oder auch mitten in der Nacht, das ist völlig egal. Hauptsache, ich komme mit der Tabelle voran. Aber jetzt hör mir endlich mal zu. Ich muss dir etwas ganz anderes erzählen.«

Rosemarie legte das Besteck zur Seite und rückte das

Tablett ein Stück von sich, um Platz zu schaffen und sich zu mir über den Tisch zu lehnen. Es hatte etwas Konspiratives, als sie sagte: »Es ist unglaublich, was hier abgeht. Weißt du, was ich entdeckt habe? Jemand hat Mara mit einem Virus den Computer verseucht. Ja! Ein Totenkopfvirus rennt über die Zeilen. Von rechts nach links und zurück, von oben nach unten und diagonal, und frisst alle Buchstaben weg. Was sagst du dazu?«

»Sabotage, würde ich sagen.«

»Der Virus vernichtet alle Daten von Maras Forschung. Es sind Anschläge, richtig gemeine Anschläge. Guck mal: Mara hat sich so für mich eingesetzt, beim Dekan, bei Mister Fullton. Jetzt sind wir dran. Wir müssen ihr helfen und ihr den Computer in Ordnung bringen.«

»Damit kenne ich mich überhaupt nicht aus«, sagte ich. »Sie hat wahrscheinlich irgendeinen Anhang geöffnet.«

»Christopher müsste sich den Computer angucken. Aber zu mir hat er gesagt, er hätte keine Zeit.«

»Die haben hier an der Uni doch bestimmt auch ihre Computerleute.«

»Mara will diese Sache auf keinen Fall an die große Glocke hängen. Ich glaube, sie nimmt es überhaupt nicht ernst. Okay, dieses Mal waren die Daten noch auf USB gesichert, aber was, wenn das mal nicht der Fall ist? Bitte, Tomas, red du mit Christopher. Er ist doch dein Schwager. Es ist mir wichtig. Und außerdem habe ich es ihr doch schon versprochen.«

»Isst du dein Dessert gar nicht?«, fragte ich. Doch ich ahnte, dass mein Ablenkungsversuch mit der roten Grütze gegen die Bitte in ihren grünen Augen keine Chance haben würde.

9

Ich wühlte mich durch den Garderobenständer auf der Suche nach einer Jacke. Das schlanke Möbel in meinem Flur war wie eine dicke Zwiebel. Ich arbeitete mich durch die Schichten: mein scharfer Mantel mit dem Pelzbesatz! Meine sandfarbene Safari-Jacke mit den aufgesetzten Taschen! Schöne Fundsachen. Und das Fahrrad stand ja auch immer noch da.

Ich schaute ins Esszimmer, das plötzlich wie angeknipst war. Die Sonne leuchtete den Raum aus und prahlte mit Agnes' staubgewischten Flächen. Ich hängte den Mantel zurück. Ich hatte keine Termine, sondern meinen Bürotag, den ich schwänzte. Und ich hatte eine Idee.

In dunkelblauer Zurückhaltung hütete der Pullover aus doppelt gestricktem Seemannsgarn das oberste Regalbrett, seit Aljoscha ihn mir im vergangenen Herbst aus Hamburg mitgebracht hatte. Mit Kragen und Reißverschluss war er in seiner praktischen Sportlichkeit gar nicht mein Stil. Aber jetzt, wo an jeder Ecke der Erkältungsvirus lauerte, war er perfekt.

Das Fahrrad hatte kaum Gewicht, als ich es aus seiner Ecke hob. Ich würde dem Schnupfen davonfahren. Ich schaute durch den Raum, und für einen Moment stellte ich mir Aljoscha vor, wie er mich – in Pullover, mit Fahrrad –

grinsend anschaut und fragt: neues Outfit? Irgendwie verwandelt. So studentisch.

Um kurz nach neun Uhr war noch alles ruhig auf der Hans-Sachs-Straße. Ich stieg in die Pedale. Die Luft war frisch und kühl. Ich radelte auf Aljoschas Fahrrad, bog nach links in die Müllerstraße, fuhr aber nur bis zum Sendlinger-Tor-Platz, wo es mir mit den Straßen und Schienen, Autos und Trambahnen aus allen Richtungen zu unübersichtlich war. Ich war ungeübt.

Ich schob über drei Ampeln auf die andere Seite, zum Oberanger, rollte bergab am Rindermarkt vorbei, über den Marienplatz, mitten durch eine Schulklasse hindurch, die sich so früh bereits zur Besichtigung versammelte, und bog beim Rathaus in die beruhigte Zone ein. Fußgänger sprangen beim Klingeln meiner Fahrradglocke schneller aus dem Weg, als es nötig gewesen wäre. ›Dallmayr‹ flog vorüber, und über den Max-Joseph-Platz schaffte ich es noch vor der blauen Tram, die, vom ›Ederer‹, Mutters Lieblingsrestaurant, kommend, in die Maximilianstraße rollte. Weiter durch die Residenzstraße, ohne Stopp für die Schuhe bei ›Eduard Maier‹, die ich in dieser Saison ja auch schon kannte, sondern gleich über den Odeonsplatz auf die Ludwigstraße. Radfahrerkollegen überholten mich mit gebeugtem Rücken und manche mit Helm. Ich schaltete. Die Reifen rauschten und summten wie ein Motor. Mit jeder Umdrehung und jedem Meter erarbeitete ich mir durch Muskelkraft ein Gefühl von Unabhängigkeit, ein neues Gefühl von Freiheit, von Münchner Freiheit – ich bremste.

Ich war schon über den Geschwister-Scholl-Platz hinaus. Klingelnd fuhr jemand an mir vorbei. Schellingstraße?

Ich war viel zu weit gefahren und musste auf der anderen Seite wieder zurück.

Neben mir rollte ein dunkles Auto an den Bordstein. Ein schöner Volvo, dachte ich, nur schade, eine Delle in der Beifahrertür. Aber so etwas passiert schon mal beim Aussteigen.

Die Tür ging auf, nur ein schmaler Fuß war zu sehen, eine Stiefelette, an der seitlich, etwas albern, eine Zierschnalle befestigt war. Die Stiefelspitze berührte den Bordstein, ganz kurz. Eine schöne Wade, die sich da streckte, als ob die Dame sich hinter getönten Scheiben schnell eine Tasche vom Rücksitz oder einen Kuss vom Fahrersitz angelte. Hinten hupte jemand. Vorne war bereits Grün.

Ich fuhr los. Der Volvo bog rechts ab, mir vor den Reifen, ohne dass der Fahrer den Schulterblick machte, der einem in der Fahrschule beigebracht wird, und ich sah plötzlich nur noch das Blech mit der Delle darin. Meine Handbremsen – ich zog sie alle beide – hoben mich aus dem Sattel. Ein bisschen mehr Schwung, und das Manöver hätte mich nach vorne über den Lenker geworfen.

»Blödmann!«, schrie ich.

Aber der Volvofahrer trat vergnügt das Gaspedal und sah und hörte nichts. Ein Moment reichte, damit ich sein Gesicht erkannte und dieses Lächeln, das von so viel Zufriedenheit erzählte. Es war Hans-Georg Markowski, der Dekan mit dem silbernen Haar. Dieser Opa mit seiner Bereitschaft zum fahrlässigen Töten gehörte doch aus dem Verkehr gezogen!

Fröhlich winkte ihm die Frau hinterher, die aus seinem Auto gestiegen war und nun über die Schellingstraße aufs

Institut zulief, so schnell enges Kostüm und Stiefeletten mit hohen Absätzen es erlaubten. Sie war blond, es war die naturblonde Steffi Zahn.

Erhitzt parkte ich das Rad zwischen zwei anderen und wand mit klammen Fingern das Kettenschloss ums Hinterrad. Ich war zu früh, Rosemarie und Christopher noch nicht da.

Der Dekan Hans-Georg Markowski und die Studentin Steffi Zahn – waren die beiden ein Paar und wollten nicht zusammen gesehen werden? Sehr vertraut, beinahe verliebt hatten die beiden auf mich gewirkt.

Was ging es mich an? Lieber die Zeit sinnvoll nutzen und mir ein paar schöne Radfahrerhandschuhe zulegen, klassische aus Leder mit feinen Poren, vielleicht an den Gelenken zum Knöpfen. Aber hier gab es ja nur einen Buchladen.

Ich suchte T. S. Eliot, *The Love Song of J. Alfred Prufrock*, keine Übersetzung, sondern das englische Original, in dem Rosemarie die Silben zählte. Ich wollte mal reinschauen.

»Lieferfrist vierzehn Tage«, sagte die Verkäuferin.

»So lange?« Ich schaute aus dem Fenster. Wann käme ich schon jemals wieder in diese Schellingstraße? Nie wieder, dachte ich.

Mara Markowski, die Professorin, lief draußen vorüber. Eine Hand verfroren am Mantelkragen, die andere an der Ledermappe. Sie war zu Fuß unterwegs, während ihr Mann eine Jüngere vor das Institut chauffierte.

Ich beschloss, die Buchbestellung bei mir in der Hans-Sachs-Straße zu erledigen, und sagte: »Danke, auf Wiedersehen!«

Ich folgte der Professorin zu ihrem Büro, dem Tatort für

den »Virus-Anschlag«, wie Rosemarie es nannte. Christopher würde die Sache reparieren, Rosemarie mir »bei der Gelegenheit« ihren Arbeitsplatz zeigen. Ich fand es rührend, wie stolz sie auf ihren Status als studentische Hilfskraft der studentischen Hilfskraft war. Und ein wenig hoffte ich auf eine Gelegenheit, Franz, den Lockenkopf, wiederzusehen, zum Beispiel in diesem Studentencafé, wo er, laut Rosemarie, »den besten Cappuccino am ganzen Institut« zubereitete. Mal sehen, was Franz außer Musik und Kaffee noch im Kopf hatte.

Der Lichtstrahl im Treppenhaus streifte das glatte Haar von Mara Markowski und ließ es aufschimmern wie eine kostbare Kappe. Am Ende des Ganges verschwand sie in einem Zimmer. Dort lag wohl ihr Büro. Und auf der Bank davor wartete schon eine Gestalt. Rosemarie? Nein, Steffi Zahn. Sie schaute auf ihre Schuhe hinunter, als hätte sie etwas ausgefressen. Oder sie dachte darüber nach, wie unschön so ein Stiefel das Bein verkürzt. Vielleicht war es auch Ungeduld, wie ihr Fuß auf und nieder wippte, weil sie warten musste, bis die Professoren, die Eheleute, sie vorlassen würden.

›Prof. Dr. Hans-Georg Markowski – Dekan‹ stand auf dem Schild. Zu ihm wollte ich nicht. Eine Tür weiter: ›Anne Kaltwasser – Englisches Seminar, Sekretariat‹. Die nächste Tür: ›Prof. Dr. Mara Markowski‹.

»Die ist nicht da«, sagte eine laute Stimme, »sondern da!« Frau Zahn zeigte mit dem Finger auf die Tür vom Dekan. Zurückgelehnt sah sie mich an. Sie hatte sofort kapiert, dass ich mich hier nicht auskannte.

»Wenn du zu Frau Professor Markowski möchtest, musst du dich bei der Kaltwasser melden«, sagte sie.

»Das wusste ich nicht.«

»Darum sag ich es dir ja.«

»Danke.«

»Und soll ich dir noch etwas sagen?«, fragte Frau Zahn. »Ich habe einen Termin mit beiden Markowskis. Mit ihm und mit ihr. Darum ist es egal, zu wem du willst: Ich bin vor dir dran.«

Hinter der Tür des Dekans wurde gesprochen. Ich verstand nicht die Worte, erkannte aber die Stimme von Mara Markowski. Das angenehm Temperierte, das mir in der Stimme der jungen Professorin bei ihrem Vortrag so gut gefiel, hatte nun einen harten, metallischen Beiklang. Die dunkle Stimme des Dekans ging beschwichtigend dazwischen. Klang nicht nach einem netten Plausch. Wie auch? Frau Zahn trifft sich mit den Markowskis, in deren Ehe sie sich drängt. Ein heikler Termin, dachte ich. Um diese Besprechung beneidete ich die Blondine nicht.

Ich schaute auf die Uhr. Wo blieben Rosemarie und Christopher? Ewig würde ich hier nicht warten.

Ich sagte: »Mein Termin ist um zehn. Und deiner?«

»Um neun Uhr fünfundvierzig. Aber die Markowskis beraten sich noch.«

»Worüber?« Ich setzte mich zu ihr auf die Bank. Die helle Stimme da drinnen wurde wieder scharf unterbrochen und verstummte. Klarer Fall: Ehekrach.

»Sie ist bei meiner Diss die Zweitgutachterin. Weil Petersen doch krank geworden ist. Für mich eine Kastastrophe.« Sie sah mich von der Seite an. »Aber dich habe ich hier doch auch schon mal gesehen.«

»Bei ihrer Vorlesung.«

»Dann promovierst du bei ihr? Viel Spaß.«

»Wie kommst du darauf?«

»Du hörst doch, was sie da drinnen veranstaltet. Die sorgt jetzt dafür, dass kein Stein mehr auf dem anderen bleibt. Das kotzt mich so an.«

»Du meinst, deine Doktorarbeit wird gerade verrissen?«

Doch ihr war es wichtiger zu kontrollieren, wie der Kragen ihrer Bluse über dem Revers der Kostümjacke lag, um zu demonstrieren, dass sie über den Dingen stand. Ihr Kinn war weich und setzte an, sich zu verdoppeln. Das kenne ich.

Sie sagte: »Ich wundere mich nur, ich meine, dass sie dich überhaupt genommen hat. Schließlich bist du ja nicht mehr das allerjüngste Semester.«

»Allerdings.«

»Und dass sie sich bei Männern vom Äußeren blenden lässt, blaue Augen, Grübchen und so – dafür ist sie nicht bekannt. Also: Irgendetwas musst du wohl draufhaben. Hast du?«

»Du nicht?«

»Keine Sorge. Ich habe alles im Griff. Ich will einfach nur fertig werden und dann raus hier. Auf Nimmerwiedersehen.«

»Wenn du den Doktor hast.«

»So ist es.«

»Und was kommt dann?«

Sie lächelte. »Ich fürchte, das geht dich nichts an.«

Am Ende des Ganges quietschten Sohlen auf Linoleum. Jetzt, wo die Unterhaltung anfing, interessant zu werden, kamen Rosemarie und Christopher.

Ich sagte: »Ich heiße Tomas. Und du?«

»Steffi.«

Meine ausgestreckte Hand erstaunte sie. Ihre war ziemlich kalt und sie wohl nicht so entspannt, wie sie vorgab. Der Termin mit den Markowskis machte sie nervös. Mir war das sympathisch.

Christopher erklärte: »Anna konnte sich nicht entscheiden, was sie anziehen soll«, und sah dabei, mit der Plastiktüte am Handgelenk, Steffi Zahn an. Klar, mich hatte er schon oft gesehen.

»Hallo«, sagte er.

Steffi lächelte, sehr kurz.

Ich sagte zu Rosemarie: »Deine Frau Markowski hat noch eine Besprechung mit ihrem Mann, danach mit Steffi. Wollen wir so lange einen Kaffee trinken gehen, vielleicht in eurem Studentencafé?«

»Leute, ich habe nicht so viel Zeit«, sagte Christopher.

»Moment!«, sagte Rosemarie, klopfte an die Tür zum Sekretariat und öffnete sie. Drinnen sah ich Schreibtisch und Sekretärin im Profil, überm Bürostuhl die flauschige Strickjacke.

Rosemarie sagte in den Raum: »Hallo, Anne! Bitte nur den Schlüssel. Wie? Nein. Das ist Tomas, du hast ihn schon mal gesehen.« Sie winkte mich heran. »Und der andere, das ist Christopher, der Computerfachmann.«

»Hallo«, sagte ich. Christopher winkte lässig, blieb aber hinter mir.

»Herr Prinz«, sagte Anne Kaltwasser. »Ich glaube, ich habe Ihr Bild in der Zeitschrift gesehen!«

Doch bevor ich Zeit hatte zu antworten, dass das sehr gut der Fall sein konnte, ging die Tür auf, die das Sekretariat mit dem Zimmer des Dekans verband. Mara Markowski kam heraus und sagte: »Bitte, Kaffee«, ohne dass klar war, ob der Befehl an die Sekretärin, Studentin oder den Frisör ging. Und Richtung Flur: »Frau Zahn?«

Ihr Blick streifte mich. Eine Strähne hatte sich in der Erregung aus ihrer Frisur gelöst. Mit einer Handbewegung zwang sie das Haar zurück an seinen Platz, wo es, wieder eingeordnet, seinen Teil zum gepflegten Gesamtbild beitrug.

Im Zimmer sah ich, wie Hans-Georg Markowski die Arme zu den Seiten streckte, rein ins Jackett, für den offiziellen Teil des Gesprächs. Das Hemd war gutgeschnitten und saß ganz passabel, wie ich es mir wünschen würde, wenn ich in zwanzig Jahren sein Alter erreicht hätte. Nur die dunklen Flecken unter den Achselhöhlen, wohl Ergebnisse der morgendlichen Vorbesprechung mit seiner Frau, waren unschön.

Wir bildeten ein Spalier, als Steffi Zahn den Weg durchs Sekretariat in den Raum antrat, in dem die Markowskis auf sie warteten. Bei jedem Schritt klirrten die kleinen Stiefelschnallen, als klagten sie leise. Die Tür zum Büro des Dekans fiel zu. Mir war klar, dass Steffi Zahn, falls sie es mit Mara Markowski aufnehmen musste, keine Chance haben würde. Und ob der verschwitzte Markowski ihr für die Dissertation ein guter Anwalt wäre oder mit seiner Verteidigung die Sache nur noch schlimmer machen würde, konnte ich nicht beurteilen.

Ich weiß nicht, was die anderen dachten, aber Rosemaries Worte klangen für mich wie eine diplomatische Initiative: »Ich hol mal rasch den Kaffee.«

Anne Kaltwasser antwortete mit einer pragmatischen Gegenstrategie: »Kümmert ihr euch um den Computer, ich hole den Kaffee.« Und zu mir, wie zu einer Freundin, von der man erhofft, dass sie für die kleinen Missstände Verständnis haben würde, die ihren Job zur Hölle machten: »Die Maschine ist nämlich kaputt.«

Ich war mit allem einverstanden.

Christopher lehnte im Flur an der Wand und fragte: »Können wir dann?«

Rosemarie steckte den Schlüssel ins Schloss und murmelte: »Nicht abgeschlossen!«

Wir gingen hinein. Christopher legte seine Tüte auf den Schreibtisch und fragte: »Ist es der hier?« Es piepte. Der Computer sprang an.

Rosemaries neuer Arbeitsplatz mit einem Bücherregal, das vom Boden bis zur Decke vollgestopft war mit Literatur – nichts anderes hatte ich erwartet. Ein Schreibtisch mit groben Schnitzereien, ein Armsessel für die Professorin und ein Stühlchen auf der anderen Seite des Tisches, auf dem Studenten nervös ihre Noten entgegennahmen. Der Nottisch am Fenster war wohl für die Hilfskraft, also auch für Rosemarie. Und überall Papier, ein wahnsinniger Ausstoß wissenschaftlicher Gedanken. Wer sollte das alles lesen? Aber ich war abgelenkt. Hier roch etwas.

Zuerst hatte ich die beiden Sessel im Verdacht, die den Weg zum Sekretariat verstellten. In Omas Wohnzimmer waren sie mal modern gewesen. Muffige Erbstücke, wahrscheinlich aus Maras Studentenbude, die sie für ihr Professorenzimmer immer noch für gut befand, wie auch die grauen Kekse in der Schale auf dem Tisch. Schön, wenn alter Plunder in Ehren gehalten wird.

Jetzt entdeckte ich das Band, das die Tür zu Anne Kaltwasser luftdicht verschloss und außer Betrieb setzte. Die Tür war zugeklebt von jemandem, der ziemlich seltsam ticken musste.

»Das ist noch aus der Zeit, als Anne so viel geraucht hat«, erklärte Rosemarie. »Mara ist sehr empfindlich.«

»Macht doch mal das Fenster auf«, sagte Christopher.

»Ist auf«, antwortete Rosemarie.

Der Geruch kam aus irgendeinem Loch oder einer versteckten Ritze gekrochen und schien durch den Luftzug nur noch Aufwind zu bekommen.

Rosemarie schnüffelte bei den Büchern. »Vielleicht ist etwas dahinter«, sagte sie. »Ein altes Butterbrot oder so etwas.«

Das schwere Möbel war nicht von der Stelle zu bewegen.

»Hilf mir mal«, sagte ich zu Rosemarie.

Wir räumten Bücher aus dem Regal, damit das Möbel vielleicht leichter zu verschieben wäre. Der Staub schwärzte die Fingerkuppen. Eine Drecksarbeit.

Es klopfte, und die Tür ging auf.

»Hallo!« Der blasse Pullunder-Student, der, wie immer, T-Shirt trug und so überraschend gut das Schlagzeug spielte. »Deine Bücher sind da«, informierte er. »Bis auf den Attridge. Der kommt über Fernleihe. Zieht ihr um?«

Ein paar Zentimeter bewegte ich das Regal.

»Rose!«, rief ich. »Hier steckt tatsächlich etwas. Helft mir mal. Ja, du auch!«

Rose und der Student drückten ungeschickt immer genau in die falsche Richtung. Ich machte den Arm so lang, wie ich konnte, aber der Ärmel von Aljoschas Pullover war zu dick gestrickt und hinderlich für diesen dunklen Zwischenraum mit der rauen Rückwand, an der ich mit den Maschen hängenblieb. Ich fluchte leise.

Etwas rutschte langsam die Wand herunter. Doch ein Butterbrot, oder was? Ich versuchte, mich in meiner Nische zu bücken. Ich brauchte mehr Platz. Der Geruch war nicht zu ertragen. Stinkende Spinnweben überall. Jetzt nicht niesen oder mit einer falschen Bewegung das Regal zum Umfallen bringen. Das würde der schmächtige Student nicht stemmen können.

Ich klemmte fest. Warum half mir denn keiner?

»Christopher!«, rief ich.

Von irgendwoher kam ein Zentimeter Luft. Ich griff zu. Ein Paket, weich und feucht. Es war widerlich.

»Ich hab's!«, rief ich und manövrierte mich rückwärts raus, ohne eine Ahnung zu haben, was ich da gefischt hatte und was unangenehmer war: der Geruch oder die Konsistenz.

Mara Markowski starrte auf die graue Gabe in meinen Händen. Ich hatte die Professorin nicht kommen hören.

Wie ein Gastgeschenk nahm sie das Päckchen entgegen, trug es stumm zum Schreibtisch und legte es darauf ab. Christopher kam interessiert näher. Mit Rosemarie und dem Studenten standen wir zu viert um den Tisch herum, hinter dem Mara Markowski nun Platz nahm. Die Situation hatte etwas Feierliches.

Ich sah nur ihre Finger, die das Papier anfassten, das Paket drehten, wendeten und auswickelten. Es war eine Zeremonie, die nicht überstürzt, aber auch nicht unnötig hinausgezögert werden musste. Es war eine Aufgabe, die zu lösen war.

Was dann vor uns auf dem Tisch lag, war schwer zu beschreiben. Es war etwas, ein toter Fisch oder ein Stück

Fleisch, im Übergang von einem Zustand zum anderen und dabei erschreckend lebendig. Wir waren Augenzeugen eines Zersetzungsprozesses und störten die Maden bei ihrer wimmelnden Tätigkeit, auf die Mara mit einem Ausdruck von Panik starrte, als ahnte sie, dass sie außerstande wäre, hier eine Struktur und Ordnung zu finden. Hier ging ein unbekannter Täter nach einer kranken Systematik vor.

Rosemarie war die Erste, die reagierte. Die kluge Studentin verwandelte sich in das pragmatische Au-pair-Mädchen, das mit ein Paar Handgriffen die Sauerei zusammenpackte und sagte: »Jetzt aber alle ab zum Händewaschen.«

Nie hätte ich vermutet, dass ich für den Duft der Anglisten-Seife einmal dankbar sein würde.

Ich wusch und wusch.

»Passieren solche Dinge öfter, ich meine, hier an der Uni?«, fragte ich in den Spiegel, damit ich das blasse Gesicht des Pullunder-Studenten sehen konnte, der, obwohl er nichts angefasst hatte, auch seine Finger schrubbte.

»Ich glaube nicht. Allerdings« – er sah mich von oben bis unten an und grinste – »hat vielleicht auch noch nie jemand so gründlich gesucht.«

»Wieso?«

»Weil Sie überall Spinnweben haben.«

Ich zupfte an den grauen Girlanden, die mir in der dunkelblauen Wolle hingen. Der Student half mir freundlicherweise. Sogar in meinen Haaren waren die Staubweben.

»Danke«, sagte ich.

»Sie sind mit Rosemarie befreundet, nicht wahr?«, fragte er.

»Ja, sie wohnt bei meiner Schwester.«

»Ich habe Sie heute Morgen gesehen, auf dem Fahrrad.«

»Tatsächlich?«

»Und wie Markowski Sie beinahe umgefahren hätte.«

»Der Volvo, ja, das war knapp, ich weiß.«

»Und dann waren Sie in der Buchhandlung. Nicht, dass ich Ihnen gefolgt wäre. Ich musste auch dahin.«

»Ah, ja?«

»Suchen Sie etwas Bestimmtes?«

»Nichts Dringendes. Ich dachte nur, weil in dieser Vorlesung davon die Rede war und Rose darin die ganzen Wörter zählt… Und jetzt hatte ich gerade Zeit, weil ich zu früh dran war…«

»Was ist es?«

»T.S. Eliot. *The Love Song*…«

»…*of J. Alfred Prufrock*.«

»Genau.«

»Kann ich Ihnen besorgen. Ich meine, wir haben es in der Bibliothek.«

»Das ist sehr freundlich. Aber ich kaufe es mir mal bei Gelegenheit, bei uns im Glockenbachviertel.«

»Das können Sie dann ja immer noch. Kommen Sie. Ich zeig es Ihnen.«

Also gut. Warum nicht. Ich folgte ihm.

»Ich bin übrigens Sebastian«, sagte er. »Sebastian Richter.«

»Tomas Prinz. Du kannst Tom zu mir sagen.«

Wir gingen nebeneinander.

Ich fragte: »Hast du einen Verdacht, wer so etwas macht?«

»Keine Ahnung.«

»Vielleicht ein Student, der durch die Prüfung gerasselt ist?«

»Vielleicht. Aber ich wüsste nicht, wer.«

Ohne den Anschlag mit dem Computervirus zu erwähnen, sagte ich leichthin: »Frau Markowski hat die Sache ja cool aufgenommen.«

»Die Frau bringt so schnell nichts aus der Fassung«, antwortete Sebastian, aber ich war mir nicht sicher, ob es als Kompliment gemeint war.

»Du magst sie nicht?«, fragte ich.

»Das kann ich so nicht behaupten. Sie ist eine tolle Frau, aber ich gehöre eher zur Fullton-Fraktion. Bei ihm kann ich einfach meine Sachen machen, ohne dass er mir groß reinredet.«

»Verstehe. Und das andere ist die Markowski-Fraktion.«

»Genau. Das sind hier am Institut die beiden Lager. Und irgendwann muss man sich als Student entscheiden, zu welchem man gehört. Und wenn die Anhänger aneinandergeraten …«

»… kann es Tote geben?«

»Vergiss nicht, wir sind hier an der Uni. Hier streitet man mit Niveau.«

»Bei toten Tieren hinterm Bücherregal würde ich nicht von Niveau sprechen.«

»Stimmt auch wieder.«

Wir waren vor der Tür zur Bibliothek angekommen.

Ich fragte: »Was studierst du eigentlich – die Sachen, bei denen Robert dir nicht groß reinredet?«

»Transnationale Literaturprozesse. Es geht mir da um einen Ansatz, ein kleiner Aspekt, der endlich richtig diskutiert werden muss.«

»Klingt spannend.«

»Ich sag dir: Es ist hochspannend! Mister Fullton will sogar versuchen, Drittmittel zu bekommen.« Sebastian sah mich von der Seite an. »Also Forschungsgelder. Und nichts gegen Mara Markowski: Aber da geht es dann nicht nur um das Zählen von Verben und Adjektiven.«

Eine Studentin, die Aufsichtsperson, saß mit einem Buch gleich hinter dem Eingang, schaute kurz hoch und sagte: »Hi!«

Auch kein schlechter Job. Die jungen Leute arbeiten, forschen, verdienen und halten ihren eigenen Betrieb am Laufen. Gutes System.

»Da rüber«, flüsterte Sebastian.

Es war so still, dass ich hörte, wie jemand eine Seite umblätterte. An den Tischen am Fenster waren Rücken über ihre Lektüre gebeugt.

Sebastian zog einen Karteikasten auf und blätterte in den Kärtchen. Man merkte, er hatte Übung.

»T. S. Eliot. ML, Strich X, 500 Komma 32«, sagte er. »Kannst du dir das merken?«

Wir wanderten zwischen den Regalreihen entlang. Auf dem Fußboden hockte jemand und suchte an den Buchrücken nach den Signaturen, wie ein Forscher nach kleinen Insekten.

Sebastian fuhr mit dem Finger die Reihen entlang, zog ein Buch heraus, schob es wieder zurück, stoppte, zog wieder eines heraus und überreichte es mir wortlos. *Collected Poems*. Ein ziemlich dicker Band, den schon viele Hände gehalten hatten. Da hatte ich ja ganz schön was zu schleppen.

»Du kannst es mitnehmen«, sagte Sebastian. »Das Buch geht auf meine Kappe. Kein Problem, ich arbeite hier.«

»Sehr freundlich, aber …«

»Schau in Ruhe rein, und irgendwann bringst du es mir zurück.«

Ich ging hinter ihm her. »Das kann ich nicht annehmen, Sebastian.«

Er nahm ein Stück Papier und begann, in Druckbuchstaben zu schreiben.

»Sagst du mir deine Adresse?«, flüsterte er.

»Hans-Sachs-Straße zehn.«

Er notierte. »Das war's.«

»Danke! Wie kann ich mich revanchieren?«

Er schüttelte nur den Kopf. »Bis bald.«

»Übrigens«, sagte ich. »Ich wollte es dir schon letztens sagen: Der Auftritt mit deiner Band, der war gar nicht schlecht. Der war sogar richtig gut. Das gilt natürlich auch für deinen Freund am Keyboard.«

»Und die Sängerin?«, fragte Sebastian.

»Die Sängerin?« Ich trat einen Schritt näher. »Die hat mich, ehrlich gesagt, nicht so überzeugt.«

Sebastian nickte ernst, als hätte ich auf Anhieb das Problem erkannt, das auch ihn seit einiger Zeit beschäftigte. »Wir suchen tatsächlich eine Verstärkung«, sagte er. »Eine echte Front-Frau. Und weißt du, an wen wir da gedacht haben? An Miss Clifford.«

»Rosemarie?«

»Nicht, weil sie hier am Institut jetzt vielen bekannt ist, auch wenn dieser Umstand unserer Band bestimmt nicht schaden würde. Nein. Ich habe gehört, wie sie singt. Sie war im Zimmer von Mara Markowski, ich nebenan bei Anne im Sekretariat. Das klang – wie soll ich es dir beschreiben? – so entrückt, wie aus einer anderen Welt. Das war große Klasse. Franz meint auch, sie wäre perfekt für uns. Nur ist sie leider nicht so richtig auf unsere Idee angesprungen.«

»Nicht persönlich nehmen. Sie hat viel um die Ohren, weißt du.«

»Vielleicht überlegt sie es sich ja noch einmal. Das wäre wirklich toll.«

»Ich drücke dir die Daumen. Wiedersehen.«

Auf der Treppe blätterte ich in meinem neuen Buch, der Leihgabe von Sebastian. Ein ernsthafter, netter Mensch und überhaupt nicht so blass, wie ich zuerst gedacht hatte. Im Gegenteil: Dieser junge Mann wusste, was er wollte. Aber auch ganz schön von sich überzeugt. Und er war ein großer Fan von Rosemarie.

Ich las die Zeile: *Let us go then, you and I.*

Nur noch Rosemarie bye-bye sagen. Den Fund hinter dem Regal mussten wir später ausführlich besprechen. Hoffentlich hatte Christopher den Virus noch in den Griff bekommen.

Die jungen Leute schwatzten auf dem Weg in den Hörsaal, es wurde gelacht, eine sorglose Lärmkulisse, die entsteht, wenn alle sich einig sind, dass jetzt eine besonders schöne Veranstaltung bevorsteht, das Ereignis an diesem Mittwoch. In der Menge da unten erkannte ich den Tweedanzug. Natürlich: Robert Fullton hielt seine Shakespeare-Vorlesung, wie er gesagt hatte, immer mittwochs, in der Zeit von elf bis eins. Was wollte dieser Mann bloß in Paderborn? Hier war er ein Popstar, belagert von Fans, auf dem Weg zum Auftritt.

Aber nur einer durfte den Arm um Roberts Schulter legen, als wären sie Kumpel, die etwas miteinander besprechen. Von meinem Aussichtspunkt auf der Treppe sah ich auf das zurückgekämmte Silberhaar von Hans-Georg Markowski herunter, das am oberen Scheitel wider Erwarten nicht ausreichte, um die rosige Schädeldecke vollständig zu bedecken. Der Dekan sagte etwas ins Ohr des Privatdozenten. Robert guckte schräg. Markowski klopfte ihm auf die Schulter und kam die Treppe herauf, mir entgegen, zufrieden lächelnd, mit einer Bemerkung erledigt zu haben, wofür manche der jungen Kollegen viele Sätze, ganze Vorträge oder gar Dissertationen benötigen. Die Stufen nahm er im Laufschritt, und, wie ich es vermutet hatte, zwei auf einmal, damit niemand hier auf die Idee käme, er wäre ein alter Mann, den man vor der Zeit abschreiben könnte.

Robert stand immer noch bewegungslos, wie mit einem Zeitzünder verkabelt, auf seinem Posten.

»Hast du schon gehört«, sagte ich zu Robert, »was im Büro von Mara Markowski passiert ist? Zustände sind das bei euch!«

»Wie bei der Mafia«, ergänzte Robert, nicht mal verwundert, und folgte seinen Studenten in den Raum. ›Englisches Seminar, Hörsaal A‹, stand an der Tür. Der Chef der Fullton-Fraktion und der Chef der Markowski-Fraktion waren aneinandergeraten – nicht auf die laute Tour, wie bei Rosemaries Ohrfeige vor zehn Tagen, nicht widerwärtig, wie vor einer Stunde bei meinem stinkenden Fund hinter dem Bücherregal, sondern – wie hatte Sebastian ironisch gesagt? Mit Niveau.

Die meisten der Klappsitze entlang der verkratzten Tische waren bereits besetzt, aber immer noch trödelten Studenten herein, die sich irgendwo dazwischenquetschten. Robert sortierte am Pult seine Zettel. Seine Haltung, das gerade Kreuz, verriet mir seine Anspannung.

Ganz vorne entdeckte ich Rosemarie. Sie säuberte die Tafel. Wie nett. Anscheinend hatte sie sich entschlossen, etwas wiedergutzumachen, nicht widerwillig, sondern ganz vergnügt. Mit dem nassen Schwamm wischte sie wie mit einem Scheibenwischer über die trockene Kreide, im Takt irgendeines Liedes, das sie dabei wahrscheinlich vor sich hinsummte. Die Professoren und Dozenten machten sich gegenseitig das Leben schwer, aber sie hatte einen schönen Job bei einer tollen Professorin und war angefragt, in einer coolen Band zu singen. Rosemarie war ein Glückskind und ein kleiner Star.

10

Die Nachricht mit dem Stein erreichte mich fünf Tage später, am Nachmittag, in den Minuten, als meine Stammkundin Theadora beim Haarewaschen saß. Ich war in Gedanken bei ihrem Styling. Theadora kommt oft mit einer genauen Vorstellung, die, irgendeinem Magazin entnommen, natürlich meistens absurd ist. Um sie davon abzubringen, ohne dass Tränen fließen, braucht es Fingerspitzengefühl.

Das funktioniert dann so: Noch im Mantel, gekämmtes Mohair, den ich in dieser Saison das erste und vielleicht auch schon das letzte Mal an ihr sah, sagte Theadora: »Ich will Extensions.«

»Kommt nicht in Frage.« Ich half ihr in den schwarzen Umhang.

»Einmal Haare bis zum Po, nur zum Ausprobieren.«

»Deine Haare sind wunderbar, da kommen mir keine dieser Strippen dran. Wenn wir uns für Extensions entscheiden, dann richtig.«

»Nämlich?«

Wir setzten uns. »Ein Statement. Etwas Kreatives, Kunstvolles, mit Watte oder Federn, zum Beispiel.«

Theadora lehnte sich zurück. Mit Watte und Federn hatte sie nicht gerechnet. Ich konnte es mir, ehrlich gesagt, auch nicht bei ihr vorstellen. Aber sie war nun still, und ich konnte überlegen.

Früher, in ihrer aktiven Zeit als Model, war ihr Gesicht eine phantastisch geformte Fläche gewesen, in die man alle Wünsche und Vorstellungen hineinlesen konnte. Manch einer würde jetzt sagen: Wie langweilig! Aber das Gegenteil ist der Fall.

Einen Menschen durch Frisur und Make-up in eine Unschuld vom Lande oder eine Schlampe vom Boulevard zu verwandeln ist für jeden Stylisten ein Geschenk. Der einzige Makel in Theadoras Gesamtbild war immer ihr Nachname gewesen. Doch seit sie den kleingewachsenen Japaner geheiratet und ihr solides ›Fleischmann‹ gegen einen unaussprechlichen asiatischen Nachnamen-Salat eingetauscht hatte und mit Zwillingen und Kinderfrau, Reisen und Klamottenkauf das sorglose Dasein führte, von dem sie immer geträumt hatte, war in ihr Gesicht so ein Ausdruck eingezogen. Es war die Sorge, ob es das richtige Leben war. Oder ob sie an einem anderen Ort, wo sie nicht am Überfluss ersticken würde, besser dran wäre.

An ihrem Armband klimperten bunte Plastikblumen. Und dazu Watte und Federn? Für all diesen Schnickschnack, fand ich, war Theadora zu alt.

»Lieber würde ich allerdings mit einer neuen Farbe arbeiten«, sagte ich.

Ich dachte an einen Mahagoniton – ähnlich der Haarfarbe von Mara Markowski mit der edlen Aussage: Nicht hell scheinend im Vordergrund stehen, sondern selbstbewusst hinter den Kulissen wirken, im Wissen um die eigene Qualität.

Nein, das war auch nicht Theadora.

Theadora wollte ihre Grenzen ausloten, verrückt sein. Sie wollte Spaß. Mara dagegen gab vor, vernünftig den Ausgleich zu suchen, auch wenn sie ehrgeizig war und imstande, brutal zu handeln. Das könnte sich die arglose Theadora gar nicht vorstellen. Anders ausgedrückt: Mara brauchte den mahagonifarbenen Anstrich der Harmlosigkeit, Theadora den Anschein, verrückt und vielleicht sogar gefährlich zu sein. Was die eine war, wollte die andere vorgeben zu sein. Das war natürlich schwarz-weiß gedacht. Oder weiß-schwarz. Ich hatte eine Idee.

Theadora hörte zu, und jedes meiner Worte schürte bei ihr die Hoffnung, dass das Leben also doch noch eine Aufregung für sie bereithielt.

Benni nahm sie mit zum Haarewaschen, und Kerstin brachte mir das Telefon: »Deine Studentin«, sagte sie, und: »Kann ich dich gleich mal sprechen?«

»Später«, antwortete ich und rief in den Hörer: »Rose!«

Sie versuchte, ruhig zu klingen: »Tom!«, aber die Aufregung ließ ihre Stimme erst hüpfen: »Stell dir vor!«, dann kippen: »Als wir heute Morgen ins Büro kamen, lag ein großer Stein genau an dem Platz, an dem ich immer arbeite. Und das Fenster – Schrott.«

»Das gibt es nicht!«

»Wir sind alle völlig fertig. Erst dieser Virus, dann der tote Fisch ...«

»Und als Nächstes geht eine Bombe hoch. Jemand da bei euch ist völlig durchgeknallt.«

»Und weißt du, was Mara gemacht hat?«

»Einen Nervenzusammenbruch bekommen.«

»Sie hat mich heute zum ersten Mal zum Mittagessen eingeladen. Nett, oder?«

»Habt ihr denn nicht die Polizei eingeschaltet?«

»Die waren da, haben sich alles angeschaut, aber nur gegrinst. Ich glaube, die nehmen die Sache nicht ernst.«

»Stell dir mal vor, du hättest eine Nachtschicht geschoben und im Büro deine Wörter gezählt. Du könntest jetzt verletzt sein. Oder tot.«

»Es war aber ein Anschlag auf Mara. Sie ist es, um die wir uns Sorgen machen müssen.«

»Am liebsten würde ich dir sagen: Halt dich fern von dieser Frau.«

»Gerade jetzt braucht sie meine Unterstützung.«

»Hör mal, Rose. Wir haben dich als Au-pair-Mädchen geholt. Wir sind für dich verantwortlich. Wenn ich gewusst hätte, dass es an der Uni so zugeht!«

»Allerdings. Mit Anna und Jonas ist es dagegen ein Spaziergang. Die reinste Erholung.«

»Dann schmeiß doch den Uni-Job hin«, schlug ich vor.

»Auf keinen Fall. Außerdem haben wir gerade jetzt, vor der Anglistentagung, total viel zu tun. Das habe ich den Jungs auch gesagt.«

»Welchen Jungs?«, fragte ich.

Theadora saß mit dem Turban aus Frottee bereits an ihrem Platz.

»Franz und Sebastian«, antwortete Rosemarie. »Die wollen, dass ich in ihrer Band singe.«

Benni bot Kaffee an. Langsam sollte er wissen, dass Theadora bei uns nie etwas anderes als Kräutertee trank.

»Ich muss jetzt Schluss machen«, sagte ich.

»Die lassen nicht locker. Aber meinen Vorschlag fanden sie dann, glaube ich, etwas seltsam.«

»Kleines, ich kann jetzt nicht.«

»Nur noch eines. Du suchst doch für deinen Salon Models.«

»Wir hören wieder voneinander, okay?«

»Hättest du nicht Lust…«

»*Bye-bye*!«

Ich legte auf.

Benni hatte Theadora mit dem Handtuch im Nacken vorbereitet. Das war Routine und richtig so, aber langsam musste von seiner Seite mal mehr kommen. Er musste aufmerksamer werden und einen eigenen Stil entwickeln. Kerstin hatte diese Leichtigkeit, die sich nicht erlernen lässt, und Dennis setzte auf Perfektion. Wohin Benni wollte, war mir nicht klar. Seine Models, an denen er probierte, gerieten immer viel zu brav. Er müsste mehr gucken, spüren, Trends erkennen. Ich musste mich dringend mit ihm unterhalten.

»Alles okay?«, fragte Theadora und schlug die Beine übereinander.

Ich kämmte zur Orientierung wie immer erst einmal glatt herunter.

»Das war Rosemarie«, erklärte ich. »Unser Au-pair-Mädchen. Aber seit sie Studentin ist, passieren ständig merkwürdige Sachen. Ich wünschte, ich hätte ihr die Uni von Anfang an ausgeredet.«

»Warum?«, fragte Theadora. »Man muss doch mal was Neues ausprobieren. Das tue ich auch immer. Und weißt du, was ich jetzt wieder für eine Idee hatte?«

Ich nahm die Schere zwischen Daumen und Ringfinger.

Ich hörte nicht zu. Ein Stein – das war ein wirklicher Anschlag, und zwar einer, der lebensgefährlich war. Doch das schienen weder Rosemarie noch Mara zu erkennen. Für Rosemarie war alles ein großes, aufregendes Abenteuer. Mittagessen mit der Chefin. Wahrscheinlich im Schweinchenbau.

Die Länge wollte ich beibehalten. Das gab Theadora die Freiheit, je nach Laune selbst auch noch etwas mit den Haaren anzustellen.

Bestimmt steckte ein Student dahinter. Tagsüber vergeistigt Gedichte analysieren und nachts vermummt mit Steinen losziehen. Mein Bild von dieser Institution war so ramponiert wie dort das Mobiliar.

Für den fransigen Effekt ging ich tief rein, auch von den Seiten, aber nie bis zum Ansatz.

Aber wer da auf Rache sann, das konnte doch nicht so schwer herauszufinden zu sein. Mara Markowski müsste nur eine Liste schreiben mit den Namen all der Studenten, die von ihr nicht das bekamen, was sie sich ausrechneten. Wahrscheinlich würden es viele Namen sein. Ziemlich weit oben, da war ich mir sicher, würde Steffi Zahn stehen. Aber die schmiss nicht mit Steinen. Die kratzte doch eher die Augen aus.

Ich zog die Strähnen flach heraus, fing an zu stufen und beobachtete dabei, wie das Haar fiel.

Jeden Einzelnen dort an der Uni, das gesamte Umfeld von Mara Markowski müsste die Polizei sich vorknöpfen. Ziemlich viel Aufwand, aber unbedingt nötig, bevor etwas Schlimmeres passierte.

Um den Hinterkopf herum zog ich den Scheitel, einen nach dem anderen, und schnitt immer gerade ab.

Ich könnte einfach mal die Kriminalpolizei anrufen und denen klarmachen, wie gefährlich die Situation war. Wozu hatte ich schließlich den Kontakt?

Zum Outslicen ging ich von oben und von unten in die gekürzten Partien und benutzte meine Schere wie ein Messer.

Das Wichtigste war, dass ich Rosemarie so schnell wie möglich aus der Schusslinie brachte.

»Also abgemacht«, sagte Theadora. »Du fragst Aljoscha, ob es zu Silvester auf dem Roten Platz ein Feuerwerk gibt, und dann sehen wir weiter.«

»Von Aljoscha habe ich seit Tagen nichts mehr gehört. Ich erreiche ihn überhaupt nicht.«

»Aber Silvester – das wäre doch nett.«

»Klar.«

Im Spiegel kontrollierte ich die Geometrie. Das Strenge war nun zurückgenommen. Es sah verspielter aus. Ich legte die Schere zur Seite. Jetzt war die Farbe dran. Ich erzählte Bea von meiner Schwarz-Weiß-Idee. Sie fuhr Theadora durchs Haar und sagte: »Kein Problem. Ins Deckhaar mit Enlightener und darunter mit N-eins in die Strähnen, aber nur punktuell – das wird toll aussehen!« Sie zog die schwarzen Latexhandschuhe über ihre Hände und ging daran, Theadoras Look radikal zu verändern. Obwohl der Kaffee, den Kerstin mir brachte, dünn war wie immer, hatte ich so etwas wie Herzklopfen.

»Ich höre demnächst auf«, sagte Kerstin. Meine Angestellte sah mir lächelnd ins Gesicht.

»Wie bitte?« Ich verstand nicht. Einen Job wie bei mir gibt man doch nicht einfach auf. »Warum?«, fragte ich.

»Ich bin schwanger.«

»Nein!«

»Doch!«

»Das ist ja wunderbar!«

Kerstin erzählte, alles sei »überhaupt nicht geplant« und käme »total plötzlich«. Bevor sie sich entschuldigen würde, sagte ich »herzlichen Glückwunsch« und fragte: »Wann ist es denn so weit?«

Eine knappe Stunde später stöckelte Theadora den Gang entlang, wie verwandelt. In der Bewegung fiel das weißgefärbte Deckhaar auseinander, und darunter kam in einzelnen Strähnen das Schwarz zum Vorschein.

»Wie bei einem Fohlen!« Theadora lachte.

Ich war zufrieden. Jetzt war Feierabend. Pläne hatte ich keine. Ich sagte zu Kerstin: »Komm, wir gehen noch rüber in die Rumfordstraße, zu ›Walter und Benjamin‹.«

Bei Krake mit Äpfeln, die der Sylter Koch raffiniert scharf gewürzt hatte, erzählte Kerstin, wie sie sich den Übergang vom Single zur Ehefrau und Mutter vorstellte, vom letzten Arbeitstag über den Umzug ins neue Heim in Waldtrudering bis zur Hochzeitsfeier im Gasthaus ›Kaiserin Elisabeth‹ am Starnberger See, alles noch vor dem Geburtstermin im Mai. Ich dachte an Stephan und Sabine, und wie ungerecht das Leben manchmal war. Über Kerstin brach das Glück einfach herein. Stephan und Sabine dagegen planten über Jahre Schritt für Schritt und traten doch nur auf der Stelle. Man glaubt, alles sei schlau kalkuliert, aber dann tauchen in den Abrechnungen die Unbekannten auf und machen die schöne Planung zunichte.

Ich musste bei Aljoscha den Stand der Badezimmer-Bauarbeiten abfragen. Ich musste mich bei ihm erkundigen, ob das Geld noch reichte. Und musste ich ihm noch etwas sagen?

Doch daheim am Telefon, es war noch vor Mitternacht, erklärte mir Babuschka, seine Großmutter, heiser, er sei nicht da. Mehr verstand ich nicht. Ihre vernuschelte Aussprache und mein winziger Wortschatz sind keine gute Kombination. Ich musste dringend wieder meine Lektionen lernen, »jeden Abend vor dem Einschlafen«, mahnt meine Lehrerin. Aber wer hat dazu schon Lust?

Unruhig blätterte ich in den Gedichten, dem *Love Song* von T.S. Eliot. Dreizehn Strophen, über hundert Verse, die mich nicht ablenkten von meinem dunkelhaarigen, sommersprossigen Freund, der dort irgendwo im Osten ständig in Bewegung ist. Was wäre, wenn er mir eines Tages abhandenkäme? Ich dachte an Bea, die sich darin verstrickte, ihre gescheiterten Beziehungen zu analysieren, an Mutter, die mit ihrer Unternehmungslust mutwillig ihr ruhiges Leben gefährdete. Ich dachte an Stephan und die Diagnose, die über ihn so plötzlich hereingebrochen war wie der Stein durchs Fenster. Nur an Rosemarie dachte ich nicht. *Let us go and make our visit*, las ich.

In diese Verse kam ich einfach nicht rein. Anderen mochte dieses Buch Spaß machen, mir nicht. Ich wollte es wieder loswerden. Überhaupt wollte ich Studenten, Dozenten und die ganze Uni aus meinem Kopf streichen und mich um das kümmern, was wirklich wichtig war. Ja, die Idee war gut.

Es war dieser Morgen: Ich – mit dem Buch unterm Arm – ging durch den Seiteneingang ins Institut und bemerkte nicht das Blaulicht, ich sah die Polizisten erst auf dem Gang. Eine sonderbare Stimmung, leises Gemurmel, ein Schluchzen. Ich sah im Büro den leblosen Körper unter dem Tuch und Rosemarie, die weinte.

Ich dachte, jetzt ist Mara Markowski tot.

Als der Leichnam in den Sarg gelegt wurde, verrutschte das Tuch. Hosenbeine und Füße in Socken schauten darunter hervor, und weiße Waden. Ich zwang mich, genauer hinzusehen: Die Haut war dünn beharrt. Beine von Mara Markowski sahen anders aus.

Ich sagte zur Kriminalhauptkommissarin: »Frau Glaser, wer ist denn der Tote?«

»Hans-Georg Markowski.«

»Der Dekan«, murmelte ich. »Die silbergraue Eminenz.«

Drüben, bei der Tür, stand seine Witwe, wie ein Geist, regungslos und blutleer im Gesicht, daneben seine Doktorandin, Steffi Zahn, die sich ein Taschentuch vor den Mund presste, wohl um nicht laut zu schreien. Die Sekretärin, Anne Kaltwasser, mit offenem Mund, als hätte sie vergessen, was sie sagen wollte. Rosemarie tastete nach meiner Hand. Sebastian, der Student, verzog sich auf den Flur.

»Kannten Sie den Toten?«, fragte die Kommissarin.

Hans-Georg Markowski – der seiner Frau nach dem Vortrag vergnügt den Blumenstrauß überreicht hatte und bei der Feier Steffi Zahn unhöflich den Rücken zukehrte. Der die Blondine im Auto mitnahm und mit ruhigen Worten hinter verschlossenen Türen dafür sorgte, dass ein Krach mit seiner Ehefrau nicht eskalierte. Der Dekan, der Probleme mit dem Privatdozenten durch Schulterklopfen aus der Welt schaffte.

»Kennen ist zu viel gesagt«, antwortete ich. »Für mich ist er der Mann, der immer so zufrieden gelächelt hat.«

11

Es sah aus, als ob Rosemarie sich mit den Händen einen unsichtbaren Waschlappen vors Gesicht hielt. Jeder war mit seiner Art der Wiederbelebung beschäftigt. Ich versuchte es mit Kaffee, schwarz und mit Zucker, der heiß und süß für den Schub sorgen sollte, damit es weiterging, wo plötzlich Schluss und die Party vorbei war. Die Leiche des Dekans wurde durch die Gänge zum Hinterausgang transportiert und für immer weggeschafft, während die Nachricht von seinem Tod durchs Institut sickerte. Ich rührte in der schwarzen Brühe vor mir.

Anne Kaltwasser fragte: »Sind Sie eigentlich mit der Kommissarin bekannt?«

Mir stand nicht der Sinn nach Konversation. Blind waren Rosemarie und ich der Sekretärin in diesen Seminarraum gefolgt, der irgendwann, vermutlich auf Studenteninitiative, mit alten Sofas und wackligen Tischen zum schrottig-gemütlichen Treffpunkt umfunktioniert worden war, in dieses Anglistencafé mit dem besten Cappuccino, aber nur, »wenn Franz ihn zubereitet«, wie Rosemarie mir einmal berichtet hatte. Jetzt saß sie stumm neben mir. Ich sagte: »Wirklich, ich dachte zuerst, da liegt – deine Professorin.«

Sie nahm die Hände vom Gesicht, während sie im Stillen meine Worte wiederholte, jedes einzeln, um Bedeutung und

Tragweite zu verstehen. Dabei sah sie mich an mit verquollenen Augen und einer krausen Falte an der Stelle, wo früher der Brillenbügel auf der Nase gesessen hatte.

»Oder du, Rose«, sagte ich leise.

Rosemaries Antwort: Hände vors Gesicht.

Anne Kaltwasser atmete wie beim Arzt tief ein und wieder aus und sagte: »Was heißt das denn jetzt: ›sich zur Verfügung halten‹?«

»Für das Verhör«, antwortete ich.

»Aber hatte Hans-Georg nicht so etwas wie einen Herzanfall?«

»Ich habe keine Ahnung. Aber wenn jetzt schon die Mordkommission ermittelt… Wer hat ihn denn gefunden? Waren Sie das?«

Anne Kaltwasser fixierte kopfschüttelnd einen Punkt, der auf dem grauen Resopal nicht existierte, und sagte: »Alles, was der Mann wollte, war doch nur eine kleine Familie.«

»Wieso Familie?«, fragte ich.

Diese großen Augen mit den bernsteinfarbenen Mosaiksteinchen darin hätten die meisten Frauen, die ich kannte, mit Stift und Pinsel noch größer und noch bernsteinfarbener gemacht. Aber Anne Kaltwasser kümmerte ja nicht einmal die rissige Struktur ihrer vollen Lippen. Mir schien, sie mochte nicht, wie ich sie anschaute, und lenkte von sich ab in einem Ton, als würde sie einen Missstand aufdecken: »Sagen Sie mal, machen Sie so etwas eigentlich öfter, diese Tipps in den Zeitschriften?«

»Mara und Hans-Georg haben Stress gehabt.« Rosemarie sprach durch ihre Hände hindurch, ohne einen von uns anzusehen. »Es war eine Dauerkrise. Das weiß jeder hier, das ist überhaupt kein Geheimnis. Und alle lästern darüber.«

Aber ich war Anne Kaltwasser eine Antwort schuldig: »Wissen Sie, die Mädels in den Redaktionen fragen ständig nach solchen Styling-Geschichten, und ab und zu sag ich dann: Okay, ich denk mir etwas aus.«

Jetzt wollte Anne Kaltwasser natürlich wissen: »Hätten Sie für mich auch mal einen Tipp?« – und ich hatte den Salat: Ihre Haare waren zu kurz, um sie zu frisieren, und von einem mittleren, unentschlossenen Blond, was es nicht besser machte. Was sollte ich da raten? Mit der Korsage beim Vortrag von Mara Markowski hatte sie vor knapp drei Wochen gezeigt, dass sie, wenn sie wollte, sehr aufregend aussehen könnte. Aber wollte sie vielleicht gar nicht.

»Ich wüsste nicht, was ich an Ihrer Stelle jetzt verändern würde«, sagte ich.

»Und wenn ich einmal zu Ihnen in den Salon komme?«

»Das können Sie gerne machen.«

»Aber kann ich mir das überhaupt leisten?« Ich war überrascht. Anne Kaltwasser riskierte, einen für sie unverschämten Gedanken einfach mal zu Ende zu denken.

»Bei vielen Frisören, die auch nicht schlecht sind, kommen Sie auf jeden Fall günstiger weg. Aber sagt mal« – ich wollte das Thema wechseln. Wie Rosemarie dasaß, das war mir nicht geheuer. Nicht, dass sie wieder einen Anfall bekam. Hans-Georg Markowski war tot, und wir redeten über Frisörpreise. Ich sah wieder das Bild der drei Frauen bei der Leiche vor mir und sagte: »Steffi Zahn war ja völlig außer sich!«

Die Studentin und die Sekretärin antworteten nicht. Sie

schauten, wie alle in diesem Raum, zur Tür, zu Mara Markowski, die sich in tadelloser Haltung präsentierte, auch nach diesem traurigen Ereignis und einem – vielleicht – anstrengenden Verhör. Typisch, dachten vielleicht viele, die sie anstarrten.

Nur einer stand auf, es war Robert Fullton. Ich hatte ihn gar nicht bemerkt. Er drückte Mara die Hand und sprach dabei leise. Er kondolierte. Eine korrekte, schöne Geste.

Alle Blicke folgten der Professorin, die es, so jung, nun auch noch zur Witwe gebracht hatte. Sie kam an unseren Tisch. Ich stand auf, doch sie nickte nur, so knapp, dass sie sich damit jede Ansprache verbot. Ich setzte mich langsam wieder, während sie sagte: »Rose, für heute ist Schluss. Aber wenn Sie morgen bitte wieder an Ihrem Platz sind.«

Sie ging. Auftritt beendet.

Anne Kaltwasser bemerkte: »Eiskalt, wie immer.«

»Was wollen Sie damit sagen?«, fragte ich.

»Nichts. Sie hat wohl Gründe.«

»Der alte Markowski und Steffi Zahn, hatten die denn wirklich ein Verhältnis?«, fragte ich.

Anne Kaltwasser schloss für zwei Sekunden die Augen. Entweder konnte sie nicht fassen, dass ich in dieser Situation eine solche Verdächtigung so offen aussprach. Oder es war ihre diskrete Form, zu nicken und trotzdem schuldlos zu sein an allem, was jetzt an Gerüchten in Umlauf kam. Denn nun war ich es, der Frisör, der die skandalöse Beziehung zwischen der jungen Doktorandin und ihrem ergrauten Doktorvater mit einem banalen Wort benannt hatte.

»Frau Clifford?«, rief die Kommissarin durch den Raum.

»Verhältnis – so ein Blödsinn!« Rosemarie griff zornig

nach Mantel und Tasche, dieser begriffsstutzigen Garderobe. »Hans-Georg und Mara haben sich geliebt. Da ist niemand dazwischengekommen. Die beiden waren eine Einheit. Und das ist es, was hier viele Leute ärgert. Und nur, weil Steffi ihm immer wie ein Hündchen hinterhergehechelt ist und jetzt diese Show veranstaltet, glauben alle diesen Quatsch mit der angeblichen Affäre.«

Ja, dachte ich. Genau deswegen. Weil Steffi an der Leiche weint und Mara keine Miene verzieht. Aber was wusste ich schon?

»Ich rufe Sie in den nächsten Tagen an«, rief Annette Glaser von der Tür, ich glaube, sie meinte mich. Aber die Verblüffung, einen Frisör hier an der Uni zu treffen, war doch so groß, dass die Kommissarin näher kam. »Unterrichten Sie hier, oder was machen Sie?«, fragte sie.

»Ich wollte ein Buch zurückbringen. Gut, dass Sie mich erinnern. – Frau Glaser, darf ich Sie etwas fragen?«

»Ob es Mord war?«

»War es?«

»Herr Prinz, Sie kennen das doch. Es gibt Hinweise, die nehmen wir ernst und denen gehen wir nach. Aber wir stehen, wie Sie sich denken können, mit unseren Ermittlungen noch ganz am Anfang.«

Diese Antwort hieß übersetzt nichts anderes als: Ich weiß gar nichts.

»Und wie sind Sie beide miteinander bekannt?«, fragte die Kommissarin.

»Rose und ich? Sie ist unser Au-pair-Mädchen.«

»Das Au-pair von Tomas' Schwester«, ergänzte Rosemarie.

»Genauer gesagt: von Anna und Jonas«, erklärte ich.

»Wer sind Anna und Jonas?«, fragte die Kommissarin.

»Die Kinder. Meine Nichte und mein Neffe. Fünf und sieben sind die beiden jetzt. Warum interessiert Sie das?«, fragte ich.

»Frau Clifford, bitte kommen Sie«, sagte die Kommissarin. »Für unsere Unterhaltung brauchen wir ein bisschen Ruhe. Und wir, Herr Prinz, sprechen uns auch noch.«

»Sehr gerne«, sagte ich. »Und viel Glück«, rief ich den Frauen hinterher, ohne selbst zu wissen, wem von den beiden ich das Glück eigentlich wünschte. Vielleicht der Kommissarin. Denn Rosemarie, dachte ich, hatte doch nichts zu befürchten.

Ich musste endlich das Buch loswerden.

Leise öffnete ich die Tür, um in der Bibliothek niemanden zu stören, aber der Raum war vollkommen leer. Das Ereignis hatte die Studenten aus dem Lesesaal getrieben. Nur drüben bei den Fenstern hingen zwei Gestalten auf den Stühlen. Franz und Sebastian kamen mir ratlos und erschöpft vor, als ob hier vor wenigen Minuten ein hitziges Gespräch, vielleicht sogar ein Streit stattgefunden hatte.

»Und was machen wir jetzt?«, sagte einer von ihnen mutlos in die Stille. »Ich habe dir gleich gesagt: Das geht nach hinten los.«

»Passiert ist passiert.« Das war die helle Stimme von Franz. »Es lässt sich jetzt nicht mehr ändern.«

Hier saßen zwei in der Tinte.

Erschrocken sprangen sie auf. Dabei hatte ich doch nur »hallo« gesagt. Die jungen Männer hatten mit vielem gerechnet, aber nicht mit mir.

»Alles in Ordnung?«, fragte ich und nahm das Buch aus der Tüte.

»Ja«, sagte Franz. »Das heißt, nein. Es ist nur…« Endlich der vollständige Satz: »Ich bin durch die Zwischenprüfung gerasselt.«

Und ein paar Flure weiter ist ein Mensch gestorben, dachte ich. Aber, klar, eine vermasselte Prüfung ist für den Studenten erst einmal ein größerer Schlag als ein toter Professor. Ich fragte: »Kann man die Prüfung nicht wiederholen?«

»Schon. Auf der anderen Seite – aber darum geht es auch gar nicht. Es ist alles viel komplizierter…«

Ich dachte: Wenn er so auch vor der Prüfungskommission gestammelt hat… und fragte: »Bei wem war denn diese Zwischenprüfung?«

»Bei Mara Markowski«, antwortete Franz.

»Und ich habe noch gesagt: Kein Risiko, mach die Prüfung bei Fullton«, sagte Sebastian.

»Ja, hast du gesagt.« Franz war missmutig. »Und jetzt ist das Bafög futsch.«

»Und wenn du die Prüfung wiederholst?«, fragte ich.

»Vergiss es. Such ich mir eben noch einen Job, kein Problem.«

»Ist ja wirklich blöd«, sagte ich. »Wenn ich dir da irgendwie helfen kann…«

»Du – mir helfen?«, wiederholte Franz und grinste. »Vielleicht kannst du mir mit einem Haarschnitt helfen.«

Ich schaute ihn mir an. Sah aus, als ob er selbst dann und wann zur Schere griff. Bei Locken glauben ja viele Menschen, man würde die Übergänge sowieso nicht erkennen.

Ich sagte: »Mit glatten Haaren wärst du uns, ehrlich gesagt, nützlicher.«

»Ich hätte gerne glatte Haare!«

»Alle Lockenköpfe wollen glatte Haare. Und wer glatte Haare hat, will Locken. Ist anscheinend ein Naturgesetz.«

»Wie viel Kohle kriegt man?«

»Wofür?«

»Als Versuchskaninchen.«

»Hör mal, du bekommst einen erstklassigen Haarschnitt und, weil du es bist, ausnahmsweise gratis. Jeden Mittwoch nach Feierabend üben meine Leute, aber morgen sind natürlich schon alle zu. Nächste Woche, wie wäre das?«

»Perfekt«, sagte Franz. Bafög hin oder her – er gehörte zu den Leuten, die ein Problem schnell vergessen und es gewohnt sind, aus der Fülle der Möglichkeiten einfach auszuwählen wie in einem Supermarkt aus den bunten Produkten, für sie immer wieder neu angeordnet und interessant ausgeleuchtet. Ich wusste nicht, ob ich Franz dafür beneidete. Doch, ich beneidete ihn.

Es wäre wohl vernünftig, diesen Mann Benni zu überlassen. »Na, dann – bis bald«, sagte ich.

Ich war schon auf der Treppe, als Franz mir hinterhergelaufen kam. »Ist das Angebot wirklich ernst gemeint?«, rief er.

Ich blieb stehen. Ganz schön hartnäckig, der Mann. Seine Augen waren grün, wie die Streifen auf seinem Pulli, der mir gefiel, weil er offenbar seit Jahren getragen und heißgeliebt wurde. Aber warum dicke, weiße Tennissocken und vor allem, warum diese formlosen Sneakers mit den viel zu langen Schnürsenkeln? Ich kann verstehen, wenn er mit

Budapestern auf Kriegsfuß steht, aber der Bootsschuh wäre doch etwas für ihn, mit heller Gummisohle und Lederschnürung. »Du meinst, mit dem Haarschnitt?«, fragte ich. »Klar ist mein Angebot ernst gemeint.« Ich ging weiter.

Er wollte plaudern. »Und der Love-Song?«, fragte er. »Wie hat er dir gefallen?«

»Um ehrlich zu sein«, antwortete ich, »nicht besonders.«

»Das kann überhaupt nicht sein. Dann nimmst du dir für die Lektüre nicht genügend Zeit. Verse sind keine Zeitschriftenartikel, in denen man beim Frisör schmökert.«

»Warum eigentlich nicht? Verse sind mir, glaube ich, zu abgehoben. Weißt du, was ich gerade lese?«

»Du brauchst für Eliot einen ruhigen Ort. Warum probierst du nicht mal unseren Lesesaal? Wenn ich nicht in den Lesesaal ginge, käme ich überhaupt nicht zum Studieren. Die Disziplin der anderen färbt irgendwie ab. Versuch es mal. Du kannst jederzeit einfach reingehen.«

Ich stellte mir vor: Ich in dem Raum voller Regale und staubiger Bücher, ohne Gerüche und Gerede, und sagte: »Danke. Das ist sehr freundlich.«

Franz lächelte.

»Aber dein Freund Sebastian hat diese Probleme nicht, oder? Ich meine, mit der Disziplin und den Prüfungen.«

»Im Gegenteil. Er liest und liest und ist dabei auf eine richtig interessante Sache gestoßen. Das hat Anne ihm bestätigt.«

»Anne Kaltwasser? Was hat die denn damit zu tun?«

»Du müsstest mal sehen, wie die beiden sich die Köpfe heißreden, und wie sie Artikel und Aufsätze tauschen.«

»Diese transnationalen Prozesse, ich weiß. Aber sie ist doch bloß die Sekretärin.«

»Anne ist cool. Weißt du, es ist gar nicht so einfach, hier sein Thema zu finden. Das Angebot ist riesig, die Professoren sind alle busy mit ihrer eigenen Forschung und all den Studenten, die um sie herumscharwenzeln und alle etwas wollen, und dann kommst noch du. Du musst ganz schön hartnäckig sein und immer dranbleiben. Und wenn nicht: Schwups! – ist deine Regelstudienzeit vorbei, und du stehst da und merkst, du hast nur mal hier und da gestochert. Sebastian ist jetzt fein raus. Mit Annes Hilfe hat er sein Ding gefunden. Aber dafür hapert es bei ihm woanders.«

»Und wo?«

»Tomas, was ich dir jetzt sage, muss aber unter uns bleiben. Sebastian ist total verliebt. So habe ich ihn noch nie gesehen. Es haut ihn total um.«

»Ist doch toll!«

»Leider hat sie ihm einen Korb gegeben.«

»Aber doch nur, was die Band angeht, oder?«

»Wieso Band?«, fragte Franz.

»Und jetzt soll ich bei Rosemarie ein gutes Wort für Sebastian einlegen, stimmt's?«

»Nicht Rosemarie. Er ist in Steffi Zahn verknallt, unsere Institutsblondine!«

Der Blasse und die Blondine. Eine drollige Vorstellung.

Franz' Einladung auf einen Kaffee nahm ich nicht an. Ich brauchte jetzt etwas Vernünftiges. »Das nächste Mal«, sagte ich.

Die Herbstsonne hatte inzwischen die Luft milder gestimmt, beinahe unverschämt, so kurz vor Novemberbeginn, an einem Tag, der eigentlich düster zu sein hätte. Ich nahm mein Fahrrad und machte, dass ich vom Unigelände kam.

Und jetzt die ganze Strecke bis in die Hans-Sachs-Straße radeln. Und dann muss ich noch in den Salon.

Die Ampel an der Ecke, vorne an der Ludwigstraße, sprang auf Rot. Ich trat ganz langsam und beschloss, den Fahrradweg am Ring entlang zu nehmen, am Haus der Kunst und an der Staatskanzlei vorbei, immer geradeaus, einfach nur mit rauschenden Reifen fahren, ohne nachzudenken und ohne auf Fußgänger und Touristen achten zu müssen, die in der Innenstadt von Sehenswürdigkeit zu Sehenswürdigkeit und mir vor den Lenker trudeln würden.

Da sah ich neben mir wieder diese Delle im Blech.

Einen Blinker hatte der Volvo nicht gesetzt. Dieses Mal wollte ich aufmerksam sein, auch wenn Hans-Georg Markowski kein Gaspedal mehr treten und mir als Fahrer nicht mehr gefährlich werden konnte.

Die Ampel sprang von Rot auf Grün, aber der Volvo bewegte sich nicht von der Stelle. Jemand hupte. Vom Sattel beugte ich mich herunter, um durch das Seitenfenster zu gucken.

Der Beifahrersitz war leer. Die Person auf dem Fahrersitz hatte beide Arme um das Lenkrad geschlungen und den Kopf darauf abgelegt, wie zum Schlafen. Ich konnte kein Gesicht erkennen, aber die mahagonibraunen Haare. Weich fielen sie zu allen Seiten, fast bis auf die Schultern, die sich in einem verzweifelten Rhythmus auf und nieder bewegten. Mara Markowski hatte sich in ihr Auto eingeschlossen, von der Welt abgeschottet, und weinte um ihr Leben, und um das ihres Ehemannes, des toten Hans-Georg.

Die Autofahrer sagten mit ihren Hupen: Mensch, fahr doch! Ich winkte ihnen, sie sollten einfach überholen.

Mara Markowski trauerte. Und dabei, fand ich, sollte sie nicht gestört werden.

12

Nach dem Verhör wurde Rosemarie von der Kriminalkommissarin Annette Glaser und einem Durchsuchungskommando der Kriminalpolizei nach Hause gebracht, nach Nord-Schwabing, zur Familie meiner Schwester. Ich lehnte ahnungslos in meinem Frisörsalon beim Spiegel an der Ablage und betrachtete das Foto, das alle Kunden und Angestellten heute schon verzückt in den Händen gehalten hatten. Jetzt, kurz vor Feierabend, war ich dran. Aber egal, wie herum ich das Foto drehte, nichts war zu erkennen, nur Weltraum, in dem irgendwo ein kleines Atom schwirrte.

Rosemarie, erfuhr ich später, verschwand sofort auf ihr Zimmer, das ehemalige Arbeitszimmer meines Schwagers, das man so schön für sie hergerichtet hatte und nun von den Kriminalbeamten auf den Kopf gestellt wurde. Frau Glaser setzte währenddessen Regula und Christopher am Küchentisch auseinander, was das Mädchen vor wenigen Stunden auf dem Polizeirevier erzählt hatte.

Mir taten die Augen weh. Den ganzen Tag hatte ich die kleinen Unzulänglichkeiten gesehen: das feine Haar auf dem Nasenrücken, den kleinen Pickel im Nackenausschnitt, die schmale Narbe unterhalb des Haaransatzes, und hatte dabei über die eine große Frage gegrübelt: Wer hat den alten Markowski umgebracht? In meinem Kopf war der Tote, in meiner

Hand Kerstins Ultraschallbild, ein Papier gewordenes Indiz für neues Leben. Bei Kerstin im Bauch entstand neues Leben, das Leben des alten Markowski wurde ausgelöscht, und bei Stephan und Sabine wollte erst gar nichts entstehen.

So viel Schicksal, dachte ich, und ahnte nicht, dass Regula still auf ihrem Küchenstuhl saß, wie immer, wenn sie etwas aus der Fassung brachte, und Christopher ein Donnerwetter machte. Rosemarie schloss sich, sobald die Kripo fort war, in ihrem Zimmer ein. Sie wollte nichts hören und sehen. Sie wollte sich vergraben und von dieser Welt nichts wissen. Sie schämte sich.

Bea arbeitete mit Pinsel und Alufolie an Kerstins Kopf, um ihr nach Feierabend einen Farbvorschlag für die Hochzeitsfrisur zu machen. Eine Harmonie, die mich plötzlich ärgerte.

»Du sagst ja gar nichts«, meinte Kerstin zu mir. »Irgendwie bist du heute so philosophisch.«

»Tut mir leid. Ich kann mir dein Baby erst anschauen, wenn es auf der Welt ist. Dann erkenne ich vielleicht auch etwas«, sagte ich und gab ihr das Ultraschallbild zurück.

»Was ist denn los?«, fragte Kerstin.

»Tomas war heute Morgen bei Rosemarie an der Uni und ist über einen Toten gestolpert. Deshalb ist er auch so blass«, informierte meine Farbstylistin. Ich hatte ihr sofort berichtet, nebenan, im ›Kranz‹. Bea hatte meine Hand genommen, in ihr wie in einer Dessertkarte gelesen und gesagt: »Ist es nicht merkwürdig, wie immer wieder Tote in deinem Leben auftauchen? Wann hat das eigentlich angefangen?«

Ich hatte Schnaps bestellt.

Jetzt fragte Kerstin: »Ehrlich, ein Toter? Ein Student?«

»Ein Dekan«, sagte ich. »Und Professor für Anglistik war er auch. Aber schon älter, kurz vor der Rente.«

»Na ja, trotzdem«, meinte Kerstin.

»Und jetzt ermittelt die Mordkommission«, sagte Bea.

»Etwa wieder die Frau mit diesen Haaren?«, fragte Kerstin.

»Natürlich«, sagte Bea. »Und wieder hat sie keine Ahnung.«

»Wie denn auch?« Ich verteidigte die Kommissarin. »Der Mörder steht ja nicht neben der Leiche und sagt: ›Bitte nehmen Sie mich fest.‹«

»Woher weißt du das eigentlich so genau?«, fragte Bea.

»Wie?«

»Wer war denn alles da, ich meine, am Tatort?«

»Als ich kam, die Polizei.«

»Sonst niemand?«

»Kurz darauf – Rosemarie. Und Mara Markowski und die Sekretärin Anne Kaltwasser. Und der Student Sebastian. Sie waren alle da.«

»Was ist mit Steffi Zahn?«, fragte Bea.

»Die auch.«

»Ist das nicht verdächtig?«, fing Kerstin nun auch an.

Bea legte nachdenklich die Strähne auf einen Streifen Alufolie und pinselte. »Nach allem, was du mir heute Mittag erzählt hast, ist der Fall eigentlich ganz klar. Der alte Markowski und Steffi Zahn, seine Studentin.«

»Der Tote hatte ein Verhältnis mit seiner Studentin?«, fragte Kerstin.

»Das wissen wir nicht genau«, sagte ich. »Eigentlich ist es nur ein Gerücht.«

»War der nicht viel zu alt für sie?«

»Liebes Kind«, antwortete ich. »Ein Altersunterschied kann auch etwas Tolles sein.«

Bea benutzte den Stiel des Kammes, um die gepinselte Strähne in Silberfolie einzuschlagen und kleine Päckchen zu falten, von denen schon eine ganze Sammlung an Kerstins Kopf baumelte. »Es ist völlig egal, ob die beiden ein Verhältnis hatten oder nicht«, sagte sie. »Steffi ist jung und hübsch, sie bewundert ihren Professor. Und der Alte fand es natürlich toll, von der Jüngeren angehimmelt zu werden – erst mal. Aber dann: Jeden Tag ausgehen, Partys, Sex und immer so tun, als sei man noch Wunder wie drauf. Das ist anstrengend. Nein, wichtig ist etwas ganz anderes.«

»Und was?«

»Denk mal an den Studenten, diesen Sebastian. Blass und unauffällig und noch nie so richtig zum Zug gekommen. Für ihn ist Steffi Zahn die Traumfrau.« Bea arbeitete sich systematisch von unten nach oben und von hinten nach vorne. »Und was macht sie? Sie beachtet ihn nicht. Sie hat nur Augen für diesen alten Professor. Da kann er sich auf den Kopf stellen.«

»Du meinst, da steckt ein Motiv?«

»Tragisch ist nur: Dass der Alte tot ist, wird Sebastian nichts nützen. Steffi wird auch weiter nach älteren Männern gucken.«

»Warum?«, fragte Kerstin.

»Weil sie den Status und die Sicherheit sucht. Manche Frauen sind so.«

»Woher weißt du das eigentlich alles?«, fragte Kerstin, nun schon fast vollständig versilbert.

Bea hielt den Pinsel still in der Luft. »Wenn ich die Geburtsdaten weiß und mir in Ruhe die Hände anschauen kann, würde ich dir über die Leute noch ganz andere Sachen erzählen.«

»Und Eddie?«, fragte Kerstin. »Willst du ihn dir nicht doch einmal angucken?«

Wieder über Kerstins Kopf gebeugt, antwortete Bea: »Nicht nötig. Dein Eddie-Schatz ist in Ordnung. Und mit dem Altersunterschied stimmt es auch. Ihr seid total die Norm. Den kannst du ruhig heiraten.«

Wenn ich vor meinem Treffen mit Stephan noch ein Bad nehmen wollte, musste ich mich beeilen.

Oben drehte ich die Wasserhähne auf, volle Kraft, sonst hätte ich gehört, dass Regula auf meinen Anrufbeantworter sprach und »bitte sofort« um Rückruf bat. Stattdessen bemerkte ich, dass Agnes entkalkt hatte. In den Armaturen konnte ich mich spiegeln. Ich tauchte in den Schaum und nahm mir vor, mich von Stephan auf kein Nebengleis lenken zu lassen, auf dem wir am Ende nur wieder über meine Angelegenheiten debattierten, wie es oft geschieht, wenn mich etwas beschäftigt. Aljoscha nennt mich deshalb schon mal einen »Egozentriker«.

Es war das erste Mal, dass ich mich mit Stephan zusammensetzte, seit Sabine mir vor zwei Wochen von dem Problem bei der Familienplanung erzählt hatte. Stephan hielt in jeder Hand einen Bierdeckel und sprach von »Dilemma« und »Schock«, aber dass es »gut« wäre, »nun wenigstens Bescheid zu wissen«. Ich wollte ihm Mut zusprechen, aber dann fielen mir nur die dürren Worte ein: »Komm, ist doch kein Beinbruch.«

Beas kluge Worte gingen mir nicht aus dem Kopf: »Für Sebastian ist Steffi Zahn die Traumfrau.« Dann waren Sebastian und Hans-Georg also Rivalen? Männer prügeln sich um Frauen, aber bringen sich ihretwegen eher selten gegenseitig um. Doch vielleicht ticken Wissenschaftler anders. Wozu die fähig sind, wenn sie erst mal durchknallen, hatte ich ja hinter dem Regal selbst gesehen.

Stephan redete von »Inseminationen«, von »Punktionen«, »IVF« und der »ICSI-Methode«.

Es musste ja auch gar nicht Sebastian selbst sein, der da aktiv geworden war. Vielleicht war es einer seiner Freunde, Franz zum Beispiel, der ihm endlich mal zu seinem Glück verhelfen wollte.

Ich trank aus. Das war Spekulation, alles nicht mein Problem, sondern Sache der Polizei.

Stephan war mittendrin im System der künstlichen Befruchtung und fand sich in »Depots« und »Embryonen-Transfers« so virtuos zurecht wie in seinen Gesetzbüchern übers Erbschaftsrecht. Wenn er etwas weiß, dann alles. Das war schon immer so. Aber von der Petrischale hatte ich natürlich auch schon einmal gehört. Ich war sein Freund, wollte mich um ihn kümmern und alles tun, damit er wieder besser draufkam. Dafür sind Freunde schließlich da.

»Es gibt zwei Möglichkeiten«, sagte er und legte einen Bierdeckel ab. »Entweder den anonymen Spender. Oder« – er legte den anderen Deckel daneben – »einen, den man kennt. Was hältst du davon?«

»Wovon?«, fragte ich.

»Du müsstest dich natürlich untersuchen lassen.«

»Ich?«

»Tomas, wir haben alles ganz genau überlegt.«

»Was?«

»Dass du der Vater sein sollst von unserem Kind.«

»Vater sein – ich?«, rief ich.

Wir lachten.

Doch Stephan meinte es ernst.

Auf dem Weg nach Hause dachte ich, wie kurios: Irgendwann einmal wird wohl jeder Schwule gefragt, ob er als Vater herhalten will. Sogar Daniel, der nie etwas von Familie wissen wollte, hat jetzt eine Tochter. Ein Herzenswunsch, den er seiner besten Freundin erfüllt hat, kurz nachdem die ihre Traumfrau geheiratet hat. Keine Ahnung, wie die das rechtlich geregelt haben. Sicher ist nur: Das verändert das ganze Leben.

Daheim blinkte der Anrufbeantworter.

Wer ist dann eigentlich der Vater – Stephan oder ich? Wer trägt die Verantwortung für Erziehung, Ausbildung und Lebensunterhalt? Und wie erzählt man dem Kind später seine Entstehungsgeschichte? Das war alles schwierig, eigentlich ein Ding der Unmöglichkeit.

Ich drückte den Knopf. Das Band spulte, dann sagte Regula: »Tomas, bitte komm sofort. Die Polizei ist hier. Rosemarie muss dir etwas gestehen.«

13

Nicht einmal vor dem Traualtar waren sich Christopher und Regula so einig gewesen wie in dieser Nacht, in der ich ins Taxi sprang und zu ihnen raus nach Schwabing kam. Rosemarie war in Ungnade gefallen, das sah ich ihnen sofort an. Diskussionen darüber waren keine vorgesehen.

»Wo ist sie?«, fragte ich zwischen den Kartons, die nicht wie sonst ordentlich gestapelt entlang der Fußleiste, sondern geöffnet und durcheinander im Flur herumstanden. Jemand hatte das Warendurchgangslager meines Schwagers aus ersteigerten und versteigerten, nützlichen und unnützen Dingen des täglichen Bedarfs gründlich durcheinandergebracht. »Und wie sieht es hier eigentlich aus?«

»Rosemarie ist auf ihrem Zimmer, traut sich nicht mehr raus, lässt aber auch niemanden rein. Und das hier« – Christopher trat wütend gegen eine Kiste – »hat die Polizei veranstaltet. Durchsuchungsbefehl nennt man das.«

»Eine Wohnungsdurchsuchung bei euch – warum?«

»Als ob das Mädchen zwei Gesichter hätte«, sagte Regula, ähnlich zittrig wie nur damals, als ihr Jonas auf der Kaufinger Straße abhandengekommen war. Regula hatte mich gleich angerufen. Aber was konnte hier so schlimm sein wie die Stunde, nach der wir den Schreihals endlich im Menschenauflauf am Marienplatz wiederfanden? »Bitte, Tom, du musst rauskriegen, was in sie gefahren ist. Mit uns redet sie nicht.«

»Was gibt es in dieser Geschichte noch zu reden?«, widersprach Christopher. »Ich will diese Frau nicht mehr sehen. Ich wünschte, Tomas, du hättest sie nie aus London mitgebracht. Darum sorg du jetzt dafür, dass sie dorthin zurückkehrt und aus unserem Leben verschwindet, und zwar auf Nimmerwiedersehen.«

»Stopp mal«, sagte ich. »Eins nach dem anderen. Was hat sie denn überhaupt ausgefressen?«

»Versuch erst gar nicht, die Sache zu verharmlosen«, sagte Christopher. »Rosemarie ist kein Kind mehr. Sie ist volljährig und hat für ihre Taten geradezustehen.«

»Christopher hat recht. Hier kann sie nicht bleiben«, sagte Regula. »Ausgeschlossen, dass sie eine Sekunde länger die Verantwortung für Anna und Jonas übernimmt.«

»Sie muss zurück nach Ipswich, ob sie will oder nicht«, ergänzte Christopher.

»Wir hoffen, du verstehst das«, sagte Regula.

»Nur, wenn ihr mir endlich sagt, was passiert ist!«, rief ich.

»Bitte!«, dämpfte Christopher.

»Die Kinder!«, sagte Regula.

»Was hat sie denn nun angestellt?«, flüsterte ich.

»Rosemarie ...«, begann Regula, »hat vor der Polizei zugegeben ...« – Sie machte eine Faust und konnte nicht weitersprechen.

»Rosemarie steht unter Mordverdacht«, sagte Christopher.

Ich lachte. »Wie kommt ihr denn auf den Blödsinn?«

Im Blick von Regula und Christopher stand das Mitleid für den Ahnungslosen.

Ich verstand es nicht. »Hat Frau Glaser allen Ernstes gesagt: Rosemarie Clifford steht im Verdacht, den Dekan Hans-Georg Markowski umgebracht zu haben?«

Regula und Christopher nickten.

»Darf man fragen, wie sie darauf kommt?«

»Rosemarie hat die Anschläge auf Mara Markowski verübt.«

»Wie bitte?«

»Sie hat alles zugegeben.«

»Dass sie den Computervirus installiert und den toten Fisch hinters Regal gesteckt hat?«

Regula und Christopher nickten.

»Und den Stein geschmissen?«

Regula und Christopher nickten.

»Wie soll sie das denn alles angestellt haben? Und warum? Dafür fehlt ihr doch die Phantasie, die Kraft, die ganze Konstitution – ich meine: Ihr kennt sie doch! Und was hat das alles mit dem Mord zu tun?«

»Bisher ist es ein Verdacht«, sagte Regula, überraschend sanft.

Ich versuchte, eine Erklärung für Rosemaries Verhalten zu finden. »Sie will sich einfach nur verdächtig machen«, sagte ich. »Sie hat alles erfunden, um die Aufmerksamkeit auf sich zu ziehen. Damit wir und die Polizei uns den Kopf über sie zerbrechen, gerade jetzt, wo sie keine Rolle spielt. Es ist nichts anderes als ein Auftritt, wie in London, als sie auf der Bühne im Scheinwerferlicht stand und alle ihr zugejubelt haben, versteht ihr? Mädchen in ihrem Alter ticken so.«

»Weil du ihr die Flausen in den Kopf gesetzt hast«, behauptete Christopher.

Ich hatte keine Lust, mit ihm zu streiten. »Wo ist sie? Ich will mit ihr sprechen. – Rose? Bist du da drin?« Ich klopfte. »Bitte lass mich rein. Ich kann nicht glauben, was ich da gehört habe. Rose, das bist doch nicht du!«

Ein Schlüssel drehte sich im Schloss, und die Tür ging auf. Rosemaries Schulter kam mir viel zu schmal vor für die sperrige Umhängetasche, die Gestalt zu dürr, um diesen riesigen Koffer zu heben, und plötzlich wieder das schwere Brillengestell auf der Nase.

»Wo hast du denn deine Kontaktlinsen?«, fragte ich und nahm Rosemarie in den Arm.

Die Kinder standen in Schlafanzügen im Flur, stumm wie die Stofftiere, die sie im Arm hielten, bewacht von Regula und Christopher. Rosemarie strich den Kindern über die Strubbelköpfe. Es war die einzige Abschiedsgeste.

Ich folgte Rosemarie mit dem Gepäck aus der Wohnung.

»Hans-Sachs-Straße zehn«, sagte ich zum Taxifahrer.

Die Arme vor der Brust verschränkt und mit hängendem Kopf schien Rosemarie sich an sich selbst festzuhalten. In der Linkskurve fiel sie ohne Halt gegen mich und blieb an mich angelehnt. Ich legte meinen Arm um sie und fragte: »Warum hast du das getan, Rose?«

Sie rührte sich nicht, als würde ich mit fremder Stimme sprechen, und starrte aus dem Fenster. Farben und Blinklichter spiegelten sich im Vorbeifahren in ihren Brillengläsern.

Am Haustor mühte ich mich mit Schlüssel und Gepäck. Rosemarie folgte mir lautlos auf dem Kokosläufer, geduckt in meinem Schatten, als wollte sie sich kleinmachen. Die Leiche im Institut, stundenlanges Verhör, Mordverdacht und Wohnungsdurchsuchung – Rosemarie musste am Ende und todmüde sein. In dieser mysteriösen Geschichte würde sie meine Hilfe brauchen. Aber dafür müsste sie mir erzählen, was wirklich passiert war. Und das nicht erst morgen. Tut mir leid, Rose, du musst dich noch einmal zusammenreißen und deinen Mund aufmachen.

»Kaffee?«, war das Erste, was ich in der Wohnung fragte. »Oder lieber Kakao?«

Rosemarie bezog den Küchenstuhl, auf dem sie gesessen hatte, als wir mit Stephan Pasta kochten. An jenem Abend hatte ich das Fahrradfahren entdeckt, sie das Studium, aber niemand ein Anzeichen, dass die stabile Ordnung vier Wochen später aus den Fugen geraten würde. Rosemarie stand unter Mordverdacht und ich unter dem Druck, für Stephan Nachkommen zu produzieren. Auf beide Aufregungen hätte ich gerne verzichtet.

»Ich mach uns Tee«, sagte ich. Am besten mit Rum.

Rosemarie hing mit ausgestrecktem Arm über dem Tisch – schwer zu beurteilen, ob müde, gelangweilt oder aufsässig, aber das interessierte mich jetzt auch nicht. Ich schüttete die Teeblätter – wie es die Russen tun, sagt jedenfalls Aljoscha – einfach so in die Kanne und sagte rhetorisch: »Bist du bereit, mir ein paar Fragen zu beantworten?« Ich setzte Wasser auf. Ich wollte es mit eigenen Ohren von Rosemarie hören. »Also: Hast du Mara Markowski diesen Virus auf den Computer getan?«

Nichts.

»Und der tote Fisch?«

Rosemarie bewegte den Kopf. Sah aus, als ob sie nickte.

»Und der Stein? Hat dir jemand dabei geholfen? – Rosemarie, ich habe dich etwas gefragt!«

»Niemand. Ganz sicher.«

»Du musst mir die Wahrheit sagen!«

»Den Computervirus hat mir Archie geschickt.«

»Archie – aus London? Der wird nicht mehr engagiert.«

Die nächste Frage: die nach dem Mord. Was wäre, wenn Rosemarie hier bei mir, in dieser Küche, plötzlich alles zugäbe?

Rosemarie sagte: »Aber dass jemand Hans-Georg um die Ecke gebracht hat – damit habe ich nichts zu tun!«

Ich wollte ihr so gerne glauben. Ich sagte: »Ich weiß nicht, ob ich dir glauben kann. Und verstehst du auch, warum? Weil ich deine Anschläge nicht verstehe. Warum hast du das alles getan und mir in der Mensa auch noch davon erzählt? Warum hast du Christopher wegen des Computervirus antanzen und mich nach dem toten Fisch suchen lassen, hast mich angerufen und von dem Stein und deiner Sorge um Mara gefaselt? Warum hast du uns alle belogen und betrogen und für dumm verkauft?« Als könnte Lautstärke etwas bewirken, schrie ich: »Und guck mich an, wenn ich mit dir rede!«

Ihre Augen hinter den Brillengläsern waren verschwommen und undurchsichtig.

Der Wasserkessel pfiff.

Ich kam mir vor wie ein Vater, der nicht versteht, was in seinem Kind vorgeht, machtlos und ohne Mittel, es zum Reden zu bringen. Für diese Rolle besaß ich kein Talent. Sollte ihre Mutter in Ipswich sie vermöbeln oder zum Psychologen schicken.

Mit dem heißen Wasser auf den Teeblättern zog ein Duft aus einer feineren Welt durch die Küche.

»Weißt du«, sagte Rosemarie plötzlich, »ich wollte ihr

nur zeigen, dass ich immer für sie da bin. Egal, was passiert.«

Ich setzte die Tassen auf ihre Untertassen und bemühte mich, dabei kein Geräusch zu machen. Rosemarie wollte sprechen, und nichts sollte sie ablenken.

»Ich habe gedacht, wenn ich Mara in der Not beistehe, kann ich ihr beweisen, dass ich ihr eine Stütze bin, dass sie mich ernst nehmen muss und sich auf mich verlassen kann. Mehr als auf alle anderen. Egal, wie gut sie sind.«

Rosemarie hatte ihren Kopf auf den ausgestreckten Arm gelegt, als wäre er ein Kissen, von dem aus sich bequem eine logische Geschichte aufdröseln lässt. »Und es hat funktioniert«, sagte sie. »Mara hat mich zum Mittagessen eingeladen und gefragt, ob ich mitkomme zu der Tagung. Und nächste Woche, ich schwör dir, hätte sie mich gefragt, ob ich dabei bin und ihr helfe, wenn sie zu Hause ihre Doktoranden empfängt!«

Sie ist verrückt, dachte ich. Aber das hatte ich doch eigentlich immer gewusst.

»Aber nie«, rief Rosemarie, »hätte ich etwas getan, was ihr wirklich hätte gefährlich werden können. Nie hätte ich riskiert, dass ihr etwas zustößt, dass etwas passiert, bei dem sie ernsthaft hätte Schaden nehmen können.«

Ich schenkte Tee ein. Ich glaubte ihr.

Auf Augenhöhe mit der goldenen Flüssigkeit, die heiß aus der Tülle strömte, sagte Rosemarie leise: »Mara und ich sind immer vertrauter miteinander geworden. Sie hat gelächelt, wenn sie mich angesehen hat.« Rosemarie lächelte jetzt auch. »Das war schön«, sagte sie.

Klar und ruhig wollte ich sprechen. »Kind, du kannst

keinen Notfall kreieren, nur um dann die Erste zu sein, die beim Aufräumen hilft. Du kannst dir auf diese Weise keine Zuneigung erkaufen. So funktioniert das nicht. Begreifst du das? Wenn du Angst hast, dass du nicht die Leistung bringst, die man von dir erwartet, hast du zwei Möglichkeiten: Entweder du pfeifst drauf, oder du rackerst so lange, bis du die Anerkennung bekommst, die du verdienst. Mit der Brechstange und faulen Tricks lässt sich das nicht bewerkstelligen. Und jetzt trink deinen Tee, bevor er kalt wird.«

Aber Rosemarie, die Wange auf den Arm gequetscht, dachte nach. Dann sagte sie leise: »Ich habe es vermasselt. Ich kann mich bei Mara nie wieder blicken lassen. Warum bin ich nur so bescheuert?«

Vielleicht war dieses Mädchen gar nicht verrückt. Vielleicht hatte sie sich nur in eine Idee verrannt. Und damit die Idee Wirklichkeit wurde, hatte sie die falschen, zu grellen Mittel gewählt. Nur hatte sie damit das Gegenteil erreicht. Das tat bestimmt weh.

Das Grau da draußen, das immer heller wurde, verriet noch nichts vom Tag.

»Weißt du«, sagte ich. »Vielleicht gibt es einen Grund, warum du getan hast, was du getan hast. Bitte geh nicht gleich an die Decke, aber könnte es sein – und niemand versteht das besser als ich, das kannst du mir glauben –, dass du vielleicht in Mara Markowski verliebt bist? – Rose?« Ich versuchte, ihre Brillengläser zu durchdringen. Lider geschlossen.

Ich legte mir ihren Arm um die Schulter, fasste sie unter den Knien und hob sie hoch. Es muss komisch ausgesehen haben, wie ich sie mit mühsam durchgedrücktem Kreuz taumelnd über den Flur ins Gästezimmer schleppte. Aber mir war nicht zum Lachen zumute. So konnte es nicht weitergehen.

Fast fiel sie mir auf die Matratze, dabei wollte ich sie sanft betten. Ich deckte sie zu, als wäre sie ein kleines Mädchen, das von ihrem Pony träumt, und keine erwachsene Frau unter Mordverdacht.

Ich musste etwas unternehmen.

14

Das Einzige, was unter der Neonröhre zwischen Computer und Stechpalme blühte, waren die Lilien auf der Hemdbluse von Annette Glaser. Die Kommissarin saß am Schreibtisch und starrte ein Loch in die Luft, irgendwo unterhalb der Zimmerdecke, in Gedanken auf der Suche nach dem Mörder. Vielleicht war sie ihm dicht auf den Fersen und erwischte gerade einen Zipfel. Bis ich dazwischenkam, unangemeldet, und sagte: »Guten Morgen, Frau Glaser. Stör ich?«

Der Mörder, das Loch in der Luft, und schon war der Verbrecher ihr entschlüpft. Die Kommissarin seufzte, und schwer hoben sich die Lilien. Sie fragte: »Wie lange bis zur Pressekonferenz?«

Ich hatte keine Ahnung, und die Stimme aus dem Nebenzimmer war kaum zu verstehen. Aber die Kommissarin meinte: »Passt schon. Fünf Minuten.«

Ich setzte mich, auch ohne Einladung. Eine Tasse Kaffee wäre nett gewesen, schließlich hatte ich für dieses Gespräch mein Frühstück im ›Kranz‹ sausenlassen. Doch die Kommissarin kam gleich zur Sache. »Clifford, Rosemarie.« Sie klappte eine Mappe auf. »Eigentlich kommen Sie wie gerufen, Herr Prinz.«

»Sie wollen ihr einen Mord anhängen, richtig?«

»Wir mussten sie laufenlassen.«

»Weil sie unschuldig ist.«

»Obwohl sie verdächtig ist.«

»Mit dem Mord hat sie nichts zu tun, das müssen Sie mir glauben. Ich kenne Rosemarie.«

»Heißt das, Sie wussten, dass sie ihre Professorin über Wochen in Angst und Schrecken versetzt hat?«

»Natürlich nicht.«

»Dann behaupten Sie nicht, dass Sie sie kennen würden. Ich unterstelle, Sie kennen diese Dame überhaupt nicht!«

»Wir hatten alle gedacht, da sei ein Verrückter am Werk.«

»Und was denken Sie jetzt?«, fragte die Kommissarin.

»Das sind Streiche, Frau Glaser.«

»Frau Clifford hat ihre Aktionen genau überlegt, geplant und durchgezogen. Sie hat beabsichtigt oder zumindest in Kauf genommen, dass Menschen dabei zu Schaden kommen. Diese Frau hat kriminelle Energie.«

»Aber an einem Computervirus stirbt niemand, und den Stein hat sie nachts geworfen, als sie sicher sein konnte, dass niemand mehr im Büro sitzt.«

»Sie wollte nicht erwischt werden.«

»Aber sie tötet niemanden.«

Die Kommissarin sah müde aus. Die Augenringe würden, wenn sie so weitermachte, bald auf Handschellengröße angewachsen sein. Dabei hatte der Tag erst angefangen. Pressekonferenzen, Tatorte, Tote und am Ende, wenn sie Glück hatte, einen Mörder, aber nie, wie bei meiner Arbeit, ein schönes Ergebnis. Sie tat mir leid. Ich sagte: »Ich will Ihnen doch nur helfen. Aber Sie müssen verstehen, dass der Mord und die Anschläge nichts miteinander zu tun haben. Das sind verschiedene Täter. Für die Anschläge ist Rosemarie verantwortlich – jawohl, aber den Mord an Hans-Georg Markowski hat jemand anderes verübt, glauben Sie mir.«

»Ich glaube gar nichts, sondern suche nach Beweisen.«

»Zum Beispiel in der Wohnung meiner Schwester. Und haben Sie dort irgendetwas gefunden? Natürlich nicht.«

Die Kommissarin schaute in einen Handspiegel und fragte, während sie sich die Lippen anmalte: »Sie kennen Robert Fullton?«

»Seit Ewigkeiten, noch aus Londoner Zeiten.«

»Und was halten Sie von ihm?«

»Robert ist in Ordnung. Ein bisschen eitel, aber ein netter Kerl. Verdächtigen Sie ihn?«

Frau Glaser presste die Lippen aufeinander. Ein schönes Umbra würde ihr besser stehen als dieses mädchenhafte Rosa. Sie klappte den Spiegel zu und sagte: »Bei der Bewerbung um die Professur hat Herr Fullton den Kürzeren gezogen.«

»Ich weiß. Deshalb sucht er auch den Absprung. Er will an die Uni Paderborn wechseln. Wir haben ihm dafür extra noch die Schläfen grau gemacht. Wissen Sie, er möchte seriöser wirken.«

»Wirkt er sonst unseriös?«

»Nein, nein. Aber ihm eilt ein gewisser Ruf voraus.«

»Welcher?«

»Gute Frage. Vielleicht, dass ihn die Studentinnen mehr interessieren als die Lehre. Aber das ist dieses Gerede von Leuten, die neidisch sind oder denen langweilig ist. Aus dem Salon kenne ich so etwas rauf und runter. Ich habe jedenfalls gesehen, wie die alle in seine Vorlesung strömten. Rosemarie hat erzählt, der Vortrag sei sehr unterhaltsam, aber vom Inhalt her ein bisschen flach. Ich kann das nicht beurteilen.«

»Aber Rosemarie Clifford kann das?«

»Natürlich nicht. Sie gehörte von Anfang an zu der anderen Fraktion, zu der Markowski-Fraktion.«

»Wieso eigentlich? Bei Frau Markowski muss man doch viel mehr büffeln als bei Herrn Fullton. Habe ich mir jedenfalls sagen lassen.«

»Rosemarie geht nicht so rational an die Sachen heran. Im Gegenteil: Weil die erste Begegnung mit Mara Markowski so positiv verlaufen ist, lässt sie nichts auf diese Frau kommen. Das war bei der Einschreibung, Rosemarie hatte irgendwelche Fristen verpasst, Frau Markowski ein Auge zugedrückt. Seitdem findet Rosemarie alles toll, was Mara Markowski tut und macht, sogar diesen öden Strukturalismus. Und ausgerechnet auf diese Person verübt Rosemarie Clifford Anschläge.«

»Psychologisch hochinteressant, aber nicht ungewöhnlich. Doch wir waren bei Robert Fullton. Wie stand Frau Clifford denn zu ihm?«

»Da war von Anfang an der Wurm drin, schon bei der ersten Begegnung im Salon. Rosemarie war noch das Au-pair-Mädchen, aber nicht doof. Sie hat gleich gemerkt, dass Robert sie nicht für voll nahm. Wenn ich es jetzt so überlege – vielleicht war das überhaupt der Grund, warum Rosemarie so plötzlich studieren wollte. Vielleicht wollte sie es ihm zeigen. Keine Ahnung.«

»Und hat sich als Studentin ihr Verhältnis zu Robert Fullton geändert?«

»Leider nein. Robert hat in seinem Frust bei Mara Markowskis Antrittsvorlesung ein paar dumme Bemerkungen gemacht, über Rosemarie, aber auch über die frischgebackene Professorin. Rosemarie ist da empfindlich. Darum auch die Ohrfeige.«

»Kann man vielleicht sogar verstehen, oder?«

»Aber ist es nicht verrückt, was die Markowskis daraufhin tun? Nach diesem Eklat geben sie ausgerechnet Rosemarie einen Job!«

»Kleinkrieg nennt man das.«

»Aber da hat Rosemarie nicht mitgemacht. Das muss man auch mal sagen: Sie war sich später nicht zu fein, bei Robert die Tafel zu putzen.«

Annette Glaser stand auf und klemmte sich eine Mappe unter den Arm.

Mir lief die Zeit davon. Ich war doch noch gar nicht dazu gekommen, alles loszuwerden. Das ganze Paket Liebe-und-Intrige mit Steffi Zahn zum Beispiel. Bevor die Kommissarin auf und davon war, fragte ich wenigstens noch: »Wie ist der alte Markowski eigentlich umgekommen?«

»Herr Prinz, halten Sie sich aus dem Fall bitte heraus.«

»Aber die Presse wird Sie das auch fragen.«

»Bei der PK geht es nicht um den Mord am Anglistik-Institut.« Die Kommissarin gab mir die Hand. »Sie hören von mir.«

Na, prima. Ich erzählte ihr alles, sie mir nichts.

Als wolle sie sich für diese Ungerechtigkeit entschuldigen, drehte sie sich in der Tür noch einmal um. »Sagen Sie mal …«

»Ja?«

»Ist Frau Markowski eigentlich bei Ihnen Kundin?«

»Nein. Wie kommen Sie darauf?«

»Sie sieht sehr schön aus. Ich hätte schwören können, das ist Ihr Werk.«

Dann war sie weg.

»Fortex«, sagte Torsten. Der Assistent stellte mir eine Tasse Kaffee hin. »Wird gewöhnlich zur Therapie von Herzinsuffizienz eingesetzt. Eine Überdosis kann zu Herzrhythmusstörungen führen.«

»Du meinst, jemand hat ihm ein Medikament untergejubelt, ihn also vergiftet?«

»Das Zeug war im Kaffee.«

Ich malte mir aus: Hans-Georg Markowski im Büro, vor sich die schwarze Flüssigkeit, Süßstoff und Tabletten und ein Tag, der lang und anstrengend werden würde. Die Ehefrau will Streit, die Geliebte Zärtlichkeit, die Studenten gute Noten. Alles ein bisschen viel. Aber Markowski will keine Schwäche zeigen, greift fahrig nach Tabletten und Süßstoff … – Ich fragte: »Könnte es nicht sein, dass er unkonzentriert war und einfach nur seine Pillen durcheinandergebracht hat? Und dass alles bloß ein ganz dummer Unfall war?«

»Fortex hätte der Arzt ihm strikt verboten. Bei seinem Bluthochdruck war es das reinste Gift. Abgesehen davon hätte die Konzentration auch den stärksten Mann umgehauen.«

»Verstehe. Aber das Medikament kann sich, mit ein bisschen Phantasie, jeder besorgen, richtig?«

»Allerdings.«

»Auch Rosemarie.«

»Natürlich.«

»Aber auch jeder andere.«

»Kein Widerspruch.«

»Na, also. Darum müsst ihr doch in alle Richtungen ermitteln. Oder gibt es hier einen Zusammenhang mit Rosemarie, den ich nicht kapiere?«

Torsten lehnte am Schreibtisch, die Arme vor der Brust verschränkt, und starrte genau an dieselbe Stelle wie vorhin seine Vorgesetzte. Woran dachte er? Vielleicht an unsere Begegnung damals, diese Nacht im Ausnahmezustand. Wir hatten nie darüber gesprochen.

»Hältst du Rosemarie für eine Mörderin?«, fragte ich.

Torsten wählte seine Worte vorsichtig: »Ich halte sie für nicht berechenbar.«

»Aber welches Motiv sollte sie denn haben? Ihn aus dem Weg räumen, um bei ihr freie Bahn zu haben? Das ist absurd.«

»Und im Zuge dessen…«

»Torsten, sag einfach, was Sache ist.«

»…wäre es toll, wenn du uns auf dem Laufenden hältst. Zu dir hat sie Vertrauen, dir erzählt sie Dinge, die sie uns vorenthält.«

»Ihr tappt ganz schön im Dunkeln, was?«, fragte ich.

Torsten der Verschwiegene. Und überall Aktenordner, Mappen und Protokolle, so kam es mir vor, nur dafür angelegt, um Rosemarie zu überführen. Die Polizei verrannte sich in eine Idee, ähnlich wie Rosemarie sich verrannt hatte. Ich fragte: »Weiß Mara Markowski eigentlich inzwischen, dass Rosemarie hinter dem ganzen Theater mit den Anschlägen steckt?«

»Wir haben sie informiert«, antwortete Torsten.

»Wie hat sie reagiert?«

»Sie war fix und fertig. Ausgerechnet die Studentin, für die sie sich so ins Zeug gelegt hat.«

»Aber ist es nicht blöd für eure Ermittlungen, wenn Mara Bescheid weiß? Jetzt spricht sich herum, was Rosemarie angezettelt hat, und der wahre Täter lacht sich eins.«

»Mach dir da mal keine Sorgen. Wichtig ist, dass Frau Markowski jetzt keine Angst mehr haben muss.«

»Diese Frau hat keine Angst«, sagte ich.

Torsten widersprach: »Sie hatte Angst. Sogar eine Scheißangst.«

Natürlich, was wusste ich schon von Mara Markowski. Nur einmal hatte ich gesehen, wie sie die Fassung verlor, im Auto, und, endlich allein, der Trauer nachgab. Ich musste mit ihr sprechen und ein gutes Wort für Rosemarie einlegen. Versuchen, etwas geradezurücken.

»Übrigens: Da ist noch etwas«, sagte Torsten. »Was den Aufenthaltsort von Frau Clifford angeht…«

»Sie wohnt vorläufig bei mir.«

»Aber falls sich Änderungen ergeben…«

»Sag ich sofort Bescheid.«

Er sah mich forschend an, ob er sich auf mich verlassen könnte. Vielleicht ahnte er, was ich vorhatte.

»Könnte ich kurz telefonieren?«, fragte ich.

»Zuerst die Null.« Torsten ging höflich in den Nebenraum. Nicht mal ein Tuten und Kitty war dran, um kurz nach neun. Noch war im Hintergrund alles still, aber gleich würden die frühen Kunden auf der Matte stehen. »Sag mal«, fragte ich, »habe ich meinen ersten Termin nicht erst um elf?«

»Genau dahin hatte ich gestern die Gräfin verschoben, auf ihren eigenen Wunsch und mit viel Mühe«, antwortete Kitty. »Und was ist jetzt? Die Schnepfe sagt wieder ab.«

»Wann kommt der Nächste?«

»Frau Weber, aber eben erst um zwölf.«

»Perfekt.«

»Für die Lücke, schlage ich vor, nehmen wir von der Warteliste endlich die neue Anzeigenleiterin. Die will das ganze Programm. Warte mal – wie heißt die?«

»Lass mal. Mir kommt die Lücke wie gerufen.«

»Aber die Dame wartet. Es ist wirklich dringend. Sie hat mich am Telefon schon angeschrien. Ich habe ihr angeboten – egal. Sie will nur zu dir.«

»Das geht heute leider nicht. Also: Um zwölf bin ich da.«

»Von wo rufst du eigentlich an?«, fragte Kitty.

»Und noch etwas: Schaut zwischendurch mal nach Rose. Sie ist oben, bei mir in der Wohnung. Aber wahrscheinlich schläft sie noch.«

»Tom, was hast du vor?«

»Später. Ciao.«

Für das Taxi lief ich bis zum Odeonsplatz. Hier stehen immer ein paar in Reihe.

»Schellingstraße. Anglistik-Institut.«

Ich musste herausfinden, wer ein Motiv hatte, Hans-Georg Markowski umzubringen. Ich hatte keine Ahnung, wie ich es anstellen würde, aber vielleicht hatte ich Glück.

»Nein, Herr Prinz, Sie haben kein Glück.« Die Sekretärin am Fachbereich, Anne Kaltwasser, hatte ihr Haar mit einem Gummiband geknebelt und war mit kurzgeschnittenen Nägeln dabei, einen Aufkleber zu entfernen. Das Namensschild ›Prof. Dr. Markowski, H.-G.‹ löste sich nur schwer von seinem Kasten, eine dieser Ablagen, die man braucht, um mit gutem Gefühl Unerledigtes zu stapeln. Der Kasten war nun überflüssig. »Frau Professor Markowski will nicht gestört werden.«

»Fünf Minuten«, bat ich. »Es geht um Rosemarie.«

Die unerwünschte Person. Anne Kaltwasser stellte den Korb ab, aber so laut, dass mir klar war, dass in diesem Raum heute schon zur Genüge über Rosemarie gesprochen worden war. Wahrscheinlich hatte man gemutmaßt, was in dieser Verrückten vorging und ob sie noch alle Tassen im Schrank hatte. Rosemaries Taten und der Mord waren der Gesprächsstoff, der sich grell über das sonst graue Institut gebreitet hatte.

Die Sekretärin legte das Buch zur Seite, das aufgeschlagen auf ihrer Schreibtischunterlage lag. Der Wälzer hatte fast den Umfang von Tolstois *Krieg und Frieden*, dieses Russen-Epos, das Aljoscha mir auf den Nachttisch gelegt hatte und durch dessen Kriegsbeschreibungen ich mich schon seit Monaten quälte. »Kann eigentlich nur an der Übersetzung liegen«, hatte Aljoscha behauptet.

Anne Kaltwasser guckte auf einen Stundenplan, ohne das Telefon zu beachten, das unterdrückt rumorte. In der Wissenschaftswelt herrschte nach dem Tod eines ihrer renommierten Mitglieder Aufruhr. »Frau Professor Markowski hat gleich Seminar«, sagte die Sekretärin. »Wenn Sie wollen, versuchen Sie es danach, aber nicht vor zwölf. Aber ich kann Ihnen nichts versprechen. Frau Professor nimmt nur die nötigsten Termine wahr. Die Sprechstunde fällt aus. – Auch für Sie!«

Wie? Ich drehte mich um. Im Türrahmen hinter mir stand ein blasses Gespenst, beinahe violett, vor allem um die Augen herum. Ohne Make-up und mit dem offenen Haar erkannte ich Steffi Zahn erst an diesen Schnallen-Stiefeletten, in die sie die Jeans gesteckt hatte. Sie ging, ohne einen Ton gesagt zu haben, eher verzagt als beleidigt. Sollte ich ihr hinterher?

»Hören Sie!«, sagte ich zur Sekretärin. Dieses Telefon machte mich nervös.

»Schon gut.« Anne Kaltwasser griff nach einem Zettel. »Was Sie betrifft, lege ich ihr eine Nachricht ins Fach. Aber mehr kann ich wirklich nicht tun.«

In demselben Tempo, in dem sie notierte, sprach sie: »Der – Frisör – bittet – um – einen – Termin«, drehte sich zum Regal, und der Zettel verschwand in seinem Korb. Jedes Institutsmitglied – eine Ablage. Erledigt. Meine Mission, verkümmert zu einem bürokratischen Vorgang. Ich sollte mich hier auf gar keine Diskussion und Zettelwirtschaft einlassen, sondern einfach durchgehen zu Mara Markowski. Aber mit Sekretärinnen, das hatte schon mein Vater gesagt, darf man es sich nicht verscherzen. Also ein letzter Versuch, und zwar raffiniert: »Übrigens«, sagte ich, »wenn Sie Lust hätten, einmal zu mir in den Salon zu kommen – kein Problem.«

»Wann?«

»Jederzeit.« Na, also. Kitty würde die Termine schon hinschieben. Mehr konnte ich von meiner Seite aus nicht anbieten. Und jetzt wollte ich, bitte schön, vorgelassen werden.

Aber da war sie: Schwarz und hochgeschlossen ging Mara Markowski ans Regal, grüßte nicht, redete nicht. Sie wollte arbeiten, Routine und Ordnung erhalten, nicht rechts, nicht links gucken. Doch plötzlich war etwas anders, bloß eine Kleinigkeit. Am Plastikkasten ihres Mannes kein

Titel, kein Name, nur noch die Klebstoffreste. Ich spürte, es war ein Moment, um die Fassung zu verlieren.

Sie nahm den Zettel aus ihrem Fach, las und sagte leise: »Bitte.«

Im Rausgehen sah ich, wie die Sekretärin sich den Wälzer vornahm, um weiter über Themen zu lesen, die vielleicht dem Studenten Sebastian für sein Studium nützlich sein könnten, während das Telefon wieder brummte und ich der Professorin über den Gang folgte, denn die Verbindungstür war ja zugeklebt. Aber hier, an diesem Institut, fand ich alles schon ganz normal.

Mara Markowski fragte: »Worum geht es?«

»Um Rosemarie.«

Sie zeigte auf einen von Omas Sesseln, setzte sich in den anderen, schlug ein Bein über das andere und sagte: »Eigentlich möchte ich diesen Namen nie mehr hören.«

»Es tut ihr alles wahnsinnig leid.«

Aber Rosemaries Seelenzustand und Absichten waren der Witwe egal. Ihre Miene verriet: völlig egal. Rosemarie war in ihren Gedanken schon gestrichen, und die Milliarden Wörter in den Büchern auf dem Schreibtisch würde bald jemand anderes zählen und eifrig auflisten.

Ich sagte: »Ich kann verstehen, dass Sie sauer sind. Trotzdem müssen Sie Rosemarie helfen. Sie steht unter Mordverdacht. Die Polizei glaubt, sie hat Ihren Mann getötet.«

Mara Markowski überlegte, ob diese Information eine gute oder eine schlechte Nachricht wäre. Dann sagte sie: »Das ist absurd.«

Ich war erleichtert. »Ganz meine Meinung.«

»Aber dass Rosemarie die Anschläge auf mich verübt hat,

ist ebenfalls absurd. Es ist unglaublich. Wir hatten immer einen ganz anderen Verdacht.«

»Natürlich. Aber die Anschläge auf Sie sind eine andere Geschichte als der Mord an Ihrem Mann.«

»Woher wollen Sie das wissen?«

»Weil ich es einfach weiß. Man kann Rosemarie nicht alles in die Schuhe schieben, was an diesem Institut an Mord und Totschlag passiert, während der wahre Täter frei herumläuft! Warum sollte Rosemarie Ihren Mann umbringen? Ehrlich gesagt habe ich einen Verdacht.«

»Welchen?«

»Dass der Täter genau so kalkuliert. Er hat irgendwie herausbekommen, dass Rosemarie hinter den Anschlägen steckt. Er bringt Ihren Mann um und weiß, dass Rosemarie verdächtigt wird.«

»Interessante Theorie. Die sollten Sie unbedingt der Polizei erzählen.«

Klar, wie konnte ich erwarten, dass die Professorin mit einem Frisör auf Verbrecherjagd geht, um auf Biegen und Brechen ausgerechnet die Person zu entlasten, die sie am meisten enttäuscht und hintergangen hatte? Ein letzter Versuch. »Bitte beantworten Sie mir nur eine Frage: Hatte Ihr Mann Feinde? Wer konnte ein Interesse daran haben, ihn umzubringen?«

Mara Markowski beugte sich über die staubigen Kekse, die, wie schon beim letzten Mal, in der Schale auf dem Tisch standen. »Hören Sie, Herr …«

»Prinz.«

»Es ist nicht meine Art, Kollegen zu verleumden. Natürlich könnte ich tausenderlei Vermutungen anstellen, aber, bitte nehmen Sie es nicht persönlich: Wir sind hier nicht im Frisörsalon.«

Für den Bruchteil einer Sekunde sah sie auf die Tür hinter uns, die Verbindungstür zum Sekretariat, wo Anne Kaltwasser, still lesend, vielleicht mithörte, was hier drinnen gesprochen wurde. Schließlich hatte man dort drüben auch gehört, wie Rosemarie hier drinnen unbeschwert ihre Lieder gesungen hatte. Wollte Mara Markowski damit sagen: Nicht hier, wir haben einen Lauscher?

Laut fragte Mara Markowski: »Kümmert Rosemarie sich jetzt wieder um Ihre Kinder und den Haushalt?«

»Nicht bei mir, sondern bei meiner Schwester«, korrigierte ich. »Im Moment wohnt Rosemarie zwar bei mir, aber für den Haushalt habe ich schon seit Jahren meine Agnes. – Sagen Sie mal, haben Sie eigentlich Kinder?«

Die Professorin stand auf. »Wenn mein Mann und ich uns eine Familie gewünscht hätten, dann hätten wir eine. Auch wenn es Sie nichts angeht: Wir waren einander immer genug.« Sie öffnete die Tür, der Rausschmiss, nicht mal mehr höflich.

Jetzt war alles egal. Mir war klar, dass ich zu weit ging, als ich fragte: »Stimmt es eigentlich, dass Ihr Mann ein Verhältnis mit dieser Studentin, Steffi Zahn, hatte?«

Ihre Augen weiteten sich, und ich dachte, jetzt holt sie – Vorbild Rosemarie – aus zu einer Ohrfeige. Nichts dergleichen geschah. Stattdessen fragte sie: »Wer behauptet so etwas?«

»So direkt niemand. Sind wahrscheinlich nur Gerüchte.«

»Die Sie fröhlich weiterverbreiten!«

»Das würde ich niemals tun, das müssen Sie mir glauben.«

»Es gibt immer wieder Personen an diesem Institut,

die …« Sie suchte nach Worten. Sie tat mir leid. »Mein Mann und ich«, fing sie wieder an, »viele konnten unsere Verbindung nicht verstehen, von Anfang an. Aber warum geben diese Menschen nicht endlich Ruhe? Er ist doch nun tot.«

»Auf Wiedersehen«, murmelte ich, aber die Tür war schon zu.

Ich stand allein auf dem Flur. Drinnen, da war ich mir sicher, verlor Mara Markowski jetzt die Fassung, wie gestern im Auto. Vor gerade mal vierundzwanzig Stunden wurde zwei Räume weiter ihr Mann ermordet, und ich kam ihr mit diesem Gewäsch.

Anne Kaltwasser schaute aus ihrem Zimmer auf den Flur. »Falls Sie Frau Zahn suchen, die ist in der Bibliothek.«

»Danke. Und was ist mit Ihrem Termin bei mir im Salon?«, fragte ich. »Wann wollen Sie kommen?«

»Wissen Sie was?«, sagte die Sekretärin und zog an ihrer Strickjacke, als sei ihr in der Zugluft kalt. »Ich gehöre nicht zu den Menschen, die bestechlich sind. Auf Wiedersehen.«

Bea würde später sagen, dass jetzt der Zeitpunkt gewesen wäre, abzuhauen, nach Hause zu gehen, auf vertrautes Terrain. Vielleicht hätte ich sogar noch verhindern können, dass Rosemarie inzwischen einen neuen Plan fasste und ihn still in die Tat umzusetzen begann. Aber das konnte ich zu diesem Zeitpunkt nicht wissen.

Stattdessen ging ich in die Bibliothek. Tatsache war: Mara Markowski glaubte fest an ihren Mann und seine Treue. Seine Tugendhaftigkeit in Frage zu stellen stand mir nicht zu. Trotzdem wollte ich bei Steffi Zahn die Gegenprobe machen. Irgendeinen Zipfel musste ich doch erwischen. Etwas, was mich weiterbrachte.

Fast jeder Tisch in der Bibliothek war besetzt, aber von Steffi Zahn keine Spur. Ich fluchte leise.

»Kann ich dir helfen?«, fragte die Studentin, die Aufsicht führte.

»Ist Steffi Zahn hier irgendwo?«

Die Aufsicht zeigte zu einem Tisch, auf dem Bücher wie Backsteine lagen. »Kommt gleich wieder«, sagte sie.

All die Menschen, konzentriert auf ihren Lernstoff, ich dagegen ohne Buch wie ein Tourist. Franz hatte mir den Lesesaal empfohlen. Der ruhige Ort. Eine knappe Stunde hatte ich Zeit. Ungefähr wusste ich noch, wo im Regal mein Buch steht.

T. S. Eliot. Ich setzte mich. Ich blätterte.

Müde war ich. Ich fühlte mich wie der Typ schräg gegenüber, der auf seinem Stuhl so weit heruntergerutscht war, dass oberhalb der Tischkante nur Kopf und Arme zu sehen waren. Spätestens in meinem Alter würde er Probleme mit der Bandscheibe haben. Den Blick ins Buch simulierte er, in Wirklichkeit schielte er zu der Asiatin neben ihm. Konnte man verstehen: Ihr weicher Pullover war so weit ausgeschnitten, dass er ihr über die Schulter rutschte. Dieser Schwung von Hals und Nacken mit dem Schimmer reiner Haut bewirkte, dass die gedruckten Wörter vor ihm zu Reihen phantasielos gestanzter Buchstaben verkamen, zu Schmutzpartikeln auf weißem Papier. Die Asiatin zupfte beim Umblättern sittsam den Pullover zurecht, mit dem Ergebnis, dass er ihr jetzt von der anderen Schulter glitt.

Ich behielt die Tür im Blick und bemerkte irritiert, wie der Typ mit dem ordentlichen Mittelscheitel, der links von der Asiatin saß, mir direkt in die Augen schaute. Nein, der

Brave flirtete nicht, sondern sein Blick verlor sich in der Ferne, vielleicht im Weltall, als ob dort im Zeitlupentempo ein Raumschiff voller Erkenntnisse vorbeiziehen würde, und er durfte wieder nicht an Bord. Ich schaute runter in Eliots Verse. Steffi Zahn ließ auf sich warten.

Gegenüber kam Bewegung in die Veranstaltung. Eine Hand kroch über den Tisch und tastete sich zur Asiatin vor. Auf der anderen Seite dieselbe frivole Idee. Beide Männer befanden sich im Schneckentempo auf Annäherung, ohne dass ich tippen mochte, wer von ihnen als Erster ins Ziel einlaufen, mit einem Lächeln belohnt oder einer Ohrfeige abgestraft werden würde. Im letzten Moment funkte ihr Telefon stumm Blaulicht. Erschrocken zogen sich die Hände zurück. Die Frau griff den Apparat, stand auf und lief in hohen Stiefeln mit Pelzbesatz, x-beinig und leise kichernd, zum Ausgang, um am Telefon wahrscheinlich den dritten Verehrer zu begrüßen. Was hatte Franz erzählt? Die Disziplin hier sei ansteckend? Ich würde wohl eher unter der Lichtorgel in der Disco als zwischen diesen Leselampen zum Schmökern kommen.

Steffi Zahn saß auf ihrem Platz.

Ich klappte mein Buch zu und ging quer durch den Raum zu ihrem Tisch. So viele Blicke folgten mir, dass ich auf geraden Rücken und gerade Schultern achtete. Steffi schaute hoch.

»Hallo«, sagte ich.

Erst eine Woche war seit unserem Flurgespräch vor den Büros der Markowskis vergangen. Wie hatte sich Steffi Zahn seitdem verändert. Als hätte sich mit dem Tod von Hans-Georg die Streitlust von damals in eine schwere Müdigkeit verwandelt. Die Worte rutschten mir einfach heraus: »Mein herzliches Beileid.«

Sie stützte den Kopf in die Hände und starrte auf das Buch hinunter. Ich dachte, sie würde einfach weiterlesen. Da hörte ich diesen Schluchzer.

Ich legte eine Hand auf ihre Schulter. »Tut mir wirklich leid.«

Steffi Zahn heulte. Die Asiatin kam herbei, ihre beiden Verehrer, alle guckten sie neugierig und erschrocken und dachten: Was hat der Kerl dieser Frau angetan? Aber es waren doch nur drei Worte gewesen. Ich wusste nicht, was ich tun könnte, damit sie aufhörte zu weinen. Meine Hand auf ihrer Schulter half ihr nicht.

Sebastian kniete plötzlich neben ihr und legte den Arm um sie. Mit einem Taschentuch sammelte er die Tränen von ihrem Gesicht, wie bei einem Kind, das gefallen war, hob sie hoch, stützte sie und brachte sie weg von uns Gaffern, so schnell wie möglich, aber nicht schnell genug. Steffi drehte sich um, schaute verheult in die Gesichter all derer, die, entzückt von ihrer Vorstellung, auf eine Zugabe hofften, die sie prompt lieferte: »Macht euch ruhig lustig! Ihr werdet schon sehen.« Mit dieser Drohung ging sie davon, im Arm von Sebastian.

Zurück blieb ein wenig Salzwasser auf den aufgeschlagenen Seiten. Bisher hatte vielleicht niemand bemerkt, wer hier gesessen hatte. Doch jetzt wussten alle: Mara Markowski mochte den offiziellen Status haben, aber Steffi war die wahre Witwe, die den großen, echten Schmerz mit einer Lust zelebrierte, die mich verwunderte. Hätte sie denn wirklich eine Zukunft mit ihrem Professor gehabt, oder bildete sie sich das nur ein? Doch wenn Sebastian sie trösten durfte, kam vielleicht wenigstens er auf seine Kosten.

Ich war froh, als mein Taxi in die Hans-Sachs-Straße einbog.

Frau Weber lag im Sessel bei der Haarwäsche und erzählte mit geschlossenen Augen in ihrem verzweifelten Singsang. Das Wasser rauschte in die Waschbecken, aus den Lautsprechern plätscherte die Musik, heiser pusteten die Föne ihre Luft in die frischgeschnittenen Haare. Ich atmete durch. Das Weber-Drama um den Hund, die arme Töle mit dem angeborenen Unterbiss – die wievielte Fortsetzung war das jetzt? Das Rassetier trug seit neuestem eine Zahnspange. Blieb die Frage, wer ihm täglich das Maul aufreißen und die Zähne putzen würde. Ich wünschte, ich käme um die Details herum und arrangierte: Nach der Haarwäsche geht Frau Weber direkt zu Bea in aller Ruhe zum Färben und kommt danach zu mir zum Schneiden. Das Manöver verschaffte mir ein Stündchen zum Frischmachen, Frau Weber genügend Zeit, sich alles von der Seele zu reden und Mut zu fassen, vielleicht sogar für den Pony, den ich mir so gut an ihr vorstellen konnte.

»Stephan bittet um Rückruf«, sagte Kitty, »und Kerstin ist schlecht geworden …«

»Ja, später.« Ich hatte ein schlechtes Gewissen. Der arme Stephan, wie ich ihn zappeln ließ. Ich musste ihm klar sagen: Ich kann nicht der Erzeuger deiner Kinder sein. Aus.

In der Wohnung warf ich die Schlüssel auf den Tisch. Hinten, im Zimmer, das kleine Niesen, ein leises Schneuzen.

»Ich bin's!«, rief ich und ging ins Bad. Wenn es sein muss, kann ich in zwei Minuten geduscht sein.

Die Post lag auf dem großen Esstisch, ich schaute sie durch und berichtete dabei mit lauter Stimme: »Ich habe mit Mara geredet. Die ist ganz schön fertig, nach allem, was passiert ist. Wenn ein bisschen Gras über die Sache gewachsen ist, musst du dich vielleicht doch mal bei ihr blicken lassen und dich entschuldigen.« – Eine Postkarte von Jeremy aus dem Südafrika-Urlaub, ein kleiner Brief von Archie, die Entschuldigung, dass er mit Rosemarie und dem Computervirus wohl dummes Zeug angerichtet hatte. Ach, Archie, was hast du denn gedacht?

In der Küche setzte ich Wasser auf. »Aber an dieser Anne Kaltwasser bin ich gescheitert. Ich dachte, ich könnte sie einwickeln und ein bisschen etwas über die Leute am Institut erfahren – keine Chance. Wirklich eine harte Nuss, die Frau. Hey, es gibt Kuchen! Magst du auch Kaffee?«

Ich zog mir ein frisches Hemd an.

»Aber was bei euch in der Bibliothek los ist! Und Steffi Zahn führt sich auf wie die Witwe persönlich. Glaubst du, die hatte wirklich etwas mit dem Dekan? Aber warum wollte sie dann mit Mara sprechen? Wenn du mich fragst, steigert sie sich da gewaltig in etwas hinein. Und ausgerechnet Sebastian tröstet sie. Du sagst ja gar nichts!«

Die Tür zum Gästezimmer war nur angelehnt. Ich schaute hinein.

Da lag Kerstin mit geschlossenen Augen und einem Waschlappen auf der Stirn. »Mit wem redest du eigentlich die ganze Zeit?«, fragte sie.

»Geht's dir nicht gut? Wo ist Rosemarie?«

»Keine Ahnung.«

»Brauchst du etwas? Einen Tee?«

»Danke. Mach dir um mich keine Sorgen. Wird schon wieder.«

Etwas war merkwürdig hier. Ich sah mich um. Hatte Rosemarie schon alles ausgepackt und verstaut? Ich öffnete die Schranktüren, eine nach der anderen.

Kerstin stemmte mit den Armen den Oberkörper hoch und fragte: »Ist denn etwas passiert?«

»Rosemarie ist weg.«

15

Benni bearbeitete immer noch seinen Stufenschnitt. Die Kollegen hatten Kamm und Schere schon in die Schublade geräumt und sich nacheinander in den Feierabend verabschiedet. Alle waren heute Abend mit ihren »Versuchskaninchen« beschäftigt gewesen, hatten Schnitte und Formen probiert, damit sich im Frisör-Alltag nicht die Routine einschleicht. Ich hatte geduldig Ratschläge erteilt, dabei wäre ich am liebsten schon vor Stunden davongelaufen, einfach los, Rosemarie suchen.

»So ein Quatsch«, hatte Kitty gesagt.

Sie hatte bei Regula durchgeklingelt, es an der Uni probiert und klug an den Orten gehorcht, an denen Rosemarie auftauchen könnte. Sogar Benni hatte sie losgeschickt, am Hauptbahnhof Ausschau zu halten, aber ohne Ergebnis. Rosemarie blieb verschwunden. Hatte sie sich einen Porsche gekapert und war unterwegs Richtung Ärmelkanal?

»Das wäre vielleicht das Beste«, sagte Kitty.

Benni bügelte und bügelte. Keine Ahnung, wo er dieses Mädchen herhatte. Sein Haar war nicht gut genug ausgewaschen, es war zu schwer, zu viel Conditioner war noch drin, das sah ich auf den ersten Blick. Da konnte Benni das Glätteisen schwingen, bis die Sicherungen durchglühten. Das Haar ist wie verschmutzt und verhält sich, als ob man dreckige

Wäsche bügelt. Es wird und wird nicht glatt. Ob Rosemarie etwas zugestoßen war?

»Vielleicht ist ihr das Dach auf den Kopf gefallen«, meinte Kitty, sagte bye-bye und ging. Benni fegte endlich zusammen. Nur über den Regalen mit den Produkten brannten noch die Downlights.

Bea stand ganz nah am Spiegel und zog sich mit einem dunklen Stift die Lippen nach. Dann hatte sie heute Abend wohl noch etwas vor. »Ich kann verstehen, dass du Rosemarie helfen willst«, sagte sie. »Aber leider hast du alles falsch gemacht. Marschierst an die Uni und stellst einer Professorin und einer Doktorandin indiskrete Fragen, machst die Leute verrückt und wahrscheinlich alles nur noch schlimmer. Junge, geh doch mal taktischer vor!«

»Ich wollte doch nur Hinweise finden, die Rosemarie entlasten«, sagte ich. »Und herausfinden, wer ein Interesse hat, ausgerechnet den harmlosen Alten umzubringen.«

»Ciao!«, rief Benni.

Bea legte sich silberweißen Lidschatten auf. Also hatte sie heute Abend tatsächlich etwas vor. »Lass uns mal zusammenfassen«, sagte sie. »Deiner Meinung nach gibt es zwei Frauen im Leben von Hans-Georg Markowski: eine Ehefrau und eine Geliebte. Vielleicht ist es so, vielleicht auch nicht. Aber das bringt uns nicht weiter. Interessant ist nämlich die dritte Frau im Leben von Hans-Georg, die du völlig außer Acht lässt.«

»Wer soll das sein?«, fragte ich.

»Anne Kaltwasser! Überleg mal: Erst macht sie ein Riesentheater um den Termin bei Mara Markowski und versucht zu verhindern, dass du einen bekommst. Dann aber schickt sie dich geradewegs in die Bibliothek zu Steffi Zahn. Und du tust alles, was sie sagt, gehst genau die Pfade, die sie dir vorschreibt. Und du merkst es nicht einmal.«

»Ja, und?«

»Sie hat etwas mit der Sache zu tun. Ich spüre das.«

»Meinst du, sie war es, die am Ende ein Verhältnis mit dem alten Markowski hatte?«, fragte ich.

»Weil alle Chefs irgendwann etwas mit ihren Sekretärinnen anfangen? Stimmt, dein Vater ja auch.«

»Das war eine Näherin, damals.«

Jemand rüttelte draußen, im Halbdunkel, an der Ladentür. Rosemarie war es wohl nicht, denn Bea wedelte mit den Händen und signalisierte: Geschlossen! Laut überlegte sie: »Was ist eigentlich mit dem Studenten, diesem Sebastian? Hast du nicht erzählt, er und Anne Kaltwasser stecken immer unter einer Decke? Wenn die Sekretärin etwas mit dem Mord zu tun hätte, dann vielleicht auch Sebastian? Der junge Mann ist doch verliebt in Steffi Zahn, hast du gesagt. Vielleicht gibt es da einen Zusammenhang. Dumm, dass wir Rosemarie nicht befragen können!« Bea schaute hinaus, ins Dunkle. Die Schatten von Passanten huschten am Fenster vorbei. »Rosemarie allein auf Verbrecherjagd«, murmelte Bea. »Hoffentlich bekommt sie es nicht mit dem Mörder zu tun.«

Bea hatte vollkommen recht. Ich hatte meine diplomatischen und kriminalistischen Fähigkeiten überschätzt und war wahrscheinlich auf eine völlig falsche Fährte geraten. Wäre ich nur zu Hause geblieben und hätte Rosemarie gehütet. Wenn ihr jetzt etwas zustieß…

»Tom, du siehst blass aus«, sagte Bea. »Wenn ich nicht

schon verabredet wäre, würde ich sagen: Lass uns noch etwas trinken gehen.«

Ich schaute auf die Uhr. »Ich ruf jetzt mal Stephan an.«

Ich sah Bea hinterher, wie sie über die Straße ging, zu ihrem alten Fiat mit dem in München exklusiven Nummernschild ›B-EA‹, und beobachtete die Einsteigprozedur, die ich schon tausend Mal gesehen habe, aber immer wieder anschaue wie eine Szene aus einem Lieblingsfilm: Den Kofferraum öffnen, zur Beifahrertür durchlangen, den Knopf hochziehen. Kofferraum zu, beim Beifahrer einsteigen und auf den Fahrersitz durchrutschen. So kompliziert ist Beas Leben manchmal, aber wo es klemmt und rostet, geht es nicht anders. Wenn ihr Geburtstag und unser zehnjähriges Freundschaftsjubiläum zusammenfallen, könnte ich Bea ein neues Auto schenken, und das Problem wäre gelöst. Vielleicht lagen die Dinge beim Mord an Hans-Georg Markowski im Grunde auch so einfach. Wo war der Schlüssel zu diesem Geheimnis? Ich suchte, hatte aber das Gefühl, ich rüttelte an den falschen Schubladen und fand das Schloss nicht.

Am Ende der Hans-Sachs-Straße leuchteten die roten Bremslichter auf, bevor Bea, ohne zu blinken, in die Müllerstraße abbog. Weit und breit keine Rosemarie in Sicht, nur zwei Autofahrer, die an der Ecke Ickstattstraße im Kampf um dieselbe Parklücke die Nerven verloren und sich gegenseitig anbrüllten. Türen klappten, und plötzlich war Stille. Von oben, wahrscheinlich aus dem Wohnzimmer von Hoffmann, schmetterte die Tagesschau-Fanfare.

Ich sperrte zu und wollte durch die Hintertür rauf in die Wohnung. Da drückte jemand gegen die Ladentür. Eine Gestalt, die hinter der Scheibe Faxen machte.

»Franz, was machst du denn hier?«, rief ich und öffnete.

Er schob die Kapuze zurück, grinste und sagte: »Ich war drüben, im ›Café King‹, und dachte: Mensch, hier um die Ecke ist doch der Frisör, den schau ich mir jetzt mal an. Darf ich?« Wild sah er aus mit seinen Locken, er war gerannt und hatte bestimmt schon ein paar Bier getrunken. Vielleicht, um Mut zu fassen. Vielleicht wollte er mir etwas sagen. »Den Salon hatte ich mir aber größer vorgestellt«, sagte er. Und: »Wollen wir nicht etwas trinken gehen?«

Ich fand, ich sollte hier die Fragen stellen und eigentlich nicht sofort bereitstehen, wenn ein Student mit mir ausgehen will. Ich sagte: »Ich hol nur meine Jacke.«

Franz in seinen ausgetretenen Turnschuhen war genauso groß wie Aljoscha und mit dieser Kapuzenjacke auch viel zu dünn angezogen. Wie Aljoscha steckte Franz beim Gehen die Hände in die Hosentaschen. Nur dass Franz nicht die Angewohnheit hatte, dabei umherzuschauen, zum Beispiel auf die Fassaden mit den hübschen Erkern und den gemütlich erleuchteten Fenstern. Aljoscha würde sich freuen über die Zufriedenheit, hier bei uns in München, würde die Hand auf meine Schulter legen und sagen, dass er sehr, sehr glücklich sei, jetzt mit mir hier zusammen zu sein.

Franz sagte: »Wollen wir ins ›Pimpernell‹? Das ist doch gleich um die Ecke.«

Dort war ich seit Jahren nicht mehr gewesen, zuletzt wahrscheinlich mit Matteo.

»Oder ins ›Café Mozart‹?«, schlug Franz vor.

»Dann lieber ins ›Pimpernell‹.«

Franz erzählte vom Tischtennis im ›Café King‹, von einem »Gig« im ›Alten Finanzamt‹, zum ersten Mal »mit Flyern«

publik gemacht – ich hörte nicht richtig hin. Dass Rosemarie verschwunden war – davon wusste er wohl noch nichts. Ich beschloss, wie Bea geraten hatte, »taktisch« vorzugehen. Aber worin konnte meine Taktik bestehen? Ihn einfach erst einmal reden lassen.

»Bier für Franz, und für mich einen Old Fashioned«, sagte ich zum Barkeeper, als wir uns auf die Hocker setzten. Ich liebe diesen Platz mit Überblick, auch wenn es an einem Mittwochabend, kurz vor neun, nicht viel zu überblicken gab, abgesehen von dem Grüppchen da drüben, wahrscheinlich Touristen, die aufgeregt den Beginn des Münchner Nachtlebens erwarteten. In der Nische, in der sie kauerten, hatten wir früher oft geknutscht. Das ist lange her. Waren denn damals auch überall diese Spiegel gewesen? Da befanden sich doch früher dunkle Holzvertäfelungen und davor immer die bunten Transen.

Franz war inzwischen bei seinem großen Thema: der Zwischenprüfung. Dass er sie verpatzt hatte, steckte ihm ganz schön in den Knochen. Er sagte, kein anderer Professor am Institut würde sich die Zeit nehmen und sich in Zwischenprüfungen setzen, nur der Kontrollfreak Mara würde das tun. Er sei sich vorgekommen wie beim Casting für eine Mitgliedschaft in ihrem Eliteclub. Und weil er eine einzige Partizipialkonstruktion nicht erkannt hatte, einen lausigen Satzteil nicht bestimmen konnte, sei jetzt eine Mitgliedschaft für immer ausgeschlossen, das Bafög im Eimer und seine Zukunft als Student ungewiss. Eiskalt habe sie ihn durchrasseln lassen.

»Geh doch einfach zu Robert Fullton«, sagte ich, »wie Sebastian. Der macht es euch nicht so schwer.«

»Klar, kein Problem, alles, wie Sebastian«, wiederholte Franz. Es klang bitter. Nur wisse Sebastian im Unterschied zu ihm immer genau, was er wolle. Und darum sei Sebastian bei Robert Fullton auch perfekt aufgehoben. Bei Robert könne Sebastian »mit seinem transnationalen Zeugs« machen, was er wolle. Bei ihm, Franz, sei es etwas anderes. Er brauche jemanden, der ihn fördere und unterstütze, der ihm Sicherheit gebe. Jemand, der ihm sage, wo es langgehe.

Franz trank in kurzen, schnellen Schlucken, und ich fragte mich, ob es hier wirklich noch um die Zwischenprüfung ging. Konkurrierten die beiden Freunde? Im Studium war Sebastian unbestritten die Nummer eins, aber im Leben hatte Franz wahrscheinlich die Nase vorn. Ich strich ihm eine Locke aus der Stirn, damit ich sein Gesicht besser sehen konnte. Schön sah er aus, trotzig und irgendwie auch verloren.

Franz erzählte, wie verliebt Sebastian all die Zeit gewesen sei, ohne dass Steffi Zahn ihn auch nur eines Blickes gewürdigt hätte. Die Situation war für Sebastian ausweglos – bis zum Tod des alten Markowski. Und nun sei er, Franz, der Leidtragende: Sebastian habe kaum noch Zeit für das Schlagzeug und die Band.

Während Franz redete, wurde mir klar, dass Hans-Georg Markowski für Sebastian der Rivale gewesen war. Blieb die Frage, wie weit Sebastian im liebeskranken Zustand zu gehen bereit war? Vielleicht über Leichen. Ich erzählte Franz von meinem Verdacht.

Franz starrte mich an. Seine Augen waren von ähnlicher Farbe wie das Getränk in meinem Glas. Kein Wort der Verteidigung hatte er für seinen Freund. »Darf ich?«, fragte er.

Hastig nahm er einen Schluck aus meinem Glas und verzog das Gesicht, als sei die braune Flüssigkeit vergiftet, dabei war der Bourbon bloß mit Angostura statt mit Orangenbitter versetzt. Den feinen Unterschied bemerken nicht viele. Mühsam brachte Franz das Zeug die Kehle hinunter. Eigentlich war der Drink ja auch für mich bestimmt. Für ihn hätte ich mehr Sodawasser hineingegeben.

»Mara Markowski hätte man umlegen müssen, nicht den Alten«, sagte Franz.

Ich hörte seine Worte, die ihm einfach so herausrutschten, und plötzlich traf mich eine Erkenntnis wie damals der Fußball, als ich wie immer der Depp am Spielfeldrand war. Völlig unvorbereitet haute es mich fast um. Der Kaffee, mit Fortex versetzt, war vielleicht gar nicht für Hans-Georg bestimmt gewesen. Niemand wollte dem alten Markowski etwas zuleide tun. Er hatte den Kaffee versehentlich getrunken.

»Tomas, ich muss dir etwas beichten«, sagte Franz.

»Zahlen, bitte!« Ich war aufgeregt. Da war der Zusammenhang, den ich nicht verstanden hatte. Ich nahm meine Jacke. Ich konnte jetzt nicht ruhig sitzen bleiben. Es war, als ob ich immer in die falsche Richtung geguckt hatte, und nun musste ich dem Ball hinterher, ihn einfangen, in Ruhe betrachten, drehen und wenden. Ich musste prüfen, was die Folgen dieser neuen Erkenntnis wären. Alles auf null.

Es war Mara, die sterben sollte.

»Hörst du mir überhaupt zu?«, rief Franz. Er versuchte, mit mir Schritt zu halten. Neben uns fuhr die Tram, die vom Sendlinger-Tor-Platz die Müllerstraße heruntergezuckelt kam und in der Kurve quietschte. Franz' helle Stimme war von Alkohol und Aufregung ganz heiser. »Die ganze Zeit versuche ich schon, es dir zu erklären. Ich weiß selbst nicht, wie das passieren konnte, aber es ist einfach passiert.«

»Wovon redest du?« Ich fasste ihn am Arm. »Sag mal, was hast du mit der Sache zu tun?«

Statt zu antworten, schaute Franz sich um zur Tram, die gehalten hatte und ihre Türen öffnete, den Fluchtweg, aber ich ließ Franz nicht los. Mir war jetzt alles klar: »Du wolltest Mara eins auswischen. Sie hat dich durch die Prüfung fallenlassen, und du wolltest dich rächen, habe ich recht?«

Franz war blass geworden.

»Du hast die Herztropfen in den Kaffee getan. Aber du hast nicht damit gerechnet, dass der herzschwache Hans-Georg ihn trinkt. Und dass es ihn umhaut.«

»Mit gar nichts habe ich gerechnet. Mit dem Mord habe ich nichts zu tun!«

»Nicht?« Ich ließ ihn los. »Und was willst du mir dann sagen?«

»Sebastian ist genauso wenig ein Mörder, wie ich einer bin. Und weißt du was? Jetzt gehe ich.«

Ich rief: »Franz, was ist los? Wenn du mir etwas sagen willst, dann sag es doch!«

Er blieb stehen.

»Und sieh mich an, wenn ich mit dir rede!«

Das tat er, sogar sehr direkt, und seine Stimme klang überraschend fest, als er sagte: »Ich habe mich in dich verliebt, Tomas.«

Da stand ich also, nachts, mit Franz, ein paar hundert Meter von meiner Haustür entfernt unter einer Straßenlaterne, und eigentlich könnte alles ganz einfach sein. Aber das war es natürlich nicht.

Ich sagte: »Hast du überhaupt schon etwas gegessen?«

Mit Eiern, gesalzen und gepfeffert, dunklem Brot, fingerdick geschnitten, und Thunfischsalat mit Avocado und ganz viel von meiner geliebten Schweizer Mayonnaise versuchte ich, eine stabile Grundlage für ein sachliches Gespräch zu schaffen. Ich suchte einen Anfang, um Franz in Ruhe, mit aller gebotenen Vernunft und klarem Kopf zu erklären, dass man sich manchmal in etwas verrennt, wie Rosemarie sich verrannt hatte, als sie glaubte, sie müsse sonst was anstellen, um die Aufmerksamkeit ihrer geliebten Professorin zu bekommen. Und vielleicht, dachte ich, verrannte sich auch gerade Sebastian in seiner Bewunderung für die unerreichbare Institutsblondine, Steffi Zahn.

Franz zerstörte mit der Gabel das Rautenmuster, das er ins verlaufene Eigelb gekratzt hatte, schob den Teller von sich und lehnte sich zurück. Die Kumpel Alkohol, Nikotin und durchtanzte Nächte hatten noch nicht genügend Zeit gehabt, ihre Spuren in sein junges Gesicht zu drücken. Und ich würde, wenn ich ihm jetzt mit klugen Worten kam, am Ende nur noch älter aussehen.

Er fragte: »Kann ich heute bei dir pennen?«

In dieser Nacht rief ich Aljoscha an. Ich ließ es klingeln, bis er endlich dran war, so nah, als würde er mit der Wange auf dem Kissen neben mir liegen und mit seiner Stimme mein Ohr streicheln.

Ich lauschte seiner Satzmelodie, froh um die Hintergrundmusik für den Moskau-Film, der in meinem Kopf ansprang. Mit geschlossenen Augen zuckelte ich hinter Aljoscha über die Trampelpfade zwischen den Hochhäusern hindurch, die Gegend im Süden von Moskau, in der er mit seiner Großmutter, Babuschka, wohnt. Vorbei an Kiosken, Kofferradios und alten Frauen, die o-beinig selbstgepflückte Blumensträuße anbieten. Über die rasende Rolltreppe runter in die Metro, hinein in die vollen Wagen, wo Hintern, Busen und Einkaufstaschen aneinanderdrücken und auch Aljoscha bedrängen, der seine Nase ins Buch steckt, um im Geschaukel der wilden Fahrt nicht die Zeile zu verlieren, derweil die Bahnhöfe, über Lautsprecher feierlich angekündigt, Richtung Zentrum von Station zu Station prächtiger werden. Oben, am Boulevardring, stehen Autos im Stau, und grüne Bäume filtern das Licht in der Galerie, Aljoschas alarmgesichertem Arbeitsplatz, wo Kunstwerke hängen, Telefone leise klingeln und die hohen Absätze der Chefin auf dem Terrazzo geschäftig davon künden, dass es hier um viel Kohle geht.

Aljoscha fragte: »Warum kommst du nicht her und schaust sie dir an? Setz dich ins nächste Flugzeug, dein Visum ist noch gültig.«

»Wen anschauen?«, fragte ich.

»Unsere neue Badewanne. Sie ist riesig.«

Nach Moskau fliegen. Keine Studenten sehen, keine Kunden, niemanden verdächtigen, niemandem Böses unterstellen. Kein Lockenkopf, der im Gästezimmer ruhte und hoffentlich seinen Rausch ausschlief.

»Ich könnte dir meinen neuen Badeschaum mitbringen«, sagte ich. »Die Leute sind ganz verrückt danach. Und die Haare könnte ich dir schneiden.«

»Du könntest mir erzählen, was eigentlich bei dir los ist«, sagte Aljoscha.

»Was meinst du?« Ich setzte mich erschrocken auf.

»Stephan hat mich angerufen.«

»Hat er dir etwa schon alles erzählt?«

»Hör mal, so eine Entscheidung, ob du Vater sein willst von seinem Kind, müssen wir doch miteinander besprechen.«

»Ich hatte noch überhaupt keine Gelegenheit, auch nur darüber nachzudenken. Dass Stephan mich gefragt hat, ist gerade einmal vierundzwanzig Stunden her! Und weißt du, was ich seither gemacht habe? Gestern früh war ich an der Uni, um ein Buch zurückzubringen. Ich habe den toten Dekan gesehen und am Abend erfahren, dass Rosemarie verhaftet wurde und unter Mordverdacht steht. Heute war ich bei der Polizei, und jetzt, seit dem Nachmittag, ist Rosemarie spurlos verschwunden. Vielleicht irrt sie da draußen irgendwo durch die dunkle Nacht. Ich mache mir große Sorgen und auch Vorwürfe. Eigentlich hätte ich längst die Polizei benachrichtigen müssen. Und, richtig, irgendwo dazwischen hat Stephan mich gefragt, ob ich ihm aus der Klemme helfe. Entschuldige, dass ich noch nicht dazugekommen bin, dich zu fragen, ob ich dafür herhalten soll, damit Stephan und Sabine sich ihren Kinderwunsch erfüllen.«

»Warum bist du so wütend?«

»Weil alle an mir zerren und etwas von mir wollen.«

»Aber ein Kind – das wäre doch toll!«

»Aber es wäre das Kind von Stephan und Sabine.«

»Aber wir wären auch Eltern. In den Ferien zum Beispiel. Lass uns auf jeden Fall in Ruhe darüber nachdenken.«

»Versprochen«, sagte ich. »Das entscheiden wir alles zusammen. – Du, mein Telefon piepst so komisch. Hörst du das auch?«

»Ich höre nichts. Und – wann kommst du? Denk dran,

ich muss am Montag nach Miami, das ist, glaube ich, der neunundzwanzigste.«

»Ich gehe morgen früh auf jeden Fall erst einmal zur Kripo, beichten, dass mir Rosemarie abgehauen ist, und denen erklären, dass der Mordanschlag wahrscheinlich gar nicht dem Dekan galt, sondern dass seine Frau, die Professorin, sterben sollte. Und dass sie in großer Gefahr schwebt, weil der Mörder immer noch frei herumläuft.«

»Tomas, bist du wirklich sicher, dass du nicht gerade durchdrehst?«

»Und wenn?«

Aljoscha lachte leise. »Denk einfach immer daran, dass ich dich sehr…, also wirklich ganz außerordentlich…«

»Hallo?«

Akku leer. Ich legte den tauben Hörer auf Tolstojs *Krieg und Frieden* und knipste das Licht aus. Und wieder keine Zeile gelesen.

Ich drehte mich auf die Seite und wartete auf den Schlaf. Gut, dass ich mit Aljoscha gesprochen hatte. Wenn man sich nicht ständig kümmert und den Beziehungsladen in Ordnung hält, entstehen über die Entfernung Missverständnisse, so rasch und unnütz wie Wollmäuse in dunklen Ecken. Man kapiert gar nicht, wo sie so plötzlich herkommen. Jetzt, so hoffte ich, war erst einmal wieder aufgeräumt. Aber ein Dauerzustand konnte das nicht sein. Fernbeziehungen sind Mist.

Hinten, am Ende des Flurs, wurde leise eine Tür geöffnet. Nackte Füße tappten über die Dielen aus der Verbannung. Tappten und tappten, aber so weit ist der Weg zum Badezimmer gar nicht.

Franz bemühte sich, kein Geräusch zu machen, als er die Klinke drückte. Ich horchte. Sekunden vergingen, in denen nur der Fußboden knarrte. Still wartete ich ab, was jetzt geschehen würde.

Ich schaute in die Dunkelheit. Die Tür war schon lange wieder zu, Franz lautlos auf dem Weg zurück ins Gästezimmer.

Und ich hatte die ganze Zeit den Atem angehalten.

16

Die Tüte mit den warmen Brezeln war nicht die einzige Sensation, die Bea am nächsten Morgen parat hatte. Ich war noch mitten beim Rasieren und Grimassen schneiden, damit die scharfe Klinge übers Kinn fahren kann, ohne sich dort im Grübchen zu verhaken. Gleich danach wollte ich mich bei Annette Glaser abmelden und mit dem Fall – wieder mal – nichts mehr zu tun haben. Ich wollte den Flug buchen und fürs Wochenende nach Moskau abhauen. Noch war alles klar und einfach.

Bea scherte sich nicht um die Seife in meinem Gesicht, setzte sich im Wohnzimmer in den Sessel, schlug ein Bein über das andere und sagte: »Rate mal, wen ich gestern Abend gesehen habe!«

Ich stellte das Telefon in seine Station. »Wo warst du denn überhaupt?«

»Mit meinem Chirologen bei ›Grazia‹.«

»Dem Italiener an der Ungererstraße, gegenüber vom Nordfriedhof? Den gibt es noch?«

»Ich gehe da immer hin, wenn ich von niemandem aus der Familie gesehen werden will. Das, allerdings, ist gründlich schiefgegangen. Du wirst es nicht glauben …«

»Sag schon!«

»Ich habe Mara Markowski gesehen.«

»Na, und? Das Restaurant ist ja auch nicht so weit vom Institut. – Moment mal: Du kennst die Frau doch gar nicht.«

»Sie sah genauso aus, wie du sie beschrieben hast: Hosenanzug, gepflegtes Haar und genau so lang, dass es nicht auf der Schulter aufsteht. Und als Haarfarbe dieser raffinierte Rötlichblau-Ton. Ich kenne die Mahagoni-Mädchen. Aber du hast natürlich recht. Mir war erst klar, dass sie es ist, als ich ihre Begleitung sah.«

»Lass mich raten. Robert Fullton?«

»Rosemarie.«

Ich setzte mich. Mara und Rosemarie, vereint bei ›Grazia‹ an der Ungererstraße? Das war in der Tat eine Neuigkeit. »Hast du sie angesprochen?«, fragte ich. »Was hat Rose gesagt? War sie okay?«

»Ich habe sie erst gesehen, als sie rausgingen.«

»Und bist ihnen nicht hinterher?«

»Ich war ja mitten im Gespräch mit meinem Chirologie-Lehrer.«

»Entschuldige, Bea. Was ist mit deinem Chiro so wichtig, dass du nicht aufstehen und Rosemarie zur Rede stellen kannst? Ich meine: Miss Clifford verschwindet gestern aus dieser Wohnung, versetzt uns in Angst und Schrecken und trifft sich heimlich mit genau der Person, die mir ein paar Stunden zuvor noch um die Ohren gehauen hat, dass sie nie wieder etwas mit dieser Studentin zu tun haben will. Langsam reicht es mir. Rosemarie braucht sich hier wirklich nicht mehr blicken zu lassen.«

»Dein Telefon.«

»Wie?«

»Es klingelt.«

Ich ging an den Apparat. »Hallo?« Ich ahnte, wer da zögerte, sich zu melden, wer ein schlechtes Gewissen hatte und ein Donnerwetter befürchtete.

»Ich bin bei Mara«, sagte Rosemarie.

»Wir haben gerade von dir gesprochen.« Ich wollte mich nicht aufregen.

»Kannst du mich abholen?«, fragte sie.

»Weißt du, ich habe gar keine Zeit.«

»Wilhelm-Düll-Straße Nummer neun.«

»Ich bin bis mittags am Schneiden, durchgehend.«

»In Nymphenburg.«

»Ist denn etwas passiert?«

Aber Rosemarie hatte schon aufgelegt, und Bea blickte auf etwas, das tausend Mal interessanter war als mein merkwürdiges Telefonat.

Die baumwollene Unterhose, die Franz trug, war von einem kräftigen Tomatenrot, ein Retro-Stück, das mit weißem Gummibund und weißen Nähten um Eingriff und Beine herum verarbeitet war und sich dem Körper so anpasste, dass der Phantasie viel, aber nicht zu viel Raum blieb. Wie außergewöhnlich hübsch, das Teil, dachte ich. Er fragte: »Hast du irgendwo noch eine Zahnbürste?«

»Das ist Franz«, sagte ich.

Bea stand auf: »Ich geh dann mal runter und mach uns Kaffee.«

Mit meiner Rasur an diesem Tag – das wurde nicht perfekt.

Drei Stunden später bog mein Taxi in die Wilhelm-Düll-Straße. Bea fand: Egal, was Rosemarie angestellt hatte – ich trug so etwas wie eine Verantwortung für unsere Studentin.

Und nicht nur für sie. Im ›Kranz‹ hatten Bea und ich eine kleine Aussprache gehabt. Ich hatte Bea versichert, dass Franz keine Chance hatte, irgendeine Bedeutung in meinem Leben zu erringen. Und Bea versprach mir, dass die Chirologie auf keinen Fall eine ernsthafte Perspektive für sie sei. Aber etwas in unseren Beteuerungen klang mir zu hoch und heilig. Wie wenig Worte Rosemarie dagegen gemacht hatte. Kurz, knapp und bestimmt war sie gewesen, und ich spurte.

Das Taxi rollte mit einem Reifen in ein Schlagloch und blieb stehen. Der dünne Asphalt hatte den knorrigen Wurzeln der alten Bäume nachgegeben. Ich zahlte und stieg aus.

Früher hätte hier auch mal Dornröschen zu Gast sein und ein Schläfchen halten können, in der großen Villa mit dem Turm. Der Efeu, der hier eigentlich die Fassade beranken müsste, war wahrscheinlich rausgerissen worden, als man die Mauern frisch verputzte, die Erker in einem freundlichen Ockerton strich und die Fenster mit neuen Sprossen versah. Alles hatte man getan, um den Eindruck zu verwischen, hier könnte irgendetwas verwunschen sein. Nur dem morschen Lattenzaun war man nicht beigekommen. Ein Hund schnüffelte, hob sein Bein und erklärte den Pfosten mit ein paar Spritzern zu seinem Revier. Die einheitlich beschrifteten Klingelschilder zeigten an, dass sich hier sechs Parteien drängelten.

Niemand öffnete. Aber die Haustür war nur angelehnt. Im Flur, gleich links, im Erdgeschoss, glänzte in Messing das ›Markowski‹-Namensschild, auch hier nichts verschlossen. »Hallo?«, rief ich durch den Türspalt.

Keine Antwort.

»Ist da jemand? Rosemarie? Frau Markowski?«

An der Garderobe hing Rosemaries Mantel. Kein Mensch zu sehen. Geradeaus ging es in den Wohnbereich. Der helle Velours dämpfte meine Schritte. Ich hatte kein gutes Gefühl. War Rosemaries Anruf am Ende ein Hilferuf gewesen?

Zuerst sah ich von Mara Markowski nur den Kopf. Ihre Augen waren geschlossen. Hinter dem Sessel lag ihr Körper lang ausgestreckt auf dem Teppich, die Arme merkwürdig nah am Körper. Ich fluchte. Hätte ich heute Morgen nur sofort alle meine Termine abgesagt und wäre gleich hierhergekommen. Und Rosemarie? Wieder über alle Berge.

Das Bein bewegte sich. Langsam, Zentimeter für Zentimeter, ging es in die Höhe und stand still, gestreckt und gehalten von einem eisernen Willen und guttrainierten Muskeln.

»Tomas!«

Ich fuhr herum.

Rosemarie stellte den Mülleimer ab. »Schön, dass du gekommen bist.« Sie drückte mich fest. »Was ist denn los?«

»Ich glaube, ich bin urlaubsreif.«

»Du siehst wirklich nicht gut aus! Komm, Mara hört zwar nichts, trotzdem will ich sie nicht beim Yoga stören.«

In der Küche räumte sie den Mülleimer in den Schrank unter die Spüle und hängte eine saubere Tüte hinein. Eine Schale mit Äpfeln, Birnen und Trauben stand auf dem Tisch, ein Strauß Trockenblumen im Fenster. Eine Atmosphäre wie im Möbelhaus. Interessant, dass in diesem Ambiente ein Mann gelebt hatte, von dem Anne Kaltwasser behauptete, er würde sich nichts sehnlicher als Kinder wünschen. Das Einzige, was das Stillleben hier störte, war ein Eimer mit trübem Putzwasser.

»Rosemarie, was tust du hier eigentlich?«

»Erst habe ich gedacht, ich wische nur mal den Boden auf. Aber dann habe ich gesehen, dass die Schränke es auch nötig haben.«

»Warum bist du einfach abgehauen, mit Sack und Pack, ohne ein Wort zu sagen? Warum hast du nicht wenigstens angerufen?«

»Habe ich doch.«

»Ja, heute Morgen. Aber bis dahin haben wir Gott weiß was gedacht. Wir haben uns Sorgen gemacht!«

»Ich musste es zuerst hinter mich bringen. Und wenn Mara mir nicht verziehen hätte, wäre ich einfach zurück nach Hause gegangen, nach Ipswich. Als dann klar war: Alles in Butter, habe ich dich gleich angerufen. Ich kann doch nichts dafür, dass du erst heute Morgen rangehst. Aber das ist Schnee von gestern. Wir müssen nämlich etwas besprechen.«

Ich setzte mich. Diese Frau machte mich fertig.

»Es geht um Sebastian«, sagte Rosemarie.

»Erzähl mir nichts von Sebastian«, antwortete ich. »Erzähl mir lieber, wie du es angestellt hast, dass Mara – mir nichts, dir nichts – nicht mehr böse ist und dich auch noch in ihrem Haus beherbergt. Ich war nämlich selbst bei ihr an der Uni und hatte versucht, ein gutes Wort für dich einzulegen und bei der Gelegenheit etwas über den Mord herauszufinden. Das war vielleicht eine Fehlaktion.«

»Ich weiß. Ich habe dich gesehen.«

»Wann?«

»Als du von Mara kamst. Ich habe mich gegenüber im Seminarraum hinter der Tür versteckt.« Rosemarie erzählte, sie sei keine fünf Minuten nach mir zu ihr reingegangen.

Vielleicht war das Timing nicht perfekt. Denn als Rosemarie sich erklären und entschuldigen wollte, habe Mara zum Hörer gegriffen und gesagt, wenn sie nicht sofort gehe, rufe sie die Polizei.

»Und was hast du dann gemacht?«, fragte ich.

»Erst mal die Fliege.« Rosemarie berichtete, wie sie sich draußen herumgedrückt habe. Irgendwann kam Mara aus dem Institut, Rosemarie hinterher. Während Mara aus der Parklücke rangierte, riss Rosemarie die Beifahrertür auf und stieg einfach ein.

»Du lässt wirklich nicht locker«, sagte ich. »Und dann seid ihr zum Gardinen-Italiener gefahren. Bea hat euch nämlich gesehen.«

»Ich habe versucht, Mara alles zu erklären. Ich habe noch einmal gesagt, dass es mir leid tut und dass ich eine dumme Kuh bin.«

»Und sie?«

»Hätte ruhig mal widersprechen können. Nachdenklich war sie. Erst nach der Pizza, als wir wieder im Auto saßen – ich hatte keine Ahnung, wohin wir fahren würden –, hat sie mich gefragt, ob ich mit zu ihr komme. Ich glaube, das Alleinsein in der großen Wohnung ist für sie der Horror.«

»Kann ich gut verstehen. – Aber wozu, Rosemarie, muss ich jetzt unbedingt hier antanzen?«

»Weil ich will, dass du mit eigenen Augen siehst, dass ich mich mit ihr versöhnt habe und sie mir verzeiht. Dass ich dir nichts vormache und mir nichts einbilde.«

»Verstehe. Und das Putzen ist Teil deiner Wiedergutmachung?«

»Das könnte man so sehen«, sagte Mara. Ihr schmaler

Körper war nahezu verschwunden in der dicken Strickjacke, ein graues Ungetüm, das ihr bis zu den Knien reichte und dessen Ärmel zu dicken Würsten aufgekrempelt waren. Ihr Mann musste diese Jacke geliebt und jahrzehntelang getragen haben. Die Schnüre des iPod lose um den Hals, setzte sie sich zu uns, wie zum Kaffeeklatsch mit ihren WG-Genossen. Rote Schrammen auf ihrem Handrücken bildeten ein grafisches Muster und stammten wohl kaum von der Arbeit am Computer. Aber dass Mara eine Katzen-Mama war, konnte ich mir auch nicht vorstellen.

»Wir haben uns weder gekratzt noch gebissen. Das kommt von den Rosen da draußen«, erklärte Mara. »Rosemarie hat behauptet, man müsste sie herunterschneiden. Stimmt das überhaupt?«

»Kann sein«, sagte ich. »Bei uns zu Hause macht das immer Herr Berg, ich glaube, vor dem ersten Frost. Aber er trägt dabei Handschuhe.«

Mara lachte, dabei hatte ich doch gar keinen Scherz gemacht, und Rosemarie mit ihr, erleichtert, dass zwischen uns dreien plötzlich alles so easy war. Gestern war Mara die strenge Professorin im Hosenanzug mit Vorzimmersekretärin gewesen, die uns aus ihrem Büro geschmissen hatte, jetzt war sie die Frau im Freizeitlook mit Yoga-Delle im Haar, die am Küchentisch ein Schwätzchen mit uns hielt. Aber durch Putzen und Rosen Schneiden kommt keine Welt in Ordnung. In Wirklichkeit war Mara in Trauer und ein Mörder in Freiheit.

Ich sagte: »Tut mir leid, Frau Markowski, dass ich Sie gestern im Büro so überfallen habe und Ihnen auch noch mit Steffi Zahn und den dummen Gerüchten gekommen bin.

Ich wollte Ihnen nicht zu nahe treten. Trotzdem muss ich Ihnen etwas sagen. Bitte bleiben Sie ganz ruhig. Ich fürchte, der Mord galt gar nicht Ihrem Mann. Der Anschlag galt Ihnen. Ich glaube, Sie sind in Gefahr.«

»Ich weiß«, sagte sie.

»Wie bitte?«

»Die Polizei geht auch davon aus.«

»Ach so.« Es war also schon Tatsache, die Neuigkeit ein alter Hut. Fast stand ich ein wenig dumm da. Ich fragte: »Gibt es denn Beweise?«

»Es rührt mich, Herr Prinz, wie Sie Anteil nehmen und sich Gedanken machen. Damit Sie verstehen, wie die Sachlage ist, müsste ich Ihnen jetzt erzählen, wie alles abgelaufen ist, und Sie würden sehen, dass...« – Mara schloss die Augen – »... dass ich nicht ganz schuldlos bin.«

Rosemarie und ich rührten uns nicht und beobachteten, wie es Mara gelang, mit geradem Rücken und Konzentration die Tränen zurückzuhalten. Was man mit Disziplin alles erreichen kann.

Ruhig erzählte sie: »An jenem Morgen hatten Hans-Georg und ich eine Besprechung. Es ging wieder einmal um die Dissertation von Frau Zahn. Wir waren uns einig, dass die Hauptthese, die sie dort vertritt, einfach zu dünn ist. Jetzt mussten wir überlegen, ob wir uns dafür einsetzen, dass man ihr das Stipendium verlängert, damit sie die Chance bekommt nachzuarbeiten. Ich meinte: Ja, auf jeden Fall. Die Arbeit von drei Jahren wäre ja sonst für die Katz. – Entschuldigung, ich schweife ab. Dann passierte Folgendes: Ich wurde von Anne Kaltwasser herausgerufen, ein Anruf aus Boston, es ging um die Tagung. Ich habe ganz einfach meinen

Kaffee stehenlassen. Ich habe ihn vergessen und bin nach dem Telefonat gleich in die Veranstaltung. Hans-Georg hat ihn dann getrunken. Ich bin also, wenn Sie so wollen, der verlängerte Arm des Mörders. Mir hätten die Tropfen vielleicht nichts ausgemacht. Sie glauben gar nicht, was ich für eine Kondition habe.« Mara versuchte zu scherzen, aber in den Augen standen ihr nun doch die Tränen. Ob sie in den letzten achtundvierzig Stunden überhaupt einmal jemand in den Arm genommen hatte? Ich traute mich nicht.

Ich sagte: »Lassen Sie uns doch mal nachvollziehen, wer die Möglichkeit hatte, das Zeug in den Kaffee zu tun.«

Den Kopf in die Hände gestützt, sah Mara plötzlich sehr müde aus. Vielleicht fragte sie sich, wie sie dazu kam, nach all den Verhören ausgerechnet mit einem Frisör in der Küche noch einmal alles durchzukauen. Und was das hier alles bringen sollte, außer dass sie wohl nie zur Ruhe kam.

Rosemarie sprang ein: »Anne Kaltwasser hat den Kaffee geholt, bei Franz im Anglistencafé. Im Büro ist nämlich die Kaffeemaschine kaputt.«

»Ich weiß«, sagte ich. »Anne Kaltwasser hatte sich letztens schon darüber beklagt.«

»Ich wollte immer mal eine neue mitbringen. Bei Regula und Christopher stehen ja genügend herum«, sagte Rosemarie.

»Also wäre Anne Kaltwasser schon einmal verdächtig«, sagte ich.

»Und Franz – theoretisch«, sagte Rosemarie.

»Wieso Franz?«, fragte ich.

Mara schaltete sich wieder dazu: »Jeder hatte die Möglichkeit: Frau Kaltwasser hat den Kaffee geholt. Franz hat den Kaffee zubereitet. Rosemarie, entschuldige, stand die ganze Zeit dabei. Du hast gesehen, wie Frau Kaltwasser von Mister Fullton abgefangen wurde, wie sie das Tablett bei Frau Zahn auf dem Tisch abgestellt hat, um sich etwas zu notieren. Wer saß da noch? Viele andere Studenten. Und wer weiß, wen unsere Sekretärin außerdem alles getroffen hat auf dem Weg zurück in unser Büro. Verstehen Sie? Alle hatten die Möglichkeit, und alle sind verdächtig, weil jeder irgendwann mal mit meinem Mann oder mir aneinandergeraten ist. Oder sehen Sie das anders, Herr Prinz?«

Ich stellte mir vor, wie jemand hektisch mit Fläschchen und Tropfen hantierte, und fand es eine merkwürdige Vorstellung. Aber möglich war alles. »Frau Markowski, haben Sie eigentlich eine Lieblingstasse, aus der Sie immer trinken?«, fragte ich.

»Im Café gibt es alle möglichen Tassen, ein ganzes Sammelsurium. Wenn Sie mich fragen: eine schöner als die andere.«

»Das heißt, es war gar nicht vorherzusehen, aus welcher Tasse Sie trinken würden?«

»So ist es.«

»Dann konnte der Mörder also gar nicht berechnen, wer von Ihnen, Sie oder Ihr Mann, den vergifteten Kaffee trinkt.«

»Stimmt.«

»Also haben wir es mit einem Mörder zu tun, dem es völlig einerlei war, wen es trifft – Sie oder Ihren Mann.«

»Das predige ich doch die ganze Zeit, auch gegenüber der Polizei: Der Mord an meinem Mann geht gegen das ›System Markowski‹, wie gewisse Kreise am Institut nicht müde werden, uns zu diffamieren.«

Ich erinnerte mich: Robert hatte auch immer von der »Markowski-Mafia« gesprochen.

Mara stand auf. »Und jetzt möchte ich gerne allein sein. Rosemarie, du hast mir sehr geholfen. Ich danke dir.«

»Und was ist mit Sebastian?«, fragte Rosemarie.

»Rose, es ist gut«, sagte ich leise. »Das wird sich alles finden.« Mara musste jetzt zur Ruhe kommen.

Aber als wir im Taxi saßen, das uns zurück ins Glockenbachviertel fuhr, fragte ich: »Was habt ihr eigentlich immer mit Sebastian?« Sein Forschungsprojekt, diese transnationalen Literaturprozesse, die Drittmittel und Robert Fullton, aber ich kapierte nicht die Zusammenhänge, und sie interessierten mich auch nicht wirklich.

Mir ging eine Sache nicht aus dem Kopf: Wenn der Mörder es wirklich auf das »System Markowski« abgesehen hatte, warum streute er sein Gift nicht einfach gleich in beide Kaffeetassen? Dann hätte er im besten Fall das komplette System eliminiert. Warum machte der Täter halbe Sachen? Und würde er es dabei belassen oder sein wahnsinniges Werk vollenden?

»Keine Ahnung«, sagte Rosemarie. »Der Täter wollte das System schwächen und gleichzeitig erreichen, dass der Verdacht auf mich fällt. Mit den Herztropfen im Kaffee sollte es aussehen wie ein gefährlicher Streich, ein dummer Unfall, von mir, der Rothaarigen, ausgeheckt und verursacht. Schließlich habe ich ja schon bei der Antrittsvorlesung mit der öffentlichen Ohrfeige für Robert Fullton bewiesen, dass ich nicht ganz zurechnungsfähig bin. Das ist nicht komisch! Alle haben das geglaubt. Nur du nicht.« Rosemarie nahm meine Hand. »Dafür danke ich dir, Tom.«

Der Fahrer setzte den Blinker, bog ab und fluchte auf Bayrisch, nein, Türkisch. Stau auf der Hans-Sachs-Straße. Ein Taxi vor meinem Salon verstopfte die Straße. Ein weißhaariger Herr im hellen Staubmantel half einer älteren Dame aus dem Auto.

»Siehst du Gespenster?«, fragte Rosemarie.

Auf den ersten Blick erkannte ich das Pepitakostüm, das diese Frau immer auf Reisen trägt, und sah die unbeweglichen Wellen im Haar, die anzeigten, dass die Dame, obwohl sie zu mir wollte, frisch vom Frisör kam. Ihr Besuch war sogar Kitty in all der Aufregung durchgerutscht.

Ich reichte einen Geldschein nach vorne, stieg aus und rief: »Hallo, Mama!«

Sie schaute vom Taxi zum Salon und einmal in den Himmel, als müsse sie orten, woher die Stimme kam. Sie sah mich erst, als ich vor ihr stand, hielt mich mit ausgestreckten Armen auf Abstand, lächelte und sagte einen Satz, den ich, glaube ich, noch nie von ihr gehört hatte: »François«, sagte sie zu dem Herrn. »Haben Sie schon einmal einen so schönen Mann gesehen?«

Wenn ein Familienbesuch so anfängt, das weiß ich jetzt, sollte man auf der Stelle misstrauisch werden.

Mutter bestand darauf, dass ich mit Monsieur einen Rundgang durch den Salon unternahm und ihm, dem Innenarchitekten, »das Raumkonzept« zeigte.

»Gerne«, sagte ich. Da dachte ich noch, sie wäre tatsächlich stolz auf mich und alles, was ich geschafft hatte.

Monsieur trug, wie viele Herren seines Alters, die Haare zu lang und ohne Form. Man könnte etwas mehr Leben ins Haar bringen, kein modischer Schnickschnack, sondern natürlich und selbstbewusst, aber ich wollte mich nicht aufdrängen. Stattdessen erklärte ich, was es mit dem Künstler auf sich hat, der seine Bilder in starken Blau- und warmen Orangetönen direkt bei mir auf den Putz gemalt hatte, und hörte mit halbem Ohr zu, wie Mutter die Angestellten begrüßte. Benni verwechselte sie mit Dennis, zu Kerstin sagte sie »Kirsten«, und Bea lobte sie für ihre »schöne neue Farbe«, obwohl das Weißblond nun schon seit über zwei Jahren zu ihrem extravaganten Schwarzweiß-Styling gehörte. Doch diese Unachtsamkeiten nahm ihr niemand krumm. Mutter war nicht mehr die Jüngste, und sie meinte es nett.

Rosemarie machte nach den Anstrengungen der letzten vierundzwanzig Stunden einen erschöpften Eindruck, wie sie da abseits am Regal lehnte und in die Gegend lächelte.

»Und wer sind Sie?«, fragte Mutter.

»Ich bin Rosemarie, das ehemalige Au-pair-Mädchen.«

»Ehemalig?« Mutter schaute zu mir, als hätte nur ich die Kompetenz, ihr diese Frage zu beantworten.

»Das ist eine lange Geschichte«, sagte ich knapp, damit jetzt bloß nicht die Predigt losging von wegen ungelernte Kräfte, die weder im Haushalt noch in der Firma zu gebrauchen sind – doch nichts dergleichen geschah. Stattdessen lud Mutter Rosemarie ein, für den Aperitif, das Glas »Blubberwasser«, mit hinauf in die Wohnung zu kommen. Zum zweiten Mal schleppte ich Rosemaries Koffer die Treppen hinauf. Kaum zu glauben, dass sie mit den Backsteinen durch halb München gekommen war.

»Das Au-pair-Mädchen wohnt jetzt bei dir?«, fragte Mutter, während sie im Spiegel ihre Frisur kontrollierte, die keine Windstärke der Welt durcheinandergebracht hätte.

»Nur vorübergehend«, sagte ich. »Bis sie weiß, ob sie zurück an die Uni geht oder doch wieder als Au-pair-Mädchen arbeitet. Oder sie kehrt einfach heim nach Ipswich.«

»Ich bin mir sicher, die junge Dame wird die richtige Entscheidung treffen«, sagte Mutter.

Monsieur, mit einem Zigarillo zwischen den Zähnen, ließ sich von Mutter die Fotos erklären: Anna und Jonas, vergnügt zwischen Schaumbergen in der Badewanne; Aljoscha und Babuschka, weniger vergnügt am Moskauer Küchentisch vor ihrer Kascha, dieser Buchweizengrütze. Ich suchte die Leinenserviette und den silbernen Kübel und versuchte mich zu erinnern, ob Mutter mich jemals gefragt hatte: »Und wie geht es dir mit Aljoscha? Bist du glücklich?«

Beim Champagner erfuhr Monsieur, dass mein Geschäft von Laufkundschaft und Touristen weitgehend unabhängig sei und »Frau Simm«, also Bea, wie auch alle anderen »da unten« »tüchtige Leute« wären. Mutter lächelte nachsichtig, als Rosemarie gähnte und sich erschrocken die Hand vor den Mund hielt. Mir war klar, von dem geheimnisvollen Projekt, für das Mutter so dringend unsere Unterschriften benötigte und für das sie die ganze Zeit schon den Weg bereitete, würden wir erst erfahren, wenn wir ohne Rosemarie, aber mit Regula in familiärer Runde beim ›Ederer‹ sitzen würden. So war es dann auch.

Monsieur war dabei, mit Mutters filigraner Lesebrille und dem gebückten Kellner die Menüfolge zu erarbeiten, als Regula erschien. Sie gab Mutter den Begrüßungskuss und Monsieur die Hand, übertrieben förmlich, wie ich fand, schließlich hatte sie den Herrn ja schon damals in Nizza kennengelernt, als er mit Mutter täglich Riesenrad fuhr.

Dieser verunglückte Silvester-Trip, bei dem ich so überstürzt abreisen musste, lag nun auch schon bald ein Jahr zurück.

Regula setzte sich auf den freien Stuhl neben mich, hielt sich die Speisekarte vors Gesicht, als ob sie darin lesen würde, und fragte flüsternd nach dem Stand der Dinge.

»Alles Friede-Freude-Eierkuchen«, raunte ich zurück. »Geradezu beängstigend.«

Regula strich sich verwundert eine Strähne hinters Ohr, als Mutter bedauerte, dass Christopher nicht dabei sein konnte, weil er die Kinder hüten musste. Wahrscheinlich versuchte auch Regula sich zu erinnern, wann Mutter schon einmal ihren Schwiegersohn vermisst hatte.

Während Mutter weiter mit Charme und Komplimenten um sich warf und Monsieur seine Hand auf ihre legte, hoffte ich, dass Rosemarie bei mir daheim keinen anderen Unfug anstellen würde, als sich den restlichen Schampus hinter die Binde zu kippen. Ich überlegte, ob Franz heute Abend auf der Piste war oder mit Sebastian für den großen Auftritt der Band probte und sich danach anhörte, wie weit der beste Freund inzwischen bei Steffi Zahn gekommen war. Ich dachte mit schlechtem Gewissen an Stephan, der mit Sabine daheim auf dem Sofa vielleicht schon die Bücher mit Vornamen für das ersehnte Kind studierte.

Zum Dessert verkündete Mutter dann die Nachricht, und erst einmal erschien sie leichter verdaulich als die Mousse au Chocolat: »François und ich gehen auf Weltreise.«

Das war also das geheimnisvolle Projekt? Regula und ich schauten uns an. Ich hob unauffällig die Schultern, Regula spitzte die Lippen. Keine vorschnelle Heirat, keine windige Geschäftsidee. Dann wäre ja alles in Butter.

Mutter zählte auf: »Wir fliegen nach Florida, gehen nach Hawaii, gucken uns die Malediven an und die Seychellen. Habe ich eine Station vergessen, chéri?«

»Die Bahamas«, ergänzte Monsieur.

»Ich habe nämlich die Nase voll vom Schweizer Winter und dem alten Kasten, wo der Wind durch alle Ritzen pfeift.«

»Eine schöne Idee«, sagte ich. »Und wie lange wollt ihr unterwegs sein?«

»So lange, bis wir unser Paradies gefunden haben«, erklärte Mutter.

»Also ein richtiges Abenteuer«, stellte ich fest.

»Mit offenem Ende«, sagte Mutter.

Schon wollte ich das Glas erheben und auf diese tolle Reise trinken, da fragte Regula: »Und was wird aus dem Geschäft?«

»Die Geschäftsführer bekommen Vollmacht.«

»Wie bitte?« Das bedeutete nichts anderes als: Mutter dankte ab. Das war die eigentliche Sensation, unauffällig verpackt in bunte Reiseprospekte. Mit allem hätte ich gerechnet, aber nicht damit. So viele Kämpfe hatte Mutter ausgefochten. Die Lohntüten abgeschafft, die Kollektion erweitert, die Kleiderfabriken nach Osteuropa verlagert und dabei festgehalten an Vaters kluger Philosophie, immer bessere Löhne zu zahlen als die Konkurrenz und eine Verbundenheit der Mitarbeiter zum Unternehmen zu schaffen. Und jetzt diese Entscheidung. »Hast du dir das auch gut überlegt?«, fragte ich.

Nun war Mutter es, die nach der Hand von Monsieur tastete. »Wisst ihr«, sagte sie, »jeder Tag mit François ist für mich ein Geschenk. Und das bisschen Zeit, das uns noch bleibt, will ich genießen. Damit ich das tun kann, brauche ich eure Zustimmung, also eure Unterschriften. Es ist alles vorbereitet.«

Bis hierher wäre vielleicht alles in Ordnung gewesen. Ich glaube, wir waren alle sehr gerührt. Doch dann sagte Mutter völlig unnötigerweise: »Und wenn ihr euch sperrt, werde ich sauer!« Vielleicht sollte es lustig klingen, vielleicht war es ihr zu viel der Gefühle, jedenfalls war Mutter die Einzige, die versuchte zu lachen.

»Mama«, sagte Regula, »das ist Erpressung.«

»Ich will endlich mal an mich denken und nicht immer an die Firma und wieder an die Firma und noch mal an die Firma. Könnt ihr das verstehen?«

»Und wenn wichtige Entscheidungen anstehen?«, fragte ich. »Zum Beispiel, ob wir Tschechien jetzt dichtmachen und nach Serbien gehen? Wer hat das letzte Wort?«

»Na, die Geschäftsführer.«

»Und wenn es mit denen nicht läuft?«

»Die Herren sind ja nicht dumm. Und falls doch, verkaufen wir eben den Laden.«

Regula leerte ihr Glas Rotwein und sagte: »Entschuldige, du kannst nicht einfach Papas Lebenswerk verscherbeln und dir ein schönes Leben machen.«

»Wie bitte?« Mutter legte ihre Serviette neben den Teller.

»Mama«, sagte ich. »Sie meint es nicht so.«

»Ihr beide könnt mich nicht aufhalten«, sagte Mutter.

»Du stellst uns also vor vollendete Tatsachen?« Regula lehnte sich zurück. »Siehst du, Tomas? Es ist wieder einmal alles schon entschieden. Wir haben gar keine Wahl!«

»Nicht, wenn ihr mir so kommt.« Was Mutter an Sanftmut zur Verfügung hatte, war jetzt aufgebraucht. »Ihr seid doch die Letzten, die sich für das Geschäft interessieren. Du, Regula, bist in der Bibliothek mit den Büchern und hast deine Familie; du, Tomas, schneidest Haare und juckelst selbst nur durch die Weltgeschichte. Ihr macht, was euch Spaß macht. Bitte schön, das ist wohl das Ergebnis meiner Erziehung. Aber dann erklärt mir doch auch mal, für wen ich den ganzen Laden aufrechterhalten soll? Wenn ich tot bin, verkauft ihr die Firma doch sowieso! Macht nur, von mir aus, denn Nachkommen gibt es ja keine.«

»Und was ist mit deinen Enkeln?« Regula sprach ganz leise.

»Kindchen, ich liebe meine Enkel, aber machen wir uns doch nichts vor: Es sind nun einmal Seidleins.«

Regula schaute auf ihren Teller, als wäre dieser braune Klecks Mousse, den man ihr da, dekorativ angerichtet, vorgesetzt hatte, eine Zumutung. Und Mutter legte noch nach: »Wenn Tomas sich entschließen könnte, unseren Namen weiterzuvererben, wäre es etwas anderes. Aber wie wir alle wissen, sieht er sich ja außerstande, für Nachwuchs zu sorgen.«

Mit dem Räuspern von Monsieur wurde die Stille hörbar.

Der Kellner fragte: »Möchte jemand der Herrschaften einen Digestif?«

Ich stand auf. »Nein, danke. Ich möchte gehen.«

Regula legte die Hände flach auf den Tisch. »Und ich möchte die Firma übernehmen«, sagte sie.

17

Das Einzige, was mir bei Rosemarie jetzt noch Sorgen bereitete, waren die Bauchschmerzen, die sie sich todsicher einhandeln würde. Sie hatte zur Teestunde Kerzen angezündet und angefangen, »German Pfefferkuchen« in sich hineinzustopfen. Dabei telefonierte sie. Ich hatte mein Buch im Schoß, die Füße hochgelegt und alles eingerichtet, um *Krieg und Frieden* zu lesen. Aber in Wirklichkeit dachte ich darüber nach, was vorgestern beim ›Ederer‹ alles ins Rollen gekommen war.

Zu behaupten, wie Rosemarie es tat, ich hätte seither eine Depression, war übertrieben. Man könnte vielleicht sagen: Ich machte keine Luftsprünge. Ich war gekränkt. Ich hatte für einen Erben zu sorgen und konnte mein Problem nicht so pragmatisch lösen wie Regula, wenn sie das Erbe bewahren wollte. Sie konnte in die Firma marschieren, eine Sitzung einberufen, auf einem Schreibtisch ihre Familienfotos aufstellen und sagen: Ich bin jetzt Chef. Was dabei herauskäme, ist noch eine andere Frage. Aber was konnte ich unternehmen? Ich verfluchte die alten Geschichten, die Streitereien, von denen ich dachte, sie seien längst ausgestanden.

»Mich verwundert dein Konflikt gar nicht«, hatte Bea gesagt. »Als Wassermann lebst du versunken in deiner schöpferischen Individualität. Du vergisst, wie die Welt wirklich aussieht, und wenn sie dich einholt, staunst du. Aber keine Bange: Uranus verstärkt deine Unabhängigkeit und macht dich frei. Was dir im Moment nur fehlt, ist die Klarheit.«

Wohl wahr.

Rosemarie hing immer noch am Telefon. Es ging, wenn ich ihre halblauten Diskussionsbeiträge richtig verstand, wieder um Sebastian. Eigentlich hätte ich hier schon stutzig werden müssen. Doch Sebastians Problem interessierte mich im Moment so wenig wie all die Mörder, die in München und dem Rest der Welt frei herumliefen.

Mutter selbst war auch nicht ohne Blessuren davongekommen. Ihr Leben wollte sie ändern, und uns, die Kinder, musste sie um Erlaubnis fragen. Und wir zogen lange Gesichter, weil wir umdenken sollten und sie uns aus unserem gewohnten Trott riss. Das war auch nicht fair.

Bea hatte gesagt: »Als Wassermann kannst du heikle Themen unsentimental besprechen und bei Streitereien vermitteln, autoritär und selbstbewusst. Du musst nur wissen, was du willst. Schau doch mal, wie stark dein Handgelenk ist! Ausgeprägt wie bei Rasputin. Nichts kann dich aufhalten, du kannst direkt auf dein Ziel lossteuern.« Aber was war das Ziel? Am Ende ging Mutter mit Monsieur trotzig auf die Bahamas; Regula, nicht weniger trotzig, mit ihrer Familie in die Villa am Zürichsee.

Ich legte das Buch beiseite. Nichts als Krieg und Unfrieden.

Dann kam Rosemaries Vorschlag, mitzukommen ins ›Atomic Café‹. Sie stand schon da im Mantel und sagte: »Keine Widerrede. Franz und Sebastian sind auch da.«

Nun beobachtete ich in diesem Club, in dem ich noch nie

zuvor gewesen war, wie die jungen Leute auf der Tanzfläche umhersprangen und in der Hitze wie in einem Reaktor explodierten. Dass auch bei Rosemarie die Sicherungen glühten und bald durchbrannten – danach sah es zunächst gar nicht aus. Sie hatte einen Arm um Franz gelegt, den anderen um Sebastian und redete, als würde sie die Mannschaft einschwören, für die ich die Getränke besorgte, Wodka Red Bull mit Strohhalm, süß und klebrig. Wie im Kindergarten stritt sie da hinten mit Sebastian, und Franz lachte. Ich mochte, wie er lacht, dabei den Kopf zurücklegt und in seiner Ausgelassenheit eine Reihe schöner Zähne zeigt. Ich mochte, wie laute Musik und simpler Rhythmus komplizierte und verdrehte Gedanken wegfegten.

Franz kam mir so nahe, dass ich dachte, er will küssen, aber da war nur heiße Puste. Er schrie so laut, dass ich ihn nicht verstand.

»Wie?«, schrie ich zurück.

»Überführen! Sie will Mister Fullton überführen!«

»Rosemarie?«

»Sie glauben, er ist dabei, Sebastians Forschungsidee zu klauen.«

In dieser Ecke war es etwas ruhiger. Ich fragte: »Wer sagt, dass Robert Sebastians Idee klaut?«

»Mara.«

»Ach, komm. Das gehört doch bloß wieder zu dem Krieg, der da bei euch am Institut zwischen den Fraktionen herrscht. Dabei hatte ich gedacht, jetzt, wo der Alte tot ist, sei mal Pause.«

Es war nicht zu erkennen, ob Franz nickte oder im Takt mit der Musik wippte.

Ich fragte: »Wie soll das überhaupt funktionieren: eine Idee klauen?«

»Ganz einfach: Sebastian formuliert eine These, und Robert Fullton nimmt sie, schreibt einen Aufsatz drum herum und veröffentlicht sie unter seinem eigenen Namen.«

»Kann man das nicht verhindern?«

»Man braucht natürlich den Aufsatz, allerdings möglichst, bevor er veröffentlicht ist. Dann hätten wir etwas in der Hand, schwarz auf weiß. Noch ist nichts im Druck, aber das soll nächste Woche passieren, sagt jedenfalls Anne Kaltwasser. Darum lautet Rosemaries Parole: jetzt oder nie.«

»Was will sie denn tun? Sie kann ja nicht einfach in die Uni spazieren und Roberts Büro auf den Kopf stellen, oder?«

Franz, mit dem Glas und der Zigarette in der Hand, grinste nur. Ich ahnte, genau die Idee war gezündet und Rosemarie dabei, wie eine Rakete abzuzischen.

Doch erst einmal stand sie neben mir, saugte harmlos an meinem Strohhalm und sagte: »Wir brauchen jetzt alle einen klaren Kopf.«

»Rose, das ist nicht dein Ernst, oder?«, fragte ich.

»Doch. Und du musst mitkommen.«

»Um das Taxi zu bezahlen?«

»Um Schmiere zu stehen. Aber mit dem Taxi, das hätte Stil.«

Hatte ich nicht vor kurzem noch gesagt, ich wolle nach Moskau abhauen? Stattdessen saß ich jetzt auf dieser Rückbank zwischen Rosemarie und Franz, fuhr auf der Von-der-Tann-Straße und kam Rosemaries Ziel, dem verfluchten Anglistik-Institut, immer näher. Noch bildete ich mir ein, ich könnte das Schlimmste verhindern, mit Vorschlägen wie einem »Zwischenstopp im ›P-1‹« oder einem »Absacker im ›Fraunhofer Schoppenstüberl‹«. Doch der Zeitpunkt, die Situation noch in den Griff zu bekommen, war schon lange verpasst. Sebastian, um den es hier ging, hatte sich rechtzeitig dünngemacht, und Franz war mir keine Hilfe. Ob er blau war oder etwas eingeworfen hatte, konnte ich schwer einschätzen. Jedenfalls fand er es einen »irren Plan«, Samstagnacht in die Uni einzusteigen. Rosemarie kam mir dagegen sehr nüchtern vor. In Gedanken suchte sie wohl schon den Stein, mit dem sie sich Zutritt zu Roberts Büro verschaffen wollte. Als ich sagte: »Was ihr vorhabt, ist doch eine Schnapsidee«, war es im Grunde meine Kapitulation. Wenn wenigstens der Morgen grauen und mir beistehen würde, die Nacht zu einem unspektakulären Ende zu führen.

An der roten Ampel Ludwigstraße Ecke Schellingstraße stieg Rosemarie links aus und Franz rechts. Die Türen ließen sie offen, als wäre es ausgemachte Sache, dass ich mitkomme. Und wenn ich einfach kneifen würde, Tür zu und ab nach Hause? Ich hätte keine ruhige Minute gehabt. Ich tat also, was ich in diesem Moment immer tue, ich zahlte.

»Rosemarie!«, rief ich. Sie hörte nicht. »Warte mal. Wie willst du da überhaupt reinkommen?«

Sie hielt etwas in die Luft. Einen Schlüssel.

»Wo hast du den her?«, fragte ich.

»Es ist, strenggenommen, gar kein Einbruch«, sagte sie. »Wir gehen am besten hintenrum.«

»Wenn das hier schiefgeht«, sagte ich, »kannst du es vergessen mit der Rückkehr an die Uni.«

»Wir tun es für Sebastian und die Gerechtigkeit«, sagte Rosemarie.

Franz machte sich ächzend in seiner Daunenjacke auf der Mauer lang.

Rosemarie, ganz pragmatisch, sagte zu ihm: »Okay. Du bleibst hier und passt auf. Wenn jemand kommt oder dir irgendetwas Verdächtiges auffällt, rufst du mich sofort an. Hast du verstanden?« Rosemarie steckte einen Schlüssel in das Schloss einer der Türen. Zwei Mal knackte es, dann war sie offen. »Komm schon«, rief Rosemarie mir zu.

Von einem echten Einbruch konnte man wirklich nicht sprechen. Und nirgends, dachte ich, als wir durch Treppenhäuser, Glastüren und Gänge spazierten, konnte man doch so sicher sein, keine Menschenseele zu treffen, wie an einem Sonntagmorgen im Institut.

Ich kapierte nicht sofort, wo wir waren, und musste mich orientieren. Wir kamen von einer mir unbekannten Seite, und so völlig menschenleer und dunkel sah alles anders aus. Links durch die Glastür war der Flur zu den Büros der Markowskis, aber wir gingen rechts. Hinter der letzten Tür lag das Zimmer von »Robert Fullton, Privatdozent«. Der Wunderschlüssel funktionierte auch hier. Flackernd sprang die Neonröhre an. Ich musste die Augen zusammenkneifen.

Rosemarie streifte durch Roberts Büro wie über einen Flohmarkt, aber mir war nicht wohl. In der schwarzen Fensterscheibe sah ich zwei Gestalten, bleich und übernächtigt, die hier nichts zu suchen hatten. Hier klaute man nicht, und hier stöberte man auch nicht. An diesem Ort schrieb man gefälligst kluge Gedanken auf.

»Was glaubst du denn, was du hier findest?«, fragte ich. »Ein Manuskript von Sebastian mit Roberts Namen drauf?«

»Ich suche eine Festschrift.«

»Und wenn du hast, was du suchst – was willst du dann tun? Zur Polizei gehen?«

»Wenn er sich darin tatsächlich über transnationale Literaturprozesse auslässt – wie Mara es hat läuten hören – und Sebastian mit keinem Wort erwähnt – was wir vermuten –, muss man natürlich etwas unternehmen.«

»Dann lass uns Robert zur Rede stellen. Ich bin mir sicher, alles wird sich aufklären.«

»Das hat Mara versucht. Aber er streitet immer wieder alles ab. Ich habe dir schon einmal gesagt: Dein Robert spielt nicht mit offenen Karten. Darum brauchen wir jetzt Beweise. Jetzt guck doch auch mal. ›Schröder-Klotz zum hundertsten Geburtstag‹, oder so ähnlich, muss draufstehen.«

Ich sagte: »Man müsste mal in seinem Computer nachgucken. Geht aber nicht. Da braucht man nämlich ein Passwort.« Und in einem Ton, der möglichst keinen Widerspruch zuließ: »Das bringt doch alles nichts. Lass uns gehen.«

»Wir suchen Druckfahnen. So einen Stapel DIN-A4-Blätter.«

»Kommst du?«

»Schau mal.« Rosemarie hielt einen Block in der Hand, noch zugeschweißt, darauf abgebildet eine Frau, man könnte auch sagen: ein Busenwunder. Die nackte Haut um die runden Formen schimmerte ähnlich wie das polierte und gewölbte Oldtimer-Blech der Motorhaube, auf der sich die Dame räkelte. Der Kalender lag wohl bereit, um im nächsten Jahr die goldene Herbstlandschaft, dort neben der Uhr, zu ersetzen und Roberts Büro einen ganz neuen Akzent zu geben. »Siehst du«, sagte ich. »Wie ich gedacht habe. Alles ganz harmlos.«

Rosemarie rüttelte an einer der Schreibtischschubladen. »Okay«, sagte sie. »Wenn ich weiß, was in dieser Schublade ist, dann gehen wir.«

»Aber du wirst es nie herausfinden, Rose. Weil du keinen Schlüssel dafür hast und weil es uns nichts angeht.«

»Wenn Robert etwas zu verbergen hat, dann liegt es hier drin. Kriegst du es nicht auf?«

Ich ging auf die Knie. Plötzlich erinnerte ich mich. Als Kind hatte ich so vor dem Schreibtisch meines Vaters gehockt. Einen Schatz hatte ich in dieser geheimnisvollen Schublade vermutet, die immer verschlossen war. Und als ich sie endlich aufbekam, fand ich tatsächlich eine Schachtel darin, mit vielen kleinen Fächern, und in jedem steckte eine andere Haarlocke. Damals konnte ich mir keinen Reim darauf machen. Natürlich bemerkte mein Vater das kaputte Schloss, aber – und das verstand ich nicht – er stellte mich nie zur Rede, erteilte keinen Stubenarrest, kein Fernsehverbot, nicht einmal das Taschengeld wurde mir gestrichen. Da war nur diese Traurigkeit, mit der er mich anguckte, dieser Ausdruck, von dem später immer etwas in seinen Augen zu finden war. Geschworen hatte ich mir damals, so etwas nie wieder zu tun.

Ich rüttelte an der Schublade. Wie hatte ich sie damals bloß aufgekriegt? »Rose, wenn wir das hier tun, sind wir wirklich Einbrecher.«

»Jetzt mach schon.«

Ich stocherte mit einem Brieföffner.

»Aber ich verspreche dir«, sagte Rose, »wenn wir nichts Verdächtiges darin finden, lasse ich Robert für immer in Ruhe.«

»Ich bekomme es aber nicht auf.«

»Bist du nun Handwerker, oder nicht?«

»Ich bin Künstler und arbeite normalerweise mit der Schere.«

Rosemarie reichte mir eine.

Letzter Versuch: Der Kasten sprang tatsächlich auf – und das Schloss war anscheinend nicht mal kaputt.

Hier ein Manuskript zu verstecken war theoretisch möglich, aber praktisch nicht der Fall. Eine Telefonliste mit den Durchwahlnummern der Institutsmitglieder lag darin. Man könnte an diesem Ort auch prima Schnaps bunkern, Medikamente gegen Kopfschmerzen oder für die Potenz – ich wollte es gar nicht wissen. »Okay, das war's. Tut mir leid, Rose.«

In meine Erleichterung mischte sich, ich gebe es zu, auch ein leiser Triumph. Es war, wie ich von Anfang an vermutet hatte: Mein alter Kumpel Robert war an diesem Institut wohl wieder mal das Opfer einer Intrige geworden. Hoffentlich bewirkte unsere fragwürdige Aktion wenigstens, dass jetzt mal Ruhe war. Vorausgesetzt, wir kamen hier raus, ohne dass wir noch einem grantigen Hausmeister in die Arme liefen, dem wir erklären müssten, in welcher absurden Mission wir hier unterwegs waren.

Die Metallschiene, auf der die Schublade zurückgleiten sollte, hakte. Wie dumm, jetzt ging der Kasten nicht mehr zu. Wieder rüttelte ich und rüttelte, und angerollt kam ein braunes Fläschchen, das sich da hinten verkantet hatte. Es kullerte über die Telefonliste hinweg, bis eine Büroklammer die kleine Pulle stoppte. ›Fortex‹ stand auf dem Etikett.

»Schau mal«, rief ich, »das Mittel, das bei Hans-Georg im Kaffee war. Hat Robert denn Probleme mit dem Herzen?«

Rosemarie nahm das Fläschchen und hielt es gegen das Licht. Ein kleiner Rest war noch darin. Erschrocken sahen wir uns an. Diese Medizin, zu großzügig dosiert, war zur Mordwaffe geworden.

Und plötzlich verwandelte sich das Büro in eine Verbrecherhöhle, in der Robert den kranken Gedanken gefasst haben musste. Ich schaute aus dem Fenster in den grauen Himmel.

Jetzt dämmerte er, der Morgen.

War Robert wirklich ein Mörder?

18

Dass Rosemarie das Zeug einfach einsteckte, war ein Reflex, ausgelöst vom Schock der Entdeckung. Später würde ich froh darüber sein, aber jetzt, als wir atemlos an der frischen Luft standen, kam mir der Gedanke, dass wir, überhastet und kopflos, wertvolle Spuren vernichtet haben könnten.

»Wir müssen zur Polizei gehen«, sagte Rosemarie.

Franz, von dem ich dachte, er würde hier draußen auf seiner Mauer liegen und schlafen, ahnungslos wie der Rest der Welt, war schon gegangen.

»Das müssen wir doch, oder?«, fragte Rosemarie.

So gruselig die Vorstellung war, vielleicht einem Mörder über Jahre mit Schnitt und Farbe den Kopf bestellt zu haben, so seltsam vertraut war Robert mir auch in dieser Rolle: Die verräterischen Tropfen in einer Schublade aufbewahren, wenige Meter vom Tatort entfernt – wie dumm war das? Es war typisch Robert. Bequem war er und faul. Und sich seiner Sache immer viel zu sicher.

Wir könnten das Beweisstück entsorgen. Ein Spaziergang an die Isar würde uns guttun – und weg wäre es. Oder es einfach im Mülleimer versenken. Bitte, hier draußen stand gleich einer. Roberts Strafe wäre, dass er für immer verschwinden müsste, nach Paderborn zum Beispiel. Noch einmal dürfte er im Salon antreten und würde von mir zum Abschied einen Sträflingsschnitt bekommen. Alles ab, das Ende einer langen Freundschaft. Mir war zum Heulen.

»Ruf die Polizei an«, sagte ich und gab Rosemarie die Karte von Annette Glaser.

»Shit«, sagte Rosemarie. »Meine Prepaid-Karte ist zu Ende.«

»Dann fahr hin.« Ich suchte einen Geldschein fürs Taxi. »Stell ihnen das Fortex auf den Tisch, und erzähl alles genau so, wie es war.«

»Und du?«, fragte Rosemarie. »Du bist doch mein Zeuge.«

»Wenn es Probleme gibt, ruf mich daheim an. Aber Frau Glaser wird sich sowieso bei mir melden.«

Ich schaute dem Taxi mit Rosemarie hinterher. Das war's. Der Fall war erledigt. Verhaftung, Verhör und Gefängnis, Richter und Staatsanwalt, das waren jetzt die Veranstaltungen und Personen, mit denen Robert sich in der nächsten Zeit wohl beschäftigen musste. Ich wollte nie wieder diesen Uni-Laden betreten. Ich wollte am liebsten den nächsten Flug nach Moskau nehmen, mich bei Aljoscha wärmen und an seinem Küchentisch Kascha essen.

Dass ich mich entschied, doch noch einmal ins Institut zu gehen, kam so aus einem Gefühl heraus. Vielleicht hatte ich da drinnen etwas übersehen. Vielleicht war Franz uns nachgegangen, irrte jetzt durchs Institut, und wir hatten ihn verpasst. Die Hintertür stand ja noch offen.

Ein letztes Mal, so hoffte ich, wanderte ich über die Treppen und Flure. Auf die Idee, etwas Verbotenes zu tun, kam ich gar nicht mehr. Und als ich sah, dass die Tür zu Roberts Büro weit offen stand, dachte ich nur: Na bitte, der Franz.

Die Person, die sich da über die Schublade beugte, trug, wie immer, Strickjacke und kramte genau dort, wo Rosemarie und ich bereits fündig geworden waren. Noch fühlte die Person sich unbeobachtet und konnte offenbar nicht glauben, dass der heikle Gegenstand, den sie suchte, plötzlich fort sein sollte.

Ich hatte nur einen Gedanken: Weg hier, bevor ich entdeckt würde. Zu spät. Was jetzt geschah, hörte ich mit geschlossenen Augen: Anne Kaltwasser schrie.

Ich machte die Augen wieder auf. Die Sekretärin atmete heftig. Ihr ganzer Körper war in Bewegung. Auch ich hatte Herzklopfen. Ich musste etwas sagen, obwohl ich wusste, dass ich die Situation mit jedem Wort nur noch schlimmer machen würde.

»Ich suche Franz«, sagte ich. »Haben Sie ihn zufällig gesehen?«

»Bleiben Sie, wo Sie sind!«, schrie Anne Kaltwasser.

Vorsichtshalber tat ich, was sie verlangte.

»Wie kommen Sie überhaupt hier herein?«, rief sie.

»Rosemarie hatte einen Schlüssel.«

Ob diese Information bei der Sekretärin ankam, konnte ich nicht sagen. Sie war noch dabei, hastig ihre wild purzelnden Gedanken zu ordnen. Und ich genauso: Was hatte diese Frau um diese Uhrzeit im Büro von Robert Fullton verloren? War sie seine Komplizin oder so ahnungslos wie ich selbst noch vor dreißig Minuten? Was suchte sie ausgerechnet in der Schublade, die ich so mühsam aufgebrochen hatte? Der Punkt, der auch sie interessierte. »Die Schublade – waren Sie das?«, fragte sie.

Ich war schlau, wollte sie auf die Probe stellen und blieb

vage: »Wir haben etwas gesucht«, sagte ich, »und dabei allerdings etwas ganz anderes gefunden.«

Anne Kaltwasser lauschte meinen Worten hinterher – und der Poesie, die ihnen möglicherweise innewohnte. Dann sagte sie: »Ich verstehe kein Wort.«

»Wirklich nicht? Dann erklären Sie mir mal: Warum sind Sie hier? Was tun Sie im Arbeitszimmer von Robert?«

»Ich arbeite hier.«

»An einem Sonntagmorgen?«

»Ich rufe jetzt die Polizei.«

»Rosemarie ist schon auf dem Weg dahin.«

»Das interessiert mich alles nicht. Wenn Sie noch einen Schritt machen, schreie ich.«

»Wir wissen jetzt, wer Hans-Georg Markowski umgebracht hat.«

»Wie bitte?«

»Wir haben das Fortex gefunden, hier in dieser Schublade. Das war es doch, was Sie gesucht haben, oder? Wussten Sie also, dass Robert das Zeug hier versteckt hatte, und wollten es endlich beiseiteschaffen? Zu spät, da hätten Sie früher kommen müssen. Wir haben es in Sicherheit gebracht.«

Anne Kaltwasser sank auf den Stuhl. Sie nickte im Takt der Sekunden, die sie im Geiste zu zählen schien – und es waren viele, bis sie die Kraft fand, leise zu sagen: »Ich habe es kommen sehen.«

»Dass Robert zum Mörder wird?«, fragte ich.

»Dass er sich zur Wehr setzt. Er fühlte sich ausgeliefert, in die Ecke gedrängt. Immer diese Anfeindungen, der Klatsch und Tratsch hinter seinem Rücken. Auch wenn er so tat, als wäre ihm alles egal, als könnte er sogar darüber lachen – ich wusste: Lange hält er diesen Druck nicht mehr aus. Vielleicht wäre alles anders gekommen, wenn er nicht auch noch diese Absage aus Paderborn bekommen hätte.« Sie sah aus dem Fenster, wo der neue Tag in den Farben Rosa und Abricot begann. »Ich hatte ihm angeboten, ich komme mit.«

Jetzt erinnerte sie sich, dass sie mit dem Frisör sprach, einem Außenseiter, von dem man nicht erwarten konnte, dass er ihre Worte richtig zu deuten imstande war. »Natürlich nur als seine Sekretärin!«, sagte sie. »Für mich wäre es eine Chance gewesen, hier rauszukommen, aus diesem Schuppen.«

»Wie lange sind Sie denn schon hier?«

»Ich habe hier mal studiert, fast sieben Semester.«

»Und dann?«

»Wurde mein Vater krank, und ich musste abbrechen. Das ist nun bald zwanzig Jahre her. Später, als ich dann diesen Job als Sekretärin bekam, dachte ich: Prima, so bleibe ich ein bisschen dran an der Wissenschaft.« Anne Kaltwasser verkroch sich mit hochgezogenen Schultern in ihre Jacke. »Aber mit den Markowskis hat sich das Klima verändert. Was hier früher für Diskussionen stattfanden! Professoren und Studenten haben sich die Köpfe heißgeredet, da war nicht einfach Schluss am Ende der Lehrveranstaltung, das ging weiter, sogar bei mir im Büro! Professor Kraft mit seiner Dröhnstimme und, meine Güte, die Geschwister Drexler! Und geraucht haben wir dabei, eine nach der anderen! Das waren Zeiten. Und jetzt? Publizieren muss man auf Teufel komm raus, Drittmittel einwerben, so viel wie möglich, und Exzellenzcluster bilden, um am Ende bei den Evaluationen gut dazustehen. Das ist es, was ein Professor heute können muss. Ob jemand die Inhalte rüberbringen und Zusammenhänge erklären kann, interessiert niemanden. Aber ich rede ja schon wie eine frustrierte, alte Sekretärin – eben.«

Anne Kaltwasser tat nun etwas sehr Merkwürdiges. Sie stand auf und nahm die Uhr von der Wand, drehte den großen Zeiger eine Stunde zurück und hängte sie wieder an den Haken. Die alte Zeit war vorbei, jetzt war Winter. Als wäre damit alles wieder in Ordnung, ging sie einfach hinaus.

»Warten Sie!«, rief ich. »Diese Geschichten müssen Sie nicht mir, die müssen Sie der Polizei erzählen! Vielleicht bekommt Robert mildernde Umstände.«

Jetzt erst sah ich den Stapel weißer Blätter auf dem Schreibtisch. ›Festschrift. Walter Schmid-Holtz zum achtzigsten Geburtstag‹ stand da – die Druckfahnen, die wir gesucht hatten. Anscheinend hatte Anne Kaltwasser sie in dieser Nachtschicht korrigiert und Robert für den Montag zur Durchsicht auf den Schreibtisch gelegt. Wenn sie ihre Arbeit etwas schneller erledigt und den Stapel hier schon vor einer Stunde deponiert hätte, wären Rosemarie und ich nie auf die Idee gekommen, Roberts Schreibtischschublade aufzubrechen. Wir hätten kein Fortex gefunden und wären Robert niemals auf die Spur gekommen. Ach, wenn man die Zeit doch wirklich zurückdrehen könnte.

Ich nahm das oberste Blatt herunter. Nicht, dass es mich wirklich interessierte. ›Transnationale Literaturprozesse. Möglichkeiten und Grenzen‹, las ich. Und etwas kleiner: ›Von Dr. Robert Fullton.‹ Und noch kleiner, aber doch gut lesbar: ›Mitarbeit: Sebastian Richter.‹

Na also, dachte ich. Robert war vielleicht ein Mörder. Aber ein Ideendieb war er nicht.

Doch richtig froh machte mich diese Erkenntnis nicht.

19

Mit Roberts ausradiertem Termin kam ein wenig Luft in den Kalender. Ein ›ENK‹ rutschte in seine Lücke. Roberts Tat, ein Alptraum, der es möglich machte, dass sich der Wunschtraum einer ›empfohlenen Neukundin‹ ungewöhnlich rasch erfüllte. Das Glück darüber war ihr so deutlich anzusehen wie dem Haar der Spliss.

Zur selben Zeit saß Vera Zernack bei Bea zum Färben und war den Tränen nahe. Mit den Händen umklammerte sie die Armlehnen und berichtete, um Fassung bemüht, eine Geschichte, die wir in dieser Art und diesem Ablauf nicht zum ersten Mal hörten: Wie der Ehemann den Koffer aus dem Keller oder vom Dachboden holt, die Kleidungsstücke aus seiner Schrankhälfte hineinstopft, den Koffer zupresst und davongeht, um sein Glück bei einer anderen zu finden. In Veras Fall handelte es sich um ein »Flittchen aus dem Golfclub«, das sich mit gesichtsstraffenden Metallfäden ein jugendlicheres Aussehen in die Visage häkeln ließ. Niemand, am allerwenigsten Vera, hätte gedacht, dass das Muster ausgerechnet bei ihrem treusorgenden Manfred verfing. Es war gerade mal ein Jahr her, dass wir Vera zur Silberhochzeit die hauchdünnen Lurexfäden in die Frisur gewebt hatten.

Bea entschied klug, bei Veras Strähnen von Mittelblond, Level sieben, nach Lichtgoldblond, Level neun, zu gehen.

Die Erfahrung zeigt, dass solche Maßnahmen nach dem ersten Schock oft Wunder wirken. Dazu spendete Bea mit allen Mitteln Trost, die ihr aus dem Wissen um Astrologie und Chirologie zur Verfügung standen. Wir waren alle ahnungslos, als Benni die Neukundin durch Veras Spiegelbild führte. Die Situation, dass zwei Rivalinnen bei uns im Salon aufeinandertreffen, versuchen wir gewöhnlich mit allen Mitteln zu vereiteln. Zu viele Haare würden sonst gerauft werden. Wie damals, als Renate mitbekam, dass Clara, die Siegerin im monatelangen Kampf um Gerd, hinten bei Bea Strähnchen bekam. Renate stand auf, ging den Flur hinunter und ohrfeigte Clara rechts und links. Dann kam sie zurück, setzte sich wortlos auf ihren Platz und fragte: »Wo waren wir stehengeblieben?« Ich hatte einfach weitergeschnitten. Alle hatten wir getan, als sei nichts passiert, auch wenn die roten Streifen auf Claras Wangen beim Bezahlen immer noch glühten.

Wie unspektakulär dagegen Roberts Geschichte zu Ende ging.

Bei der Kriminalpolizei in der Ettstraße beantwortete ich im Büro von Annette Glaser eine Reihe von Fragen, wieder mal erstaunt, was für solche Ermittlungen alles interessant ist. Sogar von meinem Familienkrach mit Mutter und Monsieur musste ich berichten, um zu erklären, dass ich, froh um die Ablenkung, mit Rosemarie mitging ins ›Atomic Café‹. Dort fiel die Entscheidung, die Idee mit dem Einbruch in die Tat umzusetzen. Und ich hatte nichts vereitelt, nichts verhindert, sondern sogar noch mitgeholfen. Wie hatte Rosemarie gesagt? Wir tun es »für Sebastian und die Gerechtigkeit«. Die Worte gefielen mir immer noch.

Dann die Frage, wie wir ins Institut hineingekommen waren.

»Mit einem Schlüssel«, sagte ich.

»Welchem Schlüssel?«, fragte Annette Glaser.

»Keine Ahnung, woher Rosemarie ihn hatte. Er war einfach da. Vielleicht, weil sie ja selbst mal am Institut gearbeitet hat. Ich war nur froh, dass sie nicht Scheiben einschmeißen musste.«

Viel mehr als die Frage nach dem Schlüssel interessierte mich, ob Robert bei seiner Tat vorsätzlich oder eher fahrlässig gehandelt hatte. Und ob er Rosemarie bewusst den Mord in die Schuhe schieben wollte oder ob ihre inszenierten Anschläge für ihn nur ein günstiger Umstand gewesen waren, der von seiner Person ablenkte.

Frau Glaser wollte mir darauf, wie immer, keine Antwort geben, jedenfalls nicht, »solange die Ermittlungen nicht abgeschlossen sind«. Die Leier kenne ich. Irgendwann, wenn die Sache mich nicht mehr so aufregen würde, müsste ich tun, was ich mir jetzt noch überhaupt nicht vorstellen konnte: Robert hinter Gitter besuchen und ihn all das selbst fragen.

Noch suchte ich in den Zeitungen nach Einzelheiten zu Roberts Fall, die mir das Unglaubliche erklären könnten, entdeckte aber nicht mal eine Notiz zu seiner Verhaftung. So weit war ich schon, dass ich, um den Kopf freizukriegen, jeden Abend mit dem Fahrrad an der Isar entlangfuhr, am Gasteig vorbei, bis zum Patentamt und manchmal, wenn der Rückenwind mich schob, weiter in den Englischen Garten hinein, durch Pfützen und Laub.

Früher war ich diese Strecke mit Stephan gejoggt, wenn wir gut waren, einmal in der Woche. Eine Quälerei war es gewesen, wie später das Fitness-Studio, aber auch eine schöne Gelegenheit, gemeinsam zu schwitzen und über alles Mögliche zu quatschen. Mich drückte, dass Stephan immer noch um die Erfüllung seines Kinderwunsches zitterte und auf eine Entscheidung von mir wartete. Ich trat in die Pedale, als könnte ich die Verantwortung für das Glück meines besten Freundes wegstrampeln, aber die Last nahm mit jeder Umdrehung und jedem Meter nur noch zu.

Bea meinte: »Für Robert kannst du nichts mehr tun. Aber ein Kind für Sabine und Stephan, mit deiner Hilfe – warum eigentlich nicht? Du magst Kinder, musst nur einmal aktiv werden und kannst später, wenn du willst, deiner Mutter sogar noch einen Erben präsentieren.«

War ich denn eigentlich für alles zuständig?

Wenn ich doch einmal mit Aljoscha in Ruhe am Telefon über das Ding mit Robert und die Sache mit Stephan hätte sprechen können. Aber von München nach Miami war der Zeitunterschied zwischen uns nur noch größer geworden. Ein wenig beunruhigte mich, dass Kitty sich zuletzt nicht mehr nach Aljoscha, sondern nach einer »Beziehungskrise« erkundigt hatte. Das hässliche Wort wollte ich gar nicht hören.

Meine Schwester traf ich in der Mittagspause auf einen Imbiss bei ›Dallmayr‹, wortlos einig, keine Silbe über Mutter und Monsieur zu reden. Doch im Dunst von Bouillabaisse und dem Geruch von frischem Brot, bedrängt von Menschen in Lodenmänteln und Business-Anzügen mal eben mein vermeintliches Beziehungs- oder Vaterschaftsproblem zu erörtern, war natürlich nicht drin. Zumal Regula nur eines interessierte: Noch einmal von Roberts Tat und Verhaftung zu hören, obwohl sie durch Rosemarie doch schon über alle Einzelheiten im Bilde war. Erstaunlich, wie mir dieses Drama durchs Erzählen immer mehr zur Anekdote geriet. Plötzlich war der Einbruch ins Institut, den ich ängstlich und widerwillig mitgemacht hatte, eine tollkühn und nüchtern durchgeführte Unternehmung, unser Zufallsfund das Ergebnis einer gezielten Durchsuchung. Und dass ich mir, bevor ich Anne Kaltwasser »ins Kreuzverhör« nahm, fast in die Hose gemacht hatte, fiel ebenso unter den Tisch wie die Tatsache, dass ich die Geschichte im Ergebnis eigentlich immer noch nicht richtig glauben konnte. Lieber nickte ich, als Regula voller Bewunderung hauchte: »Eine irre Story!«

»Und was gibt's bei dir Neues?«, fragte ich.

Rosemarie war wieder als Au-pair-Mädchen im Einsatz, das wusste ich schon. Alles laufe jetzt »super«. Klar. Doch mehr interessierte mich, ehrlich gesagt, wo die Dame mit der schwarzen Perücke abgeblieben war, die hier sonst immer mittags ein Kaviarhäppchen nach dem anderen verschlang. Dann die Neuigkeit mit dem Kirchenchor.

»Zwei Mal die Woche«, sagte Regula. »Einmal in der Sankt-Ursula-Kirche und, seit neuestem, jetzt auch in der Kreuzkirche. Sonntags muss Rosemarie dann einen fliegenden Wechsel vom Kaiserplatz in die Hiltensperger machen. Aber sie meint, sie kriegt das hin.«

»Und die Uni?«, fragte ich. »Was ist damit?«

»Kein Thema mehr. Zum Glück.«

»Sag bloß, Rosemarie studiert nicht mehr?«

»Exakt.«

»Und ihr Job bei Mara?«, fragte ich.

»Diese Professorin? Ich bin froh, dass der Zirkus vorbei

ist. – Aber mal etwas anderes: Du hast doch bestimmt schon den neuen Film mit Jude Law gesehen. Kannst du ihn empfehlen?«

Was für eine Frage.

Als Regula und Christopher ins Kino gingen, fuhr ich zu Rosemarie nach Schwabing. Dass sie einfach ihren Job bei Mara aufgegeben haben sollte, kam mir merkwürdig vor.

Ich platzte mitten in die Gute-Nacht-Geschichte. Jonas, im nagelneuen Streifenpyjama mit Knopfleiste, fragte: »How are you?« Anna, mit der abgewetzten Plüschratte im Arm, saß bei Rosemarie auf dem Schoß und forderte: »Go on!«

Rosemarie las auf Englisch aus *Oliver Twist,* die Stelle, als der Junge von Mister Brownlow mit der ganzen Diebesbeute geschnappt wird. Wie sollte er nun bloß beweisen, dass er unschuldig war? Rosemarie klappte das Buch zu und sagte: »Time to go to bed!«

Jetzt, dachte ich, geht das Geschrei los.

»Good night«, rief Anna.

»Sleep well«, sagte Jonas.

Küsschen und Licht aus.

Ich war verblüfft. Was ich dagegen bei meinen Babysitting-Sessions für Anstrengungen unternehmen musste. Seit ich mit meinen Geschichten vom Locken-Monster nicht mehr punkten konnte, tanzte ich Boogie-Woogie, machte Kopf- und Handstand – alles unter der Bedingung, dass »dann aber Ruhe« herrschen müsse. Vielleicht sollte ich mit meinem Neffen und meiner Nichte das nächste Mal einfach meine Russischlektionen durchgehen?

»Klar«, meinte Rosemarie. »Versuch es doch mal.« Sie stellte Gläser hin und ordnete die »German Pfefferkuchen«, die ich uns zum Rotwein mitgebracht hatte, auf einem Teller an, während ich einen Berg Wäsche vom Sofa aufs Bügelbrett verlegte und mich zu erinnern versuchte, ob Regula früher auch schon Wert auf gebügelte T-Shirts gelegt hatte. Doch das war jetzt nicht das Thema. Rosemarie war verändert. Als ob sie über Nacht erwachsen geworden war.

»Ich habe gehört, du bist überhaupt nicht mehr an der Uni?«, sagte ich.

»Es gibt übrigens auch Weißwein«, antwortete Rosemarie.

»Hat das einen bestimmten Grund?«

»Ich will mich voll um die Kinder und den Haushalt kümmern. Das ist schließlich mein Job. Deshalb bin ich mal aus Ipswich hierhergekommen, erinnerst du dich?«

»Und woher kommt dieser plötzliche Sinneswandel?«, fragte ich.

»Christopher war erst völlig dagegen, dass ich mit den Kindern Englisch spreche. Aber mittlerweile findet er es, glaube ich, ganz gut. Jedenfalls meckert er nicht mehr.«

»Und zur Uni gehst du gar nicht mehr?«

»Hab ich doch schon gesagt.«

»Und der Job? Mara?«

»Ihre Wörterzählerei? Geh mir los.«

»Du warst doch mal so begeistert davon.«

»Ich entwickle mich eben weiter.«

»Also hast du einfach hingeschmissen?«, bohrte ich.

»Nicht direkt.«

»Und indirekt?«

»Es hat sich einfach nicht mehr ergeben.«

»Was heißt das denn?«, fragte ich. »Erzähl doch mal.«

»Den Job macht jetzt eine andere. Dieses Mädel, weißt du, das damals in der Anglisten-Band gesungen hat. Sie ist jetzt meine Nachfolgerin und fliegt auch an meiner Stelle mit Mara zur Anglistentagung nach Boston. Weil Anne es verschusselt hatte, war ich dumme Gans noch stolz, dass ich diese Direkt-Verbindung am frühen Abend gefunden hatte. Am Totensonntag, übrigens. Guten Flug, kann ich da nur sagen.«

»Also hat Mara dich rausgeschmissen?«

»Nicht mal das. Die andere war schon da. Es gab nur so eine kurze Mitteilung, einen Zettel, den hat Anne mir gegeben.«

»Verstehe ich nicht.«

»Das ist auch nicht zu verstehen.« Rosemarie schüttelte einen Krümel von ihrem Pullover. »Das ist so, als ob du von einer Sekunde auf die andere einfach Luft bist.«

Rosemarie hatte geholfen, den Mord aufzuklären, hatte Mara in schwerer Stunde die Hand gehalten, und jetzt konnte sie gehen, abgefunden mit einem Zettel, überreicht durch die Sekretärin. Eigentlich sollte man sich über die Gepflogenheiten an diesem Institut gar nicht mehr wundern.

In einem Ton, der munter klingen sollte, versuchte ich zu trösten: »Wenn die Sängerin jetzt deinen Job macht, warum gehst du dann nicht einfach in die Anglisten-Band? Ich finde, es ist überhaupt kein Abstieg, und die Jungs wären total happy.«

»Die Band gibt es doch gar nicht mehr.«

»Wie bitte?«

»Franz hat gesagt, es ist Schluss.«

»Aber die Musik war ihm doch so wichtig!«

»Er hat irgendein Problem. Falls du wissen willst, welches – keine Ahnung. Mit mir spricht er nicht darüber. Können wir jetzt bitte eine DVD gucken, oder hat du noch mehr Fragen?«

Hätte ich, aber das Geschrei im Kinderzimmer war nicht mehr zu überhören. Ehrlich gesagt, fand ich es ganz schön, zu sehen, dass auch Rosemarie als Au-pair-Mädchen nur mit Wasser kochte. Sie musste da jetzt rein und sich etwas einfallen lassen.

Ich legte die Füße hoch und überlegte: Rosemarie verlor den Job bei Mara und schmiss das Studium, Franz hörte mit der Band auf. Kleine, aber feine Umbrüche am Anglistik-Institut. Doch statt füreinander da zu sein, drifteten die Freunde auseinander.

Rosemarie sang hübsch da hinten, aber ob das an Einsatz ausreichen würde, bezweifelte ich.

Es hätte doch alles so schön sein können. Der Mord war aufgeklärt, der Intrigant aus dem Weg – in Frieden und Eintracht hätten die Damen nun in ihren wissenschaftlichen Alltag zurückfinden und fortfahren können, fleißig ihre Wörter zu zählen. Sei's drum.

Was das Problem von Franz betraf, machte ich mir nichts vor. Ich war an seinem Dilemma wohl nicht ganz unschuldig. Erst vergangene Woche hatte er sich betrinken müssen, um den Mut für sein Liebesgeständnis aufzubringen. Nun steckte er in einer Krise, weil ich ihn abgewiesen hatte. Ich hatte völlig unterschätzt, was diese Abfuhr für ihn bedeuten könnte. Jetzt kapierte ich auch, warum er am vergangenen Mittwoch gekniffen und nicht zu seinem Termin in den Salon gekommen war. Ich hatte mich noch aufgeregt: In so einem

Fall kann man doch anrufen! Schließlich sind diese Styling-Termine zum Niedrigpreis wahnsinnig begehrt, andere Models stehen Schlange und warten monatelang auf eine Chance. Kitty hatte genickt und gleichzeitig die Achseln gezuckt.

Armer Franz.

Rosemaries Telefon lag auf dem Tisch. Mittlerweile komme ich mit den Dingern ganz gut zurecht. Im Adressbuch war tatsächlich ein Franz verzeichnet: ›Franz Schuchard‹. Mal schauen. Ich drückte die Taste.

Nach dem Tuten nichts als Straßenlärm. Dann: »Hi, Rosi!«

»Ich bin's, Tomas«, rief ich.

Busse, Motorräder und LKWs.

»Du weißt schon«, schrie ich, »Tomas Prinz!«

»Frisör, was gibt's?«

»Morgen Abend, achtzehn Uhr, bei mir im Salon, okay? Und bitte sei pünktlich.«

»Achtzehn Uhr im Salon?«, wiederholte Franz. »Zu Befehl!«

Ich schmunzelte und legte auf.

Was im Kinderzimmer los war, grenzte an Aufruhr. Das große Licht an, Kissen auf dem Boden – Rosemarie hatte sich katastrophal in die Defensive drängen lassen.

»Okay«, sagte ich und krempelte die Ärmel hoch. »Aber nur einmal, hört ihr? Und dann ist Ruhe.«

Ich streckte die Hand nach Rosemarie aus, denn Boogie-Woogie tanzen ist zu zweit doppelt komisch.

Später, auf dem Heimweg, überlegte ich, ob Franz uns bei unserer Performance ausgelacht, für plemplem erklärt oder mitgetanzt hätte. Wie wenig ich von ihm wusste. Keine

Ahnung, ob seine Eltern arm waren oder reich, ob er in der Stadt oder auf dem Land groß geworden war. Von seinem Faible für farbige Unterhosen wusste ich. Und glatte Haare, hatte er gesagt, davon würde er träumen.

Damit sein Herzenswunsch in Erfüllung ging, hielt ich mir den ganzen nächsten Abend frei.

Das Gel, das ich ihm ins Haar pinselte, war die sanfte, fernöstliche Lösung aus Japan, eine Entdeckung, die ich bei meinem Frisörkollegen in Tokio gemacht hatte, zu einer Zeit, als man in unseren Breitengraden immer noch steif und fest behauptete, der Kampf gegen die Naturlocken sei nur mit der Chemiekeule zu gewinnen. Schließlich muss man den Widerstand brechen von jedem einzelnen Haar, das sich da windet und kräuselt und lockt.

Bis zu den Ohren zog ich Franz die Plastikhaube. Die Glättflüssigkeit muss luftdicht verpackt einziehen und im geschützten Raum arbeiten. Die Ammoniakverbindungen sprengen die Brücken zwischen den Eiweißketten. »Relaxen« nennt man diesen Vorgang. Und bei aller Brutalität ist ja auch etwas Wahres dran: Bald würde das Haar, statt überdreht in alle Richtungen zu stehen, weich und entspannt auf der Kopfhaut liegen.

Ich wusste nicht, worüber Franz nachdachte, aber seine geschlossenen Augen sagten mir: Ich vertraue dir. Oder: Ich will nicht reden. Es konnte natürlich auch sein, dass ihm einfach sein Spiegelbild nicht behagte, denn mit der Kappe überm Schädel verwandelte sich Franz' Nase in einen ungewohnt scharfen Zinken. Außerdem kam jetzt ans Licht, dass die Ohren, die an den Läppchen ordentlich anlagen, im oberen Rund um mehrere Zentimeter nach außen klappten – ein lustiger, aber nutzloser Abstand, der bisher von den Locken immer hübsch kaschiert worden war.

Mit den richtigen Worten, nicht zu väterlich, aber auch nicht zu kumpelhaft, wollte ich ihm aus der Krise helfen. »Hör mal«, sagte ich. »Erst erzählt mir Rose, dass sie nicht mehr studiert, dann, dass du die Band aufgelöst hast. Stimmt das?«

Franz war im Spiegel verzweifelt auf der Suche nach Ähnlichkeiten zwischen dem Bild in seinem Kopf und diesem Kopf unter der Haube, den er über zwanzig Jahre zu kennen geglaubt hatte. Aber der Prozess war jetzt in vollem Gange, ein Zurück gab es nicht mehr.

Ich sagte: »Ich verstehe ja, dass du denkst, alles ist Mist. Aber wegen einer Abfuhr, einer kleinen Niederlage schmeißt man nicht gleich alles hin. So funktioniert das nicht, Franz.«

Geglättet würde das Haar um mindestens fünf Zentimeter länger sein als im gelockten Zustand. In weniger als zwei Stunden würde er ein anderer Typ sein. Menschen, die ihn gelockt nicht angeguckt hatten, würden ihm nun hinterherschauen. Andere – das war allerdings auch klar – würden entsetzt sein über den Verlust seiner Locken und die Pracht schmerzlich vermissen. Mir gefiel es, ihm diese Erfahrung zuzumuten.

Ich sagte: »Ich weiß, wie viel dir die Musik bedeutet, und auch, dass du richtig gut darin bist. Und deshalb musst du dein Ding durchziehen und deine Leute – Sebastian, Rosemarie – mitziehen. Gerade jetzt, wo ihr glaubt, alles fliegt euch um die Ohren, musst du der Motor sein und den Laden zusammenhalten, verstehst du? Irgendwann, glaub mir, läuft alles wieder von allein, und dann könnt ihr über diese

Phase sogar lachen. Und eines sag ich dir auch: So etwas wie mit Typen wie mir wird dir in deinem Leben noch häufiger passieren.«

»Wie lange dauert das hier?«, fragte Franz.

»Wie?«

»Ich meine, muss ich die ganze Zeit hier sitzen bleiben, oder kann ich draußen eine rauchen?«

»Zwanzig Minuten braucht es zum Einwirken. Dann geht's weiter.«

Franz sog sich in der Kälte den Zigarettenrauch durch die Lungen. Ich sah seinen weißen Atem, als er sagte: »Tomas, es ist die Niederlage meines Lebens.«

Völlig falsche Hoffnungen hatte er sich gemacht. Weil ich nicht deutlich genug gewesen war und ihm allen Raum gelassen hatte für seine Wunschträume. Klipp und klar musste ich ihm jetzt die Wahrheit sagen, diesen Satz, der sehr schmerzhaft für ihn sein würde. Aber das war ich ihm schuldig.

»Vielleicht klingt es etwas altmodisch«, fing ich beim ersten Waschgang wieder an, »aber – ich liebe Aljoscha.«

Franz hatte die Augen geschlossen.

Ich sagte: »Er ist der Mensch, mit dem ich alt werden möchte.«

Als Frisör hat man so seine Handgriffe, aber Segelohren beim Spülen umzuklappen ist eigentlich nicht nötig. Das Wasser kann gar nicht hineinlaufen.

»Zu deinem Aljoscha gratuliere ich dir«, sagte Franz. »Aber das ist nicht mein Problem.«

»Wieso?«, fragte ich. »Was denn dann?«

»Mara hat gesagt, ich soll es lassen. Ich soll, bitte schön, endlich aufhören, sie mit meinen Beiträgen zur Anglistik zu quälen und ihr und den Kommilitonen am Institut das Leben schwerzumachen.«

»Das hat sie gesagt?«

»Mein Textverständnis, meine Ausdrucksmöglichkeiten, meine geistigen Fähigkeiten seien einfach zu beschränkt.«

»Sag mal: Hat die Frau sie noch alle?«

»Ich bin ganz cool geblieben. Okay, habe ich gesagt. Ich schmeiß hin. Aber, sorry, dann komplett. Dann gibt es keine Band mehr, keinen Auftritt, nichts Lustiges beim nächsten Anglisten-Event.«

»Und sie?«

»Diesen Entschluss würde sie sehr begrüßen, mit allen Mitteln unterstützen und die Konsequenzen mit Fassung tragen.«

Später erzählte ich Bea von Franz' kläglichem Abgang aus dem Institut. Ihr Kommentar: »Und du hast die ganze Zeit geglaubt, Franz hätte wegen dir Liebeskummer? Da hast du dich aber ganz schön lächerlich gemacht.«

Kein Widerspruch. Aber interessanter war doch die Tatsache, dass Franz das neueste Opfer von Mara Markowskis Hochmut geworden war, von ihrer grenzenlosen Arroganz und Selbstherrlichkeit. Warum verhielt diese Professorin sich so schäbig und herzlos nicht nur gegenüber Franz, sondern auch gegenüber Rosemarie? Beendete beider Karrieren, bevor sie überhaupt starten konnten. Dabei war doch keiner der beiden ihr gewachsen oder konnte ihr auch nur gefährlich werden. Wie diese Professorin mit ihren Studenten umsprang, war etwas, was man vor Gericht anführen müsste. Es könnte zu Roberts Gunsten gewertet werden: Früher oder später musste man diese Frau einfach hassen. Und ich fragte mich, wer wohl das nächste Opfer von Mara Markowskis Arroganz sein würde.

Ich konzentrierte mich auf den Haarschnitt von Franz. Sein Hinterkopf war perfekt geformt – ein Geschenk für das, was ich mit ihm vorhatte.

Bea würde später eine kluge Erklärung für Maras Verhalten finden. Was Franz betreffe, sagte Bea, sei er in den Augen der Professorin einfach eine Niete, die am Keyboard zappelte, statt Grammatik zu pauken. Mit jemandem wie Franz wollte Mara keine Zeit vertrödeln. Mit Rosemarie, sagte Bea, verhalte es sich jedoch etwas komplizierter.

Nach Beas Theorie wurde Rosemarie aus dem Amt gejagt, weil sie gesehen hatte, wie Mara war, wenn sie schwach ist. Schwäche sei etwas, was Mara niemandem gestattete, schon gar nicht sich selbst. Das stimmte. Ich erinnerte mich, wie Mara nach dem Schock über den Tod von Hans-Georg heulte – aber erst, als sie allein im Auto war.

Nur in jener Nacht, als Rosemarie spurlos verschwand, so Bea, passierte etwas Außergewöhnliches: Mara überkam die Angst vor der Einsamkeit. Mara besaß nichts: keine Freundin, die sie tröstete, keinen Mann, der sie umarmte, keine Familie, die sie wärmte. Nur die Strickjacke von ihrem toten Hans-Georg – und Rosemarie. Und diese Nähe sei Rosemarie jetzt zum Verhängnis geworden. Das Bild der privaten, schwachen Mara war unvereinbar mit dem Bild der starken, erfolgreichen Professorin. Und deshalb hatte die Professorin die Verbindung zu ihrer Studentin nun gekappt.

Ich konnte Beas Erklärungen nachvollziehen, aber ein Unbehagen blieb. Es kam mir vor wie beim Schneiden: Man glaubt, mit Nackenlinie, Hutlinie und Scheitel eine klare

Einteilung zu haben, doch kann es passieren, dass man dabei vergisst, dass jeder Kopf seine ganz eigene, individuelle Form hat. Und plötzlich ist die strenge Einteilung kein Hilfsmittel mehr, sondern nur noch hinderlich. Darum bewege ich, wie Aljoscha einmal ganz richtig bemerkt hatte, beim Schneiden nur den Daumen und lasse dabei die Haare wieder und wieder durch die Finger gleiten. Auf diese Weise halte ich sie immer in Bewegung und finde so die richtige, perfekte Form. Und beim Denken, wie funktionierte es da?

Vielleicht hatten wir uns auch im Mordfall von Hilfslinien leiten lassen, die auf einen Irrweg führten. Irgendwo, hatte ich das Gefühl, war da ein Schönheitsfehler.

Bei Franz stimmte am Ende alles: Der Seitenscheitel teilte das Haar, so dass es weich aus der Stirn fiel. Der Pilzkopf hinten war dezent, die Silhouette völlig glatt. Der ehemalige Student war ein Dandy mit charmant abstehenden Ohren, wie man ihn sich in den dreißiger, vierziger Jahren vorstellen konnte. Er drehte den Kopf nach rechts, nach links und fragte: »Und wie lange hält der Zauber jetzt?«

Ich legte den Handspiegel zur Seite. »Bis deine Haare nachwachsen. In acht bis zehn Wochen, wirst du sehen, kommt mit den Locken der widerspenstige Franz zurück.«

»Bis Weihnachten?« Er überlegte. »Warum eigentlich nicht? So brav kann ja auch einiges passieren.«

20

Dann kam der Totensonntag – kein Grund, mein Treffen mit Stephan noch länger hinauszuschieben. Ganz hinten saß er im ›Dukatz‹, seinem Lieblingscafé, und starrte in ein Glas mit Mineralwasser, das sehr, sehr still aussah. Den jungen Mann, der an der Theke im weinroten Anorak Zeitung las, sollte ich erst später wahrnehmen. Ich umarmte Stephan, wie es erwachsene Männer tun, die bereit sind, Krisen gemeinsam durchzustehen. Ich war nervös. »Also«, sagte ich.

Wie formuliert man eine Absage? Ich wollte Stephan daran erinnern, dass es die Möglichkeit der Auslandsadoption gab und Spender da draußen tausendfach bereitstanden. Dass es manchmal sogar klappen kann mit dem Kind, wenn nur erst einmal der Druck raus ist. Eine Kundin, als Drehbuchagentin sowieso immer mit den Nerven runter, hatte genau dieses Wunder erlebt, als sie nach vielen Hormonbehandlungen und Jahren der Quälerei die Hoffnung endlich fahrenließ.

»Stephan«, begann ich, »es tut mir leid.«

Schon sammelte sich in seinen Augen so viel Wasser, dass der kleine Funke, der darin glimmte, verlosch.

»Ich kann dich verstehen«, sagte Stephan, seine Hand auf meiner Schulter kiloschwer. »Und ich bin dir nicht böse. Wirklich nicht.«

Ich fühlte mich beschissen.

Wie er sich den Mantelkragen hochschlug, als er Richtung Theatinerstraße davonging, war filmreif. Jetzt hatte ich den Schlamassel. Was, wenn er mit Sabine in eine Beziehungskrise schlitterte? Wenn sie nicht bereit war, auf Nachwuchs zu verzichten, und sich einfach einen anderen suchte, der ihr diesen Wunsch erfüllte? Ich war sauer über die Verantwortung, die ich in dieser vertrackten Konstellation trug, und dachte: Könnt ihr nicht, wenn die Natur es so will, einfach auf ein Kind verzichten? »Über Kinderwunsch kann man nicht diskutieren«, hatte Bea behauptet. Einverstanden. Aber dann wollte ich in der Debatte auch um keinen Beitrag gebeten werden.

Draußen schlenderten Pärchen vorbei, verliebt vielleicht, Touristen auf Urlaub, plattfüßig vom Sightseeing, und ich überlegte: Wie viele von euch leben wohl ohne Kinder? Bea zum Beispiel hatte vier Ehemänner verschlissen, und kein Kind war dabei herausgesprungen. Oder Mara. Der Mann schon unter der Erde, ohne dass er etwas hinterlassen hätte, was man sein eigen Fleisch und Blut nennen könnte. Ob Nachwuchs tatsächlich den Charakter verändert, ob man nachsichtiger wird, weicher, nicht so hart und unnachgiebig? Ich konnte es nicht ändern oder abstellen: Immer wieder dachte ich über Mara nach.

Dass der junge Mann im weinroten Anorak Sebastian war, bemerkte ich erst, als er aus dem Café ging. Er sprach in sein Telefon und schaute dabei in den Münchner Himmel, da konnte ich hinter der Scheibe winken, so viel ich wollte. Jetzt schloss er sein Fahrrad auf.

»Zahlen, bitte!« Ich wollte ihn fragen, wie es bei ihm in

den letzten Wochen so gelaufen war, mit Steffi Zahn zum Beispiel, aber auch mit seiner Forschungsarbeit. Schließlich hatte er das Riesenpech, dass ihm mit Roberts Verhaftung der Betreuer abhandengekommen war. Und Mara Markowski, da wettete ich, würde einen Teufel tun, nun diese Aufgabe zu übernehmen. Stattdessen würde sie ihn abblitzen lassen und für den Verrat bestrafen, den er an ihr begangen hatte, als er sich einst dem Konkurrenten verschrieb.

»Sebastian!«, rief ich. So eilig hatte er es. »Dein Schal!«

Ich hob das grüne Ding auf. Richtung Brienner Straße radelte er. Ich weiß, wie man sich ärgert, wenn man merkt, man hat etwas verloren und keine Chance, es jemals wiederzubekommen. Rasch machte ich mein Fahrrad los.

Ich hätte ihn spielend einholen können, doch am Odeonsplatz war es eine einzige Hindernisfahrt um die Fußgängergruppen herum. Ich sah seine weinrote Jacke erst wieder, als er die Ludwigstraße hinunterjagte. Ich ahnte, was das Ziel sein würde: Das Anglistik-Institut. Warum diese Eile?

Doch er fuhr an der Schellingstraße vorbei, weiter geradeaus, als müsste er Reißaus vor mir nehmen. An der Münchner Freiheit bog er ab, in die kleinen Straßen von Alt-Schwabing, und schlug die Haken so, dass ich plötzlich bei ›Alfonso‹ vorbeikam, wo Jazzbands auftreten, von denen Matteo damals immer behauptet hatte, sie seien grandios. Ich konnte das, ehrlich gesagt, nicht beurteilen, Jazz war noch nie meine Musik. Als ich an der Ungererstraße herauskam, war Sebastian weg.

Von rechts und links flitzten die Autos vorüber. Ich fand Sebastians Rallye durch München merkwürdig, aber Pech für ihn, er würde seinen Schal irgendwann mal zurückbekommen. Ich wollte schon umdrehen und nach Hause. Da fiel mir etwas ein.

Vor ein paar Wochen hatte Bea doch, nur ein kurzes Stück die Straße runter, im Restaurant bei ›Grazia‹ das Rendezvous mit ihrem Chirologen gehabt und bei der Gelegenheit das Treffen von Mara und Rosemarie beobachtet. Ob Zufall oder nicht, dass Sebastian ausgerechnet hier herumkurvte – dieses kleine Stück bis zu ›Grazia‹ radelte ich noch. Es könnte ja sein, dass er mit seiner Raserei Spuren verwischen wollte und dort am Ende auch ein geheimes Treffen hatte. Doch ein Schild im Fenster meldete in Schnörkelschrift: »Geschlossene Gesellschaft«.

Bei dem Gestrampel mit doppeltem Schal und Innenfutter war mir warm geworden. Ich machte den Reißverschluss meiner Jacke auf. Was für ein Auftrieb auf der anderen Straßenseite! Dort trugen sie fast alle lange dunkle Mäntel, manche gingen gebückt, untergehakt und gestützt von Angehörigen für den Besuch am Totensonntag auf dem Nordfriedhof. Darunter nur ein junger Mann in Weinrot.

Ich sah zu, dass ich mein Fahrrad loswurde und über die Straße kam. Ich folgte Sebastian über den Hauptweg hinein in die Gräberlandschaft. Mir war klar, dass der Spaziergang wohl nicht zu Omas Grab ging. Die Sache kam mir mysteriös vor.

Die Krähen zwischen immergrünen Gewächsen ärgerten sich wie grantige Hausmeisterinnen über die Ruhestörung. In den letzten Sonnenstrahlen segelten blinkend goldene Blätter auf die Grabsteine herab. Die Luft war klar, der Lärm der Straße nur noch ein Hintergrundrauschen. Sebastian bog rechts ab.

Die Blumengebinde, die auf dem Grab lagen, das erkannte ich von weitem, mussten einmal prächtig ausgesehen haben, der Tote von Rang und Bedeutung gewesen sein. Jetzt aber verwelkte und verweste alles mit dem Körper, der da unten vor nicht allzu langer Zeit begraben worden war. Es konnte eigentlich nur das Grab des Dekans sein, von Professor Doktor Hans-Georg Markowski.

Auf einer Bank in der Nähe richtete Sebastian sich mit den Händen in den warmen Jackentaschen ein, als wolle er Zwiesprache halten mit seinem toten Professor. Gab es zwischen den beiden Männern eine Verbindung, die ich noch nicht gesehen hatte? Wenn der Student um Vergebung bat, dann wohl kaum für verpatzte oder verschleppte Hausarbeiten.

»Jeden Tag sitzt er hier!«, sagte eine Stimme hinter mir.

Ich fuhr herum.

Fast hätte ich Steffi Zahn nicht erkannt, so ganz in Schwarz und mit dem Samtband im Haar, das an höhere Töchter erinnerte. Und eine wunderschöne weiße Rose hatte sie in der Hand. Nicht so hübsch war, wie sie Kaugummi kaute. »Und du?«, fragte sie dabei. »Erzähl mir nicht, dass du wegen Hans Georg hier bist. Bist du etwa auch wegen mir gekommen?«

»Nicht direkt«, antwortete ich. »Es ist eher Zufall. Ich war hinter Sebastian her, hatte aber, ehrlich gesagt, nicht damit gerechnet, dass ich ihn hier, auf dem Friedhof, einhole. Ich weiß im Moment gar nicht, was ich davon halten soll.«

»Er lässt eben nicht locker.«

Mir kam es vor, als begleitete ich Steffi auf dem kleinen Stück Weg nicht zum Grab, sondern zur Tanzstunde, zur ersten großen Liebe, die dort mit Herzklopfen auf sie wartete. Aber wer war jetzt ihre Liebe? Sebastian oder Hans-Georg Markowski?

Gegenwärtig stand auf dem Grab ein einfaches Holzkreuz, das demnächst durch einen Stein ersetzt werden würde. Etwas imposant Schlichtes wäre bestimmt nach Maras Geschmack. Nur über die vielen Rosen, die Steffi romantisch-verspielt um das Kreuz herum dekoriert hatte, würde sie wohl nicht so glücklich sein. Ich zählte durch und kam auf zwölf. Jeden Tag eine Blume?

»Schön hier, oder?«, fragte Steffi. »Mir gefällt dieser Ort. Hier kann ich in Ruhe mit ihm quatschen.«

Sebastian saß in Hörweite, einfach glücklich, Steffi nahe zu sein.

»Was erzählst du Hans-Georg denn zum Beispiel?«, fragte ich vorsichtig.

Steffi blinzelte in den Himmel, als suche sie in den grauen Wolken da oben ihren Hans-Georg mit seiner Silbermähne.

»Etwa von deiner Doktorarbeit?«, fragte ich.

»Dass ich lernen muss, ohne ihn zu leben, und ganz langsam anfange, mein Leben ohne ihn zu planen. Ich bespreche, was ich in der nächsten Zeit tun muss. Und ja, dazu gehört wohl auch die Doktorarbeit.«

Sie legte ihrem Geliebten die Rose aufs Grab, Nummer dreizehn. Sebastian, ihr Aufpasser, immer besorgt um seine Traumfrau, war hinter ihr, wie schon in der Bibliothek, als sie so heftig in Tränen ausgebrochen war. Seite an Seite gingen sie davon. Kurz bevor sie bei den Lebensbäumen auf den Hauptweg bogen, nahm Sebastian Steffis Hand.

Ich betrachtete die auf das Holz gemalten Buchstaben und

Zahlen. Hans-Georg Markowski. Vierundsechzig Jahre alt geworden und zwei Frauen. Eine so alt, dass sie seine Tochter, die andere so jung, dass sie seine Enkelin hätte sein können. Und Kinder? Keine.

Was hatte Steffi gesagt? »Lernen, ohne ihn zu leben.« Also hatte sie ihre Zukunft mit ihm geplant. Und feste Vorstellungen gehabt. Ehe und Nachwuchs, Haus und Garten.

Mindestens ein Mensch blieb dabei auf der Strecke.

»He, ihr beiden, wartet mal!«

Doch die Dämmerung zwischen den Gräbern hatte Sebastian und Steffi schon geschluckt.

Ich lief nicht, ich rannte. Die Autos blendeten mit ihren Scheinwerfern.

Totensonntag, früher Abend, hatte Rosemarie gesagt.

»Drücken Sie auf die Tube!«, rief ich dem Taxifahrer zu, da hatte ich mit meinen beiden Schals noch nicht auf dem Rücksitz Platz genommen.

21

Die Buchstaben ratterten, und Stadt für Stadt verschwand auf Nimmerwiedersehen von der Anzeigetafel. Terminal zwei. Vielleicht konnte ich es noch schaffen.

»Entschuldigung!« Ich schubste und drängelte. »Sorry!« Auf Laufbändern muss links einfach freie Bahn sein für Eilige.

Flugsteig D. Ich wollte es jetzt wissen. Wenn sie schon eingecheckt hätte, könnte ich immer noch versuchen, sie ausrufen zu lassen.

Als mich die Rolltreppe auf die Abflugebene katapultierte, bekam ihr Koffer am Check-in seine Banderole und Mara Markowski Pass und Bordkarte für den Flug nach Boston. Keine Zeit zum Überlegen, wie ich nun überhaupt vorgehen wollte. Ich war aufgeregt und außer Atem.

Die beiden Polizisten, die plaudernd vorüberschlenderten, machten mir, trotz schwerer Ausrüstung, nicht den Eindruck, als könnten sie mir eine Hilfe sein. Mara trug den Mantel über dem Arm, als würde sie darunter eine Pistole verstecken. Die junge Frau neben ihr musste das Mädel aus der Band sein, das an Rosemaries Stelle nun die Wörter zählen und mit nach Boston fliegen durfte. Gleich würden die beiden durch die Schleuse gehen und verschwunden sein. Ich musste handeln. Aber was sollte ich sagen?

»Guten Abend, Frau Markowski«, sagte ich.

Mara blieb stehen. Kurz flatterten ihre Lider. Sie konnte nicht einordnen, ob unsere Begegnung ein Zufall war.

»Ich muss Sie sprechen«, sagte ich.

»Sie haben großes Talent, immer im denkbar ungünstigsten Moment aufzukreuzen. Ich muss zum Flieger.« Sie ging weiter.

»Es ist dringend!« Ich lief neben ihr. Ich probierte es einfach und sagte: »Ich weiß, dass Sie es getan haben.«

Wieder blieb sie stehen. »Was getan?«

Unter ihrem Blick fühlte ich mich wie ein Student, der bemerkt, dass er sein Referat saumäßig vorbereitet hat und nun Gefahr läuft, alles zu verpatzen. Wie weiter? Thesen aufstellen. Nein, improvisieren, bluffen.

»Steffi Zahn bekommt ein Kind«, rief ich. Eine Lüge, so glatt, dass ich nur hoffen konnte, Mara würde den Boden unter den Füßen verlieren und Farbe bekennen. Aber ihr wich nicht einmal die Farbe aus dem Gesicht. Keinen Ton sagte sie. Den Moment nutzte ich.

»Bitte gehen Sie«, sagte ich zu ihrer Studentin streng und bestimmt. Ich wurde noch lauter: »Hören Sie schlecht? Frau Markowski und ich haben etwas zu besprechen. Sie kommt gleich nach.«

Die Studentin gehorchte. Bevor Mara einen klaren Gedanken fassen konnte, sagte ich: »Für Ihren Mann wäre es eine schöne Nachricht. Schließlich war es sein größter Wunsch, das erzählt man sich jedenfalls am Institut.«

Mara wandte sich ab, als würde ein widerlicher Geruch von mir ausgehen. Ich fasste sie am Ärmel und sagte, ohne Angst vor zu viel Pathos: »Sie haben lange versucht, diese

Liebe zu ignorieren, habe ich recht? Aber der Gedanke, dass er sie liebte, war wie ein Gift, das sich in seinem Gehirn ausbreitete. Sie konnten nichts dagegen tun.«

»Lassen Sie mich los!« Was für eine Kraft Mara hatte. Wenn der Bundesgrenzschutz in der Nähe herumlungerte, wäre ich geliefert.

So sanft wie möglich schob ich Mara zu einer Sitzgruppe, leidlich geschützt von diesen Gummibäumen, deren Blätter mir vorkamen wie große Ohren. Ich musste das jetzt durchziehen. Ich durfte keine Unsicherheit zeigen.

Ich sagte: »Ich kann mir das gut vorstellen. Plötzlich sieht er, dass es noch etwas anderes gibt als die Wissenschaft. Für ihn war es wie ein Wunder. Ein neues Leben mit einer Frau, die jünger ist, die gut aussieht, die ihn bewundert und sich nichts sehnlicher wünscht, als ihm das zu geben, was mit Ihnen nie ein Thema war: Familie.«

»Sie haben eine blühende Phantasie!« Mitleid und Arroganz in Maras Lächeln, aber kein Zeichen, dass ich mit meinen Mutmaßungen richtigliegen könnte. Vielleicht war es zwecklos zu glauben, man könnte gegen diese Frau ankommen.

Müde sagte ich: »Ich habe keine Ahnung. Ich wüsste an Ihrer Stelle auch nicht, wie man mit solch einer Situation umgehen soll. Schließlich hatten Sie doch bis dahin alles richtig gemacht in Ihrem Leben: die Spezialisierung, die Promotion, die Habilitation. Und immer hatten Sie dabei seine Unterstützung bekommen, seinen Rat und seine Kritik. Das waren bestimmt gute Jahre, lebendig und intensiv. Eine tolle Beziehung, bis diese blonde Doktorandin kam, Steffi Zahn.« Ich lehnte mich zurück. »Der Klassiker.«

Vielleicht war es wirklich alles Blödsinn, was ich da erzählte.

»Der Klassiker«, wiederholte Mara leise.

Ich wagte nicht, mich zu bewegen.

»Noch mal von vorne anfangen, hat er gesagt. Zur Rente ein Kind, Haus und Garten, oder wie?« Mara sah mich an, fordernd, als erwarte sie von mir eine Antwort, aber keine x-beliebige, sondern eine, die gefälligst schlüssig wäre.

Ich wusste nicht, was ich zuerst denken sollte. Es war nicht das Gefühl, vor dem Lehrer zu stehen mit dieser Leere im Kopf, keine Furcht vor der Lächerlichkeit, sondern die Angst, sie aus dem Konzept zu bringen, das ich so mühsam für sie gebastelt hatte. Würde sie mir nun alles erzählen, zum ersten Mal, offen und ehrlich? Jetzt bloß keinen Fehler machen.

Mara wandte sich ab, als wäre ihr klar, dass von mir nichts kommen würde, schüttelte den Kopf und sagte: »Es war so lächerlich. Das war nicht der Hans-Georg, den ich kannte. Wenn ich wenigstens behaupten könnte, dass wir uns nicht mehr verstanden. Aber das war ja überhaupt nicht der Fall! Also gut, dachte ich, lass ihn ein wenig träumen und spielen, er kommt schon wieder zur Vernunft. Diese kleine Blondine, er wird schon irgendwann genug von ihr haben. Ich kann viel aushalten, glauben Sie mir. Aber ich kann schwer am Rand sitzen und einfach nur zuschauen.«

»Warum haben Sie nicht einfach dafür gesorgt, dass Steffi Zahn verschwindet?«

»Was sollte ich denn tun? Sie umbringen? Druck habe ich natürlich auf sie ausgeübt, in fachlicher Hinsicht, versteht sich. Aber je größer der Druck war, desto mehr hat Hans-Georg sie in Schutz genommen. Eine grauenhafte Zeit. –

Dann kamen diese Anschläge. Ich kapierte es nicht. War es Steffi Zahn? Wollte sie mich mürbemachen? Oder war es Robert Fullton, der mir seine Niederlage persönlich anlastete und auf diese kindische Art und Weise Rache nehmen wollte? Dass Rosemarie dahintersteckte – das konnte ich ja nicht ahnen. Andererseits…«

Ausgerechnet jetzt die Lautsprecherdurchsage: »Frau Mara Markowski, gebucht für den Flug… Bitte begeben Sie sich umgehend zum Ausgang…« Und noch einmal, falls sie es nicht gehört haben sollte: »Frau Markowski, bitte zum Ausgang…« Doch die Stimme drang nicht zu Mara durch.

Sanft, damit ich sie nicht weckte, wiederholte ich: »Andererseits?«

»Die Anschläge haben mich erst auf die Idee gebracht. Hans-Georg, so dachte ich, sollte mal sehen, wie es ist, wenn man hinfällig wird und angewiesen ist auf Hilfe. Er sollte kapieren, dass er sich zu viel zumutet, dass er mich braucht und sein Platz bei mir ist. Automatisch, hoffte ich, würde dann herauskommen, dass seine Doktorandin mit einem Greis nichts zu tun haben wollte. Aber ich habe die Wirkung der Tropfen falsch eingeschätzt. Sie sollten ihn nicht umbringen, sondern für eine Weile schwach machen. Ich war aufgeregt, ja, in Panik. Ich kenne mich mit Medikamenten und solchen Aktionen ja nicht aus. Es war ein Unfall, verstehen Sie?«

»Oder auch genial eingefädelt«, sagte ich. »Weil Sie selbst Opfer von Anschlägen waren und man dachte, dass Sie mit Ihrem Mann in einem Boot sitzen, kam natürlich niemand auf die Idee, Sie zu verdächtigen. Sie waren Trittbrettfahrerin der Anschläge, die auf Sie selbst verübt wurden.«

Sie sah mich an, verwundert über mich, über diese Situation. Sie hatte ein Geständnis abgelegt. Aber ob es wirklich nur ein Unfall gewesen war? »Etwas verstehe ich nicht«, sagte ich. »Warum haben Sie das Fortex bei Robert versteckt? Wie kamen Sie auf die Idee, ihm die Tat anzuhängen?«

»Es kam keine Ruhe in die Sache. Immer die Polizei mit ihren Fragen. Sie selbst standen doch auch bei mir im Zimmer und haben mich gelöchert. Das nahm kein Ende. Und Robert hat nicht aufgehört, gegen mich zu schießen, und alles getan, um meine Berufung in Frage zu stellen. Ohne Hans-Georg fühlte ich mich plötzlich schutzlos. Ich kannte dieses Gefühl gar nicht. Ich war am Ende. Komm, habe ich mir gesagt, reiß dich zusammen. Wenn Robert erst einmal in Paderborn ist – aber stattdessen kassiert er wieder eine Absage! Und hat nichts Besseres zu tun, als diese Eingabe gegen mich beim Präsidenten zu machen. Da habe ich die Nerven verloren.«

»Also zwei Fliegen mit einer Klappe: Die Polizei hat einen Mörder, und Sie haben einen Konkurrenten und Störenfried weniger. Und Rosemarie haben Sie als Spürhund benutzt.«

»Die Geschichte, dass Robert dabei ist, die Idee von Sebastian als seine eigene zu verkaufen, ist nichts Ungewöhnliches. Ich habe den Schlüssel einfach hingelegt. Und Rosemarie hat ihn tatsächlich mitgenommen.«

»Verflucht, und ich habe wirklich geglaubt, Robert sei ein Mörder.«

Mara schaute durch mich hindurch.

»Wissen Sie, was mich überhaupt erst stutzig gemacht hat?«, fragte ich und gab die Antwort selbst: »Wie Sie nacheinander alle abserviert haben: Rosemarie, Franz, Steffi, wahrscheinlich auch Sebastian. Aber ich kann Sie verstehen. Sie wollten mit diesen Menschen nichts mehr zu tun haben. Sie erinnerten Sie an das, was Sie getan hatten. Daran, dass Sie eine Mörderin sind.«

Maras Flug war von der Anzeigetafel verschwunden. Koffer und Studentin in der Luft und auf dem Weg nach Boston.

Mara ging quer durch die Halle. Die Menschen mit ihren Koffern, die Uniformierten auf Patrouille – niemand achtete auf sie. Niemand sah, wie sie plötzlich aus dem Gleichgewicht kam und strauchelte. Es war nur eine Sekunde. Dann ging sie weiter, als wäre nichts geschehen.

Ich musste die Kriminalkommissarin anrufen. Da vorne war ein Telefon.

Aber die Karte mit der Nummer von Annette Glaser, fiel mir ein, war immer noch bei Rosemarie. Da war noch etwas.

Ich ging zurück zu der Sitzgruppe unter den Gummibäumen. Glück gehabt. Sebastians grüner Schal lag noch da.

Danksagung

Ich danke herzlich Ulrich Graf, dem Frisör, und Monika Wolff, der Farbstylistin, die mir wieder halfen, beim Schreiben Haarschere und Farbpinsel zu führen, und mir darüber hinaus mit ihrem Witz und ihrer Menschenkenntnis viele kleine und große Geschichten erzählten. Ich danke herzlich meiner Lektorin Ursula Baumhauer für ihre Anmerkungen und Unterstützung. Und meiner Freundin Christa Geissler, die den *Frisör* ins Leben rief und Zeile um Zeile begleitete. Für uns wird sie weiter dabei sein.

Christian Schünemann im Diogenes Verlag

Der Frisör

Roman

In welchem Dilemma steckte die Beauty-Redakteurin Alexandra Kaspari am Abend vor ihrem Tod? War sie in Intrigen verwickelt, in Korruption, gab es ein persönliches Motiv? Starfrisör Tomas Prinz fühlt sich persönlich herausgefordert, denn abgesehen vom Mörder war er der Letzte, mit dem Alexandra plauderte.

»Christian Schünemanns wunderbarer Krimi *Der Frisör* erzählt von Haarbeschaffenheit, Schneidetechniken und Kopfmassagen so anschaulich und zugleich im Tonfall so unaufdringlich, dass man meint, während man eigentlich über den Mörder nachsinnt, sich eine neue Dimension der Sinnlichkeit erschlossen zu haben. Der schwule Frisör und die oberflächliche Modezeitschriften-Zicke in einem stylishen Dunst aus Glamour und Depression – was für eine Einladung zur Klischeeproduktion könnte das sein. Aber Christian Schünemann ist mit seiner eleganten, unprätentiös-perlenden Sprache und seiner großen Begabung der Figurenzeichnung vollständig gegen diese Versuchung gefeit. Schünemann hat wie nur je ein Frisör Geschmack.«
Ijoma Mangold / Süddeutsche Zeitung, München

Der Bruder

Ein Fall für den Frisör

Roman

»Unerwartet« heißt das Bild von Ilja Repin, das der Frisör in Moskau gerade noch bewundert hat, und unerwartet ist auch der Besuch eines Mannes, der kurz darauf in seinem Münchner Salon auftaucht: Jakob Zimermann, Mitte dreißig, mittelloser Kunstmaler, be-

hauptet, sein Halbbruder zu sein. Wer ist Jakob – ein Erbschleicher oder ein vertuschter dunkler Fleck in der Prinz'schen Familiengeschichte?
Erst nach einigen Turbulenzen, die Tomas in der Familie und im Frisörsalon durchlebt, ist seine Mutter bereit, Jakob an ihrer Zürcher Weihnachtstafel zu empfangen. Und Tomas' Freund Aljoscha will dem Bruder mit seinen Connections zur Kunstszene eine wunderbare Bescherung bereiten. Doch dann kommt alles anders, und der Frisör macht eine furchtbare Entdeckung.

»So verzwickt und dramaturgisch spannend sich der Fall bis zum Schluss auch entwickelt – Schünemann legt den Akzent auf die Zeichnung der Figuren und der Milieus, und diese liebevolle, detailreiche Ausstattung macht den Charme des Buches aus.«
Deutschlandradio, Berlin

»Christian Schünemanns Krimis um den Frisör haben Kult-Potenzial, machen Lust auf Lesen und auf den nächsten Haarschnitt.« *Sächsische Zeitung, Dresden*

Die Studentin

Der dritte Fall für den Frisör

Roman

Der Alptraum eines jeden Starfrisörs: Kurz bevor die Show der weltweit besten Frisöre in London beginnt, fällt das Supermodel aus. Tomas Prinz weiß sich zu helfen. Kurzerhand engagiert er Rosemarie, das englische Au-pair-Mädchen, das bereitsteht, um ihn nach München zu begleiten. Dort wird sie in der Familie seiner Schwester Regula erwartet. Zuvor aber muss sie Prinz mit einer ganz besonderen Qualität aushelfen: ihren wunderschönen roten Haaren.
Rosemarie ihrerseits führt ihn ins Münchner Uni-Milieu ein, in dem Prinz herumstreunt wie ein neugieriger Tourist. Von den akademischen Debatten versteht

er wenig, aber die menschlichen Abgründe – Intrigen und Karrierepläne – erfasst er auf den ersten Blick. Und prompt hat er einen neuen Fall am Hals. Wo die Polizei mühsam Fakten zusammenträgt, braucht sein visuell geschultes Auge Sekunden, um kriminelle Zusammenhänge zu erkennen.

»Wie Christian Schünemann elegant mit leichter Hand und überreich Figuren und Szenen entwirft und wie er dies in das bewährte Spannungsmuster eines Krimis bringt, bereitet ein Lesevergnügen, das über bloße Zerstreuung deutlich hinausgeht.«
Michael Bengel / Kölner Stadt-Anzeiger

Jakob Arjouni im Diogenes Verlag

»Ein großer, phantastischer Schriftsteller, der genau und planvoll und lesbar schreibt.«
Maxim Biller / Tempo, Hamburg

»Seine Virtuosität, sein Humor, sein Gespür für Spannung sind ein Lichtblick in der Literatur jenseits des Rheins, die seit langem in den eisigen Sphären von Peter Handke gefangen ist.« *Actuel, Paris*

»Seine Texte haben Qualität. Sie sind ambitioniert, unaufdringlich-provokativ, höchst politisch.«
Barbara Müller-Vahl / General-Anzeiger, Bonn

»Arjouni weiß als Dramatiker genauso wie als Krimiautor, wie er Spannung erzielt, ohne platt zu wirken.«
Christian Peiseler / Rheinische Post, Düsseldorf

Happy birthday, Türke!
Ein Kayankaya-Roman
Auch als Diogenes Hörbuch erschienen, gelesen von Rufus Beck

Mehr Bier
Ein Kayankaya-Roman

Ein Mann, ein Mord
Ein Kayankaya-Roman
Auch als Diogenes Hörbuch erschienen, gelesen von Rufus Beck

Magic Hoffmann
Roman

Ein Freund
Geschichten
Daraus vier Geschichten auch als Diogenes Hörbuch erschienen: *Schwarze Serie*, gelesen von Gerd Wameling

Kismet
Ein Kayankaya-Roman

Idioten. Fünf Märchen

Hausaufgaben
Roman

Chez Max
Roman
Auch als Diogenes Hörbuch erschienen, gelesen von Jakob Arjouni

Der heilige Eddy
Roman
Auch als Diogenes Hörbuch erschienen, gelesen von Jakob Arjouni

Andrej Kurkow im Diogenes Verlag

Andrej Kurkow, geboren 1961 in St. Petersburg, lebt seit seiner Kindheit in Kiew. Er studierte Fremdsprachen (er spricht insgesamt elf Sprachen), arbeitete als Redakteur und während des Militärdienstes als Gefängniswärter. Danach wurde er Kameramann und schrieb zahlreiche Drehbücher. Seit 1996 ist er freier Mitarbeiter bei Radio und Fernsehen und freier Schriftsteller. Er lebt in Kiew und London.

»Kurkow beweist, daß man auch in Rußland wieder frische Geschichten erzählen darf: intelligent, witzig, weder die Realität verkleisternd noch sie ausblendend, nicht angestrengt antirealistisch, aber auch nicht wirklich traditionell.«
Thomas Grob / Neue Zürcher Zeitung

Picknick auf dem Eis
Roman. Aus dem Russischen von Christa Vogel

Petrowitsch
Roman. Deutsch von Christa Vogel

Ein Freund des Verblichenen
Roman. Deutsch von Christa Vogel

Pinguine frieren nicht
Roman. Deutsch von Sabine Grebing

Die letzte Liebe des Präsidenten
Roman. Deutsch von Sabine Grebing

Herbstfeuer
Erzählungen. Deutsch von Angelika Schneider

Der Milchmann in der Nacht
Roman. Deutsch von Sabine Grebing

Esmahan Aykol im Diogenes Verlag

Esmahan Aykol wurde 1970 in Edirne in der Türkei geboren. Während des Jurastudiums arbeitete sie als Journalistin für verschiedene türkische Zeitungen und Radiosender. Darauf folgte ein Intermezzo als Barkeeperin. Heute konzentriert sie sich aufs Schreiben. Sie ist Schöpferin der sympathischen Kati-Hirschel-Romane, von denen weitere in Planung sind. Esmahan Aykol lebt in Berlin und Istanbul.

»Wer von der Schwermut skandinavischer Krimiautoren genug hat, ist bei Esmahan Aykol an der richtigen Adresse: Nicht in Eis, Schnee und Regen, sondern unter der sengenden Sonne Istanbuls deckt ihre herzerfrischend sympathische Heldin Kati Hirschel Mord und Totschlag auf.« *Deutsche Presseagentur*

»Esmahan Aykol ist eine warmherzige, vor allem aber kenntnisreiche Schriftstellerin.«
Angela Gatterburg / Der Spiegel, Hamburg

Goodbye Istanbul
Roman. Aus dem Türkischen von
Antje Bauer

Die Fälle für Kati Hirschel:

Hotel Bosporus
Roman. Deutsch von Carl Koß

Bakschisch
Roman. Deutsch von Antje Bauer

Scheidung auf Türkisch
Roman. Deutsch von Antje Bauer

Magdalen Nabb im Diogenes Verlag

Die Fälle für Maresciallo Guarnaccia:

Tod eines Engländers
Roman. Aus dem Englischen von Matthias Fienbork

Tod eines Holländers
Roman. Deutsch von Matthias Fienbork

Tod im Frühling
Roman. Deutsch von Matthias Müller. Mit einem Vorwort von Georges Simenon

Tod im Herbst
Roman. Deutsch von Matthias Fienbork

Tod in Florenz
Roman. Deutsch von Monika Elwenspoek

Tod einer Verrückten
Roman. Deutsch von Irene Rumler

Tod einer Queen
Roman. Deutsch von Matthias Fienbork

Tod im Palazzo
Roman. Deutsch von Matthias Fienbork

Geburtstag in Florenz
Roman. Deutsch von Christa E. Seibicke

Das Ungeheuer von Florenz
Roman. Deutsch von Silvia Morawetz

Alta moda
Roman. Deutsch von Christa E. Seibicke

Nachtblüten
Roman. Deutsch von Christa E. Seibicke

Eine Japanerin in Florenz
Roman. Deutsch von Ursula Kösters-Roth

Vita Nuova
Roman. Deutsch von Ulla Kösters
Auch als Diogenes Hörbuch erschienen, gelesen von Frank Engelhardt

Außerdem erschienen:

Cosimo
Roman. Deutsch von Ursula Kösters-Roth

Magdalen Nabb & Paolo Vagheggi:
Terror
Roman. Deutsch von Bernd Samland

Jugendbücher:

Ein neuer Anfang
Roman. Deutsch von Ursula Kösters-Roth

Das Zauberpferd
Roman. Deutsch von Sybil Gräfin Schönfeldt

Kinderbücher:

Finchen im Winter
Mit Bildern von Karen Donnelly. Deutsch von Ursula Kösters-Roth

Finchen im Herbst
Mit Bildern von Karen Donnelly. Deutsch von Ursula Kösters-Roth

Finchen im Frühling
Mit Bildern von Karen Donnelly. Deutsch von Ursula Kösters-Roth
Auch als Diogenes Hörbuch erschienen, gelesen von Uta Hallant

Finchen und der Krach mit Lena
Mit Bildern von Karen Donnelly. Deutsch von Ulla Kösters

Petros Markaris im Diogenes Verlag

»Markaris zeichnet ein überaus lebendiges Bild von der Athener Gegenwart. Mit Witz, Charme und Ironie erzählt er eine reizvolle, geschickt verwobene Kriminalgeschichte mit überaus lebensnahen Figuren. Eine glatte Zuordnung nach Gut und Böse geht nicht auf, Täter wie Opfer werden gleichermaßen als gebrochene und zumeist rätselhafte Gestalten präsentiert.«
Christina Zink / Frankfurter Allgemeine Zeitung

»Kommissar Charitos hat längst Kultstatus. Spannung, Humor und Sozialkritik verbindet Markaris zum Gesamtkunstwerk.« *Welt am Sonntag, Hamburg*

»Petros Markaris gefällt mir außerordentlich.«
Andrea Camilleri

Hellas Channel
Ein Fall für Kostas Charitos. Roman. Aus dem Neugriechischen von Michaela Prinzinger

Nachtfalter
Ein Fall für Kostas Charitos. Roman. Deutsch von Michaela Prinzinger

Live!
Ein Fall für Kostas Charitos. Roman. Deutsch von Michaela Prinzinger

Balkan Blues
Geschichten. Deutsch von Michaela Prinzinger

Der Großaktionär
Ein Fall für Kostas Charitos. Roman. Deutsch von Michaela Prinzinger

Wiederholungstäter
Ein Leben zwischen Istanbul, Wien und Athen. Deutsch von Michaela Prinzinger

Die Kinderfrau
Ein Fall für Kostas Charitos. Roman. Deutsch von Michaela Prinzinger
Auch als Diogenes Hörbuch erschienen, gelesen von Tommi Piper

Hans Werner Kettenbach im Diogenes Verlag

»Schon lange hat niemand mehr – zumindest in der deutschen Literatur – so erbarmungslos und so unterhaltsam zugleich den Zustand unserer Welt beschrieben.« *Die Zeit, Hamburg*

»Hans Werner Kettenbach erzählt in einer eigenartigen Mischung von Zartheit, Humor und Melancholie, aber immer auf erregende Art glaubwürdig.«
Neue Zürcher Zeitung

»Dieses Nie-zuviel-an-Wörtern, diese unglaubliche Leichtigkeit und Selbstverständlichkeit ... ja, das ist in der zeitgenössischen Literatur einzigartig!«
Visa Magazin, Wien

»Ein beweglicher ›Weiterschreiber‹ nicht nur der Nachkriegsgeschichte, sondern der Geschichte der Bundesrepublik ist Hans Werner Kettenbach. Seine Romane aus dem bundesrepublikanischen Tiergarten sind viel unterhaltsamer und spitzer als alle Weiterschreibungen Bölls.« *Kommune, Frankfurt*

Minnie oder Ein Fall von Geringfügigkeit
Roman

Hinter dem Horizont
Eine New Yorker Liebesgeschichte

Sterbetage
Roman

Schmatz oder Die Sackgasse
Roman

Davids Rache
Roman

Die Schatzgräber
Roman

Grand mit vieren
Roman

Glatteis
Roman

Die Konkurrentin
Roman

Kleinstadtaffäre
Roman

Zu Gast bei Dr. Buzzard
Roman

Das starke Geschlecht
Roman